畏修羅《イソラ》　よろず建物因縁帳

内藤 了

講談社
タイガ

デザイン・写真――舘山一大

目次

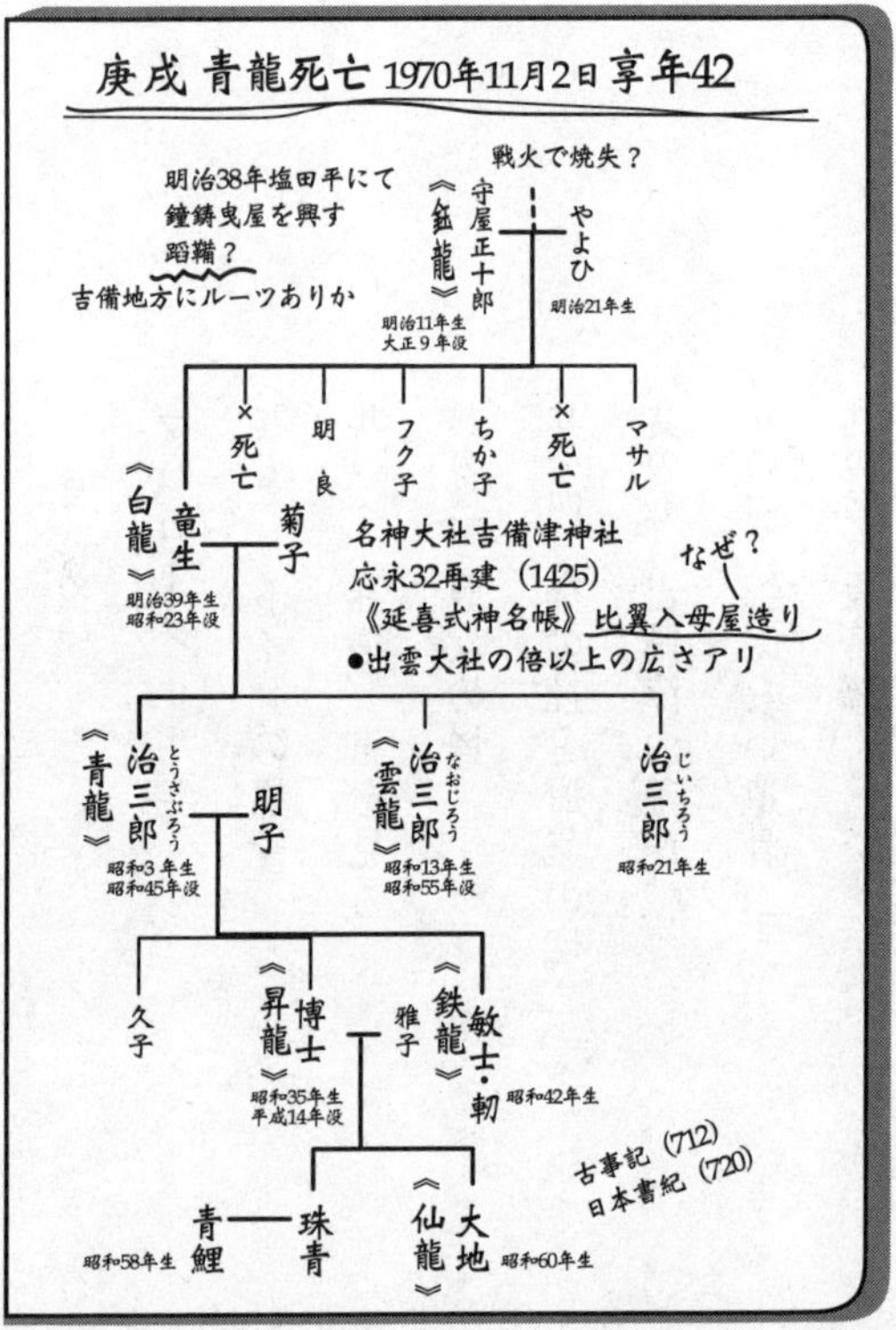

庚戌 青龍死亡 1970年11月2日 享年42
戦火で焼失？
明治38年塩田平にて
鐘鋳曳屋を興す
蹈鞴？
吉備地方にルーツありか
《鉦龍》守屋正十郎
明治11年生
大正９年没
やよひ
明治21年生
×死亡
明良
フク子
ちか子
×死亡
マサル
《白龍》竜生
明治39年生
昭和23年没
菊子
名神大社吉備津神社
応永32再建（1425）
《延喜式神名帳》比翼入母屋造り
なぜ？
●出雲大社の倍以上の広さアリ
《青龍》治三郎《とうさぶろう》
昭和３年生
昭和45年没
明子
《雲龍》治三郎《なおじろう》
昭和13年生
昭和55年没
治三郎《じいちろう》
昭和21年生
久子
《昇龍》博士
昭和35年生
平成14年没
雅子
《鉄龍》敏士・韌
昭和42年生
古事記（712）
日本書紀（720）
青鯉
昭和58年生
珠青
《仙龍》大地
昭和60年生

棟梁の手帳

登場人物紹介

高沢《たかざわ》　春菜《はな》――広告代理店アーキテクツのキャリアウーマン。

守屋《もりや》　大地《たいち》――仙龍《せんりゅう》の号を持つ曳家《ひきや》師。鐘鋳《かない》建設社長。隠《お》温羅《うら》流導師。

井之上《いのうえ》　勲《かおる》――春菜の上司。文化施設事業部局長。

崇道《すどう》　浩一《こういち》――鐘鋳建設の綱取り職人。呼び名はコーイチ。

守屋《もりや》治三郎《じいちろう》――鐘鋳建設の専務。仙龍の祖父の末弟。棟梁と呼ばれている。

花岡《はなおか》　珠青《たまお》――仙龍の姉。青鯉と結婚して割烹料理『花筏』の女将をしている。

小林《こばやし》　寿夫《ひさお》――民俗学者。信濃歴史民俗資料館の学芸員。

加藤《かとう》　雷助《らいすけ》――廃寺三途寺に住み着いた生臭坊主。

畏修羅《イソラ》

よろず建物因縁帳

――数多の祓物を供へて御湯を奉り　吉祥凶祥を占ふ　巫子祝詞をはり　湯の沸き上がるに及びて　吉祥には釜の鳴る音牛の吼ゆるが如し　凶しきは釜に音なし

是を吉備津の御釜祓といふ

さるに香央《かさだ》が家の事は神のうけさせ給はぬにや　只秋虫の叢にすだくばかりの声もなし

雨月物語《うげつものがたり》巻之三・吉備津《きびつ》の釜――

プロローグ

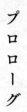

十一月の午前六時は暗い。空気は冷たく、鋭くなって、社屋の隙間《すきま》を抜ける木枯《こが》らしが車止めに落ち葉を吹きだまらせていく。この時間、株式会社アーキテクツの駐車場には社用車しか止まっておらず、社員が出勤していないことがわかる。かじかむ手をこすり合わせて通用口の前に立ち、電子錠のモニターに身分証カードをかざした。

——認証しました——

単調な声で電子音が喋《しゃべ》り、カチャリと解錠の音がする。

ドアを開けると、無人のはずの社内から刺すような視線を感じた。

自宅が会社に近いことから、定年退職後はパートで掃除に通うようになって三年。こんなことは一度もなかった。掃除用具をバケツに入れて、彼女は廊下の電気を点《つ》ける。空調も止まったままだし、窓も開いていないというのに風を感じた。生臭いといえば月並みだが、実際に臭《にお》いがするというよりは不穏な気配が五感に訴えかけてくる。

この会社は広告代理店なのでエントランスを含む正面側《がわ》は『外用』の設《しつら》えになっている。吹き抜けのロビーは前衛的で、洒落《しゃれ》たデザインになるよう金をかけてあるが、バックヤードはごくシンプルだ。壁も床も天井も無彩色で、通路の幅も九十センチと狭く、装飾品も飾られていない。照明は埋め込み式のダウンライトで、ドアも灰色。無人の社内は眠っているかのようなのに、空気は不穏に蠢《うごめ》いている。

気のせいだと自分に言い聞かせて仕事を急ぐ。

社員が使うと捗《はかど》らないから掃除はトイレからと決めている。灰色の階段を上って営業のフロアに出ると、ガラス扉の向こうを白い影が過《よ》ぎっていく。長い髪がなびいたので高沢《たかざわ》さんじゃないわね、と思う。こんな時間に会社にいるのは熱血営業ウーマンの高沢春菜《はな》くらいだが、彼女は入社以来ずっとショートだ。

「おはようございます」

徹夜した人がいたのだろうと思って声をかけたが、返事はなかった。

営業フロアの扉を開けてもう一度言う。

「おはようございます」

やはり気のせいだったのだ。フロアに非常灯以外の明かりはなくて、並んだデスクとパーティションと、昨晩遅くまで仕事をしていた人たちの雑然とした気配が残っているだけだった。馬鹿《ばか》みたいだと自分を笑って踵《きびす》を返《かえ》すと、

カタン。

後ろで音がしてギョッとする。

扉近くに受付デスクがあって、置かれていたプレートが倒れたのだった。アルミ板をL

字型に加工し、『受付』と文字を彫ったそれは高さが五センチほどしかないから、倒れるというのもおかしな話だ。けれどもそれが裏返しになっている。

来客に文字が見えるように置き直していると、ブーンと音がしてコピー機が動いた。天板の隙間から明かりが漏れて、Ａ４判のプリントが次々に吐《は》き出《だ》されていくのが見える。誤作動かしらと思ったが、止まらないのでバケツを持ったまま走り寄った。

室内は無人である。激しく吐き出されるプリントに慌ててメインスイッチを切り、床に散らばったコピー用紙を拾ってみると、どの紙にも細長い毛のようなものが写っていた。その毛が用紙から抜けてきて、指に絡まる錯覚に襲われる。息もつかずに拾い集めてコピー機に載せ、部屋を出ようとバケツを持つと、項《うなじ》に誰かの息がかかった。

ギョッとして動けず、凄《すさ》まじい勢いで思考を巡らす。侵入者だろうか。いや違う。押さえつけられたように両肩が重く、吐く息が白くなり、鼓動も呼吸も止まったと感じた。

……て、や……る

頭の後ろ、どこかもっと深い場所から声がする。

夢の中で聞くような、プツプツとした声である。

い……てやる……ゆる……い……の……ってやる……さな……の……

途切れ途切れに繰り返される微《かす》かな声がひとつの意味を持ったとき、彼女はバケツを放り出し、転がるように部屋を出た。階段を駆け下りて通用口へ走り、屋外へ出る。
……ゆる……さ……ない……のろって……やる……ゆるさない……の……
許さない。呪《のろ》ってやる。
声はそう呟《つぶや》いたのだ。
誰もいない駐車場では、カサカサと枯れ葉が舞っていた。

其の一　トイレの黒髪

午前七時少しすぎ。高沢春菜は勤め先であるアーキテクツの駐車場にいた。始業時間は午前八時半なので同僚たちはまだ出勤してきていない。会社へ入らず車にいるのは、身分証を提示するとタイムカードが押されてしまうからである。最近は六時半頃に朝日が昇る。すでに暗くはないけれど、東の空に浮かんだ雲が、まだ金色に輝いている。

エンジンを止めてバッグを探り、小さな黒い手帳を出した。手帳には几帳面《きちょうめん》な文字でびっしりとメモが書き込まれている。これは春菜が思いを寄せる曳家師《ひきやし》『仙龍《せんりゅう》』の一族について、来歴などを記したものだ。手帳の持ち主は仙龍の祖父の末弟で、棟梁《とうりょう》と呼ばれる男である。とある事情から、春菜はこれを託された。

メモは一九七〇年の冬に始まっている。仙龍の祖父、青龍《せいりゅう》が死んだ年らしい。

古くは宮大工《みやだいく》から派生したといわれる建築業者は、迷信深く、それぞれに遵守《じゅんしゅ》すべきルールを持っている。仙龍が社長を務める鐘鋳《かない》建設は、隠温羅《おうら》流《りゅう》と呼ばれる陰《かげ》の流派を継承し、建造物の因縁《いんねん》を祓《はら》い浄化して未来へ引き継ぐことを旨とする。平たく言うと因縁物件専門の曳家《ひきや》業者だ。曳家とは建造物を壊すことなく移動させる技術のことで、工事の際に建物の頂上に立って采配《さいはい》を振る者を導師と呼ぶが、隠温羅流導師は因縁を切って因縁を受け、因縁に呼ばれて齢《よわい》四十二の厄年に没する宿命を負う。

現在の導師は社長の守屋大地《もりやたいち》で仙龍の号を持つ。

アーキテクツの文化施設事業部に籍を置く春菜は、古い建物や文化施設と関《かか》わるなかで彼を知り、心惹《ひ》かれるようになった。なんとしても導師の呪いを解きたいと決意したとき、鐘鋳建設の専務、通称『棟梁』から大切な手帳を託されたのだ。

手帳には初めて知る仙龍の家系が記されていた。棟梁が調べたのは仙龍から数えて六代前までで、それ以前の記録については『戦火で焼失?』とメモがある。

六代前の人物は名を正十郎《せいじゅうろう》といい、鉦龍《ぎょくりゅう》を名乗った。明治十一年（一八七八）生まれで、日露戦争終結後、ポーツマス条約が締結された明治三十八年（一九〇五）に二十七歳で上田《うえだ》市の塩田平《しおだだいら》で所帯を持って、屋号を『鐘鋳曳屋《かないひきや》』としたらしい。このとき妻のやよひは十七歳。男女合わせて七人の子を儲《もう》けたが、うち二人が赤ん坊の頃に死んでいる。

屋号に鐘鋳の文字を用いた理由について、棟梁は『蹈鞴《たたら》?』と考察したようだ。

たたらとは、砂鉄や磁鉄鉱を溶かすのに用いる大型送風機のことである。

たたら製鉄の起源については諸説あるが、考古学的に信頼がおける説として、国内製鉄は六世紀半《なか》ばに吉備《きび》地方から各地へ伝播《でんぱ》したとする見方が有力であると、春菜は長野県坂《さか》城町《きまち》にある『鉄の展示館』の学芸員から聞いたことがある。人間国宝故宮入行平《みやいりゆきひら》の日本刀などを鑑賞できる展示館だ。

「ご先祖は刀剣がらみで上田市へ来た？　なんてことはないわね、まさか」

多くの刀匠を育成したことから『刀匠の町』とも呼ばれる坂城町は長野市と上田市を結ぶ線上にある。かといって情報が全《すべ》て一直線につながっていると期待するのは浅はかだ。

鐘鋳曳屋の『鋳』の字は、たしかに鋳鉄を連想させる。

前に棟梁は、隠温羅流のルーツは山陰にあると言っていたのだが、あれは鐘鋳建設の社名の文字をたたらと関連づけたからだったのか。

「どうして『たたら』なんだろう……宮大工や曳家じゃなく？」

頁《ページ》に指を差し込んで、首を傾《かし》げた。

「……それに、かねの字はどうして『鋼』じゃなくて『鐘』なんだろう」

たたらが隠温羅流のルーツなら、『鐘』より『鋼』の字を当てて、『鋼鋳』としたほうが良さそうに思う。『金』でも『鉄』でもいい気がするが、使われたのは『鐘』である。

『鐘』は釣鐘を意味する文字だ。

「溶かした鉄で鐘を鋳るから鐘鋳とか？　うーん……」

いずれにせよ自分の浅学非才で推理は無理か。座席を倒して外を見る。

光の加減で会社の窓ガラスに雲が流れていくようだ。冬の日射《ひざ》しが濃い影を作って、空間がハッキリ二色に分かれている。空気が冷たく澄んでいるのだ。

寺の梵鐘《ぼんしょう》や神社の鈴は、澄んだ音色が神の心をすずしめて邪気を祓うと信じられている。隠温羅流は障《さわ》りを祓うのが身上だから、鐘の文字を当てたのだろうか。

でも、じゃあどうして？　と、春菜は思う。

「人を助けて呪いを受けるって、そんな理不尽……神も仏もないじゃない」

バックミラーを睨《にら》み付《つ》け、また棟梁の手帳を読んだ。

信州上田に籍を移した守屋正十郎こと鉦龍は、大正九年（一九二〇）に四十二歳で亡くなった。その後長男が導師を継いで白龍《はくりゅう》を名乗る。この人が棟梁の父親だ。子供は男の子ばかりが三人生まれ、名前は共に『治三郎』。

「うそ」

春菜は思わず起き上がる。

まさか兄弟全員が同じ名前をつけられていたとは思わなかった。長男は『とうさぶろう』と読み、次男は『なおじろう』と読ませ、末っ子の棟梁は『じいちろう』という。なんて強引な。けれども春菜は、そこに親たちの本気と必死を感じた。

つまり、正十郎が長野へ来る前も、導師の呪いはあったのだ。

子供三人に同じ名前をつけたのは、厄年に死ぬ運命を回避するための呪《しゅ》だ。当時、災厄は長男に降り懸かるものと思われていたから、名前を同じにして生まれた順番を誤魔化そうとしたのだ。導師の宿命を回避するために様々な手立てを講じたが、どれも効果がなかったと棟梁は言った。鉦龍より前の代については記載がないが、彼が信州へ流れてきたのも、因縁を解こうとしたゆえかもしれない。

「土地を捨てても因縁の鎖はついてきたのね」

ハンドルに腕を置き、春菜は手帳の文字を見る。

隠温羅流導師の呪いを解こうとしたのは、もちろん春菜が初めてではない。この因縁がどれほど昔から続いているのか、誰も知らないし、知る術もない。けれども春菜は、自分が因縁を解く宿命を負ったのではないかと感じている。その理由は二つ。

ひとつは仙龍を好きになってしまったことだ。想《おも》い人の寿命を知りながら、手をこまねいて時を待つなんて、できるわけない。

もうひとつは仙龍に絡みつく因縁の鎖が視覚として見えることである。隠温羅流では、物事の善《よ》し悪《あ》しを決めるとき、サニワとして第三者を介す決まりがある。導師は利己や主観によらず、サニワの判断で因縁切りの可否を決定するのだ。サニワを持つ者は導師になれない決まりがあるため、過去には何人ものサニワがいたが、導師に絡みつく鎖のような影を見たのは春菜が初めてだという。

見えるなら、手段を講じることも可能だ。春菜はそう考えている。

鈺龍が土地を捨てても因縁を切れなかったなら、因縁は人そのものに由来するのだ。嫡男だからというのでも、跡取りだからというのでもなく、隠温羅流の導師であることが重要なのだ。

棟梁の父白龍も享年四十二歳。このとき長男の『とうさぶろう』は二十歳で、棟梁はたった二歳であった。白龍の死後、隠温羅流では厄年を過ぎた職人に導師を継がせたが、その日のうちに事故で死に、結局、長男の『とうさぶろう』が若輩の身で導師になった。

とうさぶろうは青龍を名乗り、長女、長男、次男と三人の子供を成したが、四十二歳の厄年で死亡。このとき青龍の長男はまだ十歳だったので、棟梁の二番目の兄『なおじろう』が導師を継いで雲龍《うんりゅう》を名乗り、四十二歳で死ぬまで務めて甥《おい》に導師を引き継いだ。その甥が仙龍の父『昇龍《しょうりゅう》』で、弱冠二十歳だった。

歴代導師は若くして任を継いだが、仙龍自身は家業を嫌って曳家から逃げていたので、空白の時間が生まれた。隠温羅流では研鑽《けんさん》五年でようやく一人前の職人と認められるから、遅くとも十五歳で修業を始めなければ二十歳で導師になることはない。昇龍が死んだとき仙龍はまだ十六歳だ。

「うわ……そうだったのか」

春菜は仙龍の父昇龍の弟の名に驚いた。隠温羅流四天王の一人で最年長の『軔《はどめ》』である。仙龍が一人前になるまでの数年間、彼が鉄龍《こくりゅう》を名乗って導師を代任したらしい。現在は号を返上しているのも、呪いを避けるためだろう。明治十一年に長野で始まった隠温羅流のルーツは、ついに現在へとつながった。仙龍が導師になったのは二十三のときで、今年三十四歳だ。仕事の付き合いは長いのに、春菜は初めて仙龍の年齢を知った。

「導師は寿命が短くて、代任しないといけないときもあったのね……あれ？　それなら靭に倣《なら》うのはどうだろう。

春菜は身を乗り出した。手帳によれば靭は現在五十二歳だ。隠温羅流導師を経験しながら厄年を生き抜いた唯一の職人ということになる。厄年になる前に導師をやめて、靭のように職人に戻ればいいのでは。そうよ。それでいいじゃない。

春菜はようやく手帳を閉じた。

車が一台入ってきて、受付事務員の柄沢《からさわ》が一番乗りで出社していく。春菜の車に頓着《とんちゃく》せずに足早に入り口へ向かう柄沢は、吐く息が白くなっている。

でもそれは根本的な解決にはならない。と、厄年前に導師を下りる奇策に春菜自身が反論する。仙龍を死なせたくない一心ですることを、仙龍は喜ばない。彼らは強引に流れを変えることを嫌う。導師が死ぬのが宿命ならば、受け入れるのが隠温羅の流儀だ。

「ああ、もう」

と、春菜は頭に手を置いた。

姑息《こそく》な手段で隠温羅流を守っていくことを、仙龍が承知するわけがない。隠温羅流は神聖なもの。導師はその最たるものだ。建造物の声を聞き、軀体《くたい》に損傷を与えることなく曳家させる先導者。純白の法被《はっぴ》を纏《まと》い、被《かぶ》った御幣に神を降ろして幣《ぬさ》を振る。そのとき導師は神懸かる。何の神が懸かるかについて、普通の曳き屋である木賀《きが》建設の社長は言った。

隠温羅流導師に懸かるのは、神ではなく建物だろうと。

時刻はいつしか八時を回り、駐車場に次々車がやってきた。春菜はバックミラーに自分を映して瞳《ひとみ》に宿る意志の強さを確認し、自分の覚悟を自分に問うた。

鐘鋳建設と仕事をするたび、様々な怪異に遭遇してきた。どれも身の毛もよだつものだったけど、仙龍たちがいてくれるから、怖くはなかった。

「嘘《うそ》よ。怖かったわ」

怖かったけれど、耐えられた。彼らが助けてくれると信じたからだ。

けれど今度はそうはいかない。助けるのは自分で、闘うのも自分だ。

耐えられるの？　大丈夫？

ミラーの中の大きな瞳を睨《にら》み返した。

「私を誰だと思っているの」

私は仙龍のサニワだから、厄年に彼が死ぬ運命を変える。変えたいのではなく、変えるのだ。根拠のない自信と信念は、口には出さずに心で呟き、下瞼《したまぶた》についたマスカラをつまんで取った。それからブラウスの襟を直して、出社するために車を降りた。

営業フロアへ上がって行くと、入り口の扉が開きっぱなしになっていて、奥で騒動が起きていた。受付事務員の柄沢と飯島《いいじま》が、お掃除のおばさんを囲んでいる。近くに上司の井《い》之上《のうえ》もいて、春菜に気付くと「おはよう」と言った。

「おはようございます。何かあったんですか？」

お掃除のおばさんは勤務時間が八時までなので、この時間に社内にいるのは稀《まれ》である。もともとは総務にいた人で、春菜もよく知っている。武井《たけい》さんといって、自宅が会社のすぐ裏にあり、アーキテクツの駐車場と、脇《わき》に立つアパートの大家さんなのだ。

「武井さんが掃除のパートをやめたいって言ってるんだ」

困ったように眉尻《まゆじり》を下げて、井之上が教えてくれた。

「どうしてですか」

武井さんは受付カウンターの奥で柄沢の椅子《いす》に座っていて、飯島がコップに水を汲《く》んできて飲ませている。床にはモップが置かれたままで、いつもはそれぞれの席に配り終えられているゴミ箱がモップの脇に重ねてあった。武井さんはお掃除用の制服を着て、まだ長靴を履いている。

「恐《こわ》い目に遭ったんだって」

春菜を見て飯島が言う。

「侵入者とかですか」

「そうじゃなく」

飯島は春菜の腕に手を置いた。

「武井さん。高沢さんが来たから、もう一度話してくれない？　高沢さんは、その」

春菜の顔をチラリと見てから、

「そっち方面に造詣《ぞうけい》が深いから」と付け足した。

「なんですか、そっち方面って」

顔をしかめて訊《き》くと、柄沢が振り返って、

「……出るみたいなの」

「なにが？」

「出るって言ったら決まってるじゃない」

と、声を潜めた。

「もう辞めさせてもらいます。別にお金に困ってるわけでもないし、健康にいいと思って引き受けていただけなので」

武井さんは興奮している。どうせ誰も自分の話なんか信じないと泣き出した。掃除も途中で放り出しているので、ただ事ではないのだろう。飯島が立ち上がって囁《ささや》いた。

「私と柄沢さんでお掃除道具を片付けてくるから、話を聞いてあげてくれない？　なにか見たようなんだけど、高沢さんは、そっち方面に詳しいじゃない」

社長や役員が来る前に掃除が終わっていないとマズいと飯島は言う。よろしくね、と言って柄沢も出て行った。代わりに井之上が武井さんに近づいた。

「武井さん、ここじゃあれだから向こうへ座ろう。詳しい話を聞かせてよ。ね？　ちょっと立って、奥へ行こうよ」

どんより重い空気を纏った武井さんを立たせて、打ち合わせテーブルへ移動する。彼女はまた水を飲み、少しだけ落ち着きを取り戻して、ブツブツ言った。

「もうね……今朝に始まったことじゃないのよ」

井之上がチラリと春菜を見る。

「だからなにが？　ね、話してよ。高沢が聞くからさ」

向かい側に席を移して訊《たず》ねると、武井さんは俯《うつむ》いたまま洟《はな》をすすって、ほとほと嫌気がさしたという声で答えた。

「髪の毛よ」

瞬間、春菜は鳥肌が立った。髪の毛はヤバい、ヤバいのだ。いつだったか、仙龍に連れられて配管工事の現場へ行って、キッチンの排水管に黒髪がごっそり詰まっているのを見たことがある。原因を調べてみたら、家主の愛人が自分の髪を納戸に隠して呪っていたのだ。古くから髪には魂が宿るとされ、女の髪で編んだ縄は切れないとして忍者が使ったり、着付けの上達を願って帯紐《おびひも》に詰めた例もあると言う。

「髪の毛がどうしたの」

井之上が訊くと、武井さんは顔を上げ、眉《まゆ》をひそめてこう言った。

「最近ね、会社に長い髪が落ちてるの。毎日男子トイレになんて、おかしいでしょう」

「設計の轟《とどろき》が長髪だから、彼のじゃないか？」

「違いますよ。轟さんは天然パーマじゃないですか。それに茶色く染めてるでしょう？　落ちているのは長くて黒い真《ま》っ直《す》ぐな毛よ。四十センチか、それ以上もあるんだから。それに一本二本がパラパラ落ちているんじゃないの。もっとごっそり……ああ、厭《いや》だ」

武井さんは腕をさすった。

「女性の誰かが男子トイレを使ってるってこと？　そんなはずないよな」

井之上は首を傾げた。

「それか、展示用カツラの毛が抜けて、職人にくっついていったとか」

「最近、展示用カツラなんて使いましたっけ？」

春菜が訊くと、「使ってないよな」と、井之上は勝手に納得した。

「もう。井之上部局長は、いい加減なこと言わないでくださいよ」

「じゃ、誰かが男便所を使ってるってことにならないか？」

「女子トイレが壊れているならともかく、誰が好き好んで男子トイレへ入るんですか」

「社員には、そんなに長い髪の人がいないでしょ？　どうなの？　今はいる？」

武井さんが訊いたので、春菜と井之上は顔を見合わせた。

「長いというほど髪が長い人はいないですよね。一番長いのが飯島さんで、でも、セミロングですもんね。パーマもかけてるし、真っ黒じゃないし」

「そうでしょ？　なのにどうして毎朝トイレに髪が落ちているの？」

「誰かの奥さんが長い髪とか」

井之上が言う。

「奥さんの抜け毛を持ち込んでる？　毎日？　よっぽど気持ち悪いです」

「俺にからむなよ」

「武井さん、その髪の毛って、どんなふうに落ちてるんです？」

春菜が訊くと、武井さんはもう一度コップの水を飲んだ。

「最初はね、通用口の床にパラパラという感じで落ちていたのよね。そのときは気にも留めなかったんだけど、次の日は階段に落ちていて、それで、あれ？　って」

「女子トイレには？　落ちていますか？」

武井さんは首を振る。

「不思議なことに男子トイレだけなのよ。余計に気味が悪いでしょ。気になりだしたら、なんとなく探すようになっちゃって……この前なんか……」

ぶるっと身体《からだ》を震わせた。

「やだ……なんですか？」

「小便器のなかに固まってたのよ」

「たしかに気持ち悪いよな。うちの男子トイレだよね？　俺はあまり使わないからな」

「部局長は、ほとんど会社にいませんものねえ」

事務仕事を春菜に押しつけて消えてしまう井之上に皮肉を浴びせて、先を促《うなが》す。

「悪戯《いたずら》にしても妙ですね。毎日ですか？」

武井さんは頷《うなず》いた。

「しかも、だんだん多くなってるの。最初はほんの二、三本だったんだから。それが昨日は束《たば》になって、手洗い場の蛇口にかかっていたのよ」

「今朝も？」

彼女は再び泣きそうな顔をした。

「今朝は怖くてトイレへ行ってない……それに……」

武井さんは意を決したように水を飲み、春菜と井之上に向き直った。

「今朝は、もうね、入ったときから変な感じがしたのよ。誰かに見られているみたいというか……それで、高沢さんが徹夜したのかなと」

「待って、なんで私なんですか」

「女性で徹夜するのは高沢さんしかいないでしょ？　声をかけても返事がないから上ってきたら、白い人影が、受付のあたりをスーッとそっちへ」

コピー機のほうを指す。井之上は怖々と先を見た。

「おはようございます」

長髪の男性社員が出社してきて足を止め、

「あれ？　武井さん、こんな時間に珍しいね、どうしたの」

ヘラヘラ笑いながら訊いてくる。アーキテクツの設計士、轟だ。井之上がかいつまんで事情を話すと、轟は痩軀《そうく》をのけぞらせ、

「やめてー。俺はそういう話、苦手なんだよ」

そう言ったくせに、デスクを回って近寄ってきた。

「それってさ、黒のストレートヘアでしょ？　俺も最近、気になってたんだよね」

「轟さんも知ってるんですか」

春菜が訊くと轟は言った。

「わりとしょっちゅう落ちててさ、そのせいでオレ、相談役の手島《てしま》常務に怒鳴《どな》られてたぜ？」

「何で轟くんが怒鳴られるんだよ」

井之上が訊くと、「だからさ」と、轟は訴えた。

「展示物の管理が悪いって。でも、ぜんっぜん、展示物じゃないっての。手島常務の革靴にけっこうな本数が絡みついてたみたいでさ、すっかんかんになって経理の山岸《やまぎし》さんを怒ったらしいんだ。山岸さんも心当たりがないもんだから、展示物のカツラかなんかから抜

け落ちたんじゃないですかと言ったんだって」

「それで轟さんのところへ来たんですか」

「俺じゃなくてもよかったんだろうけど、たまたま俺がいたからね。頭ごなしに怒鳴《どな》り散《ち》らして、キョトンとしている間にどっかへ行っちゃったんだけど」

手島常務は大手飲料メーカーの松本支社長を務めた人物で、早期退職後にアーキテクツの相談役に就任した。社長が突然連れてきたのだが、電話の応対の仕方が悪いとか、書類の書き方がなっていないとか、就任当初から嵐《あらし》のように怒号を降らせまくっている。

社長は、元松本支社長の人脈が大きな受注を呼ぶと期待しているようだが、頭ごなしで取り付く島もない様子から、春菜は、手島常務に仕事が取れるはずはないと思っている。肩書きを失った後も付き合いたい人物は、手腕に並ぶ人徳を持っているものだ。

「頭おかしいんじゃないですか」

呟くと、「シッ」と井之上にたしなめられた。

「腐っても鯛《たい》は鯛だぞ？　口の利き方に気をつけろ」

「腐った鯛なんか誰も買わないわ」

「言うねえ」と、轟が笑う。

「高沢さんが大嫌いな長坂《ながさか》所長に似たタイプだもんね。わかる、わかる」

春菜の天敵と謳《うた》われる設計士の名前を出した。

「長坂所長は、あれはあれで可愛《かわい》いところもあって、少なくとも取り付く島がないってことはないですよ」

轟はすでにコピー機の前にいて、

「あれ？　コピー機の調子、悪かったっけ」と訊いてきた。

「そういう話は聞いてませんが」

「ひでえな、ミスプリントがこんなに」

武井さんが席を立ち、轟に向かってこう言った。

「それね。今朝、誰もいないのに突然コピー機が動き出して、どんどんプリントするものだから、誤作動だと思ってメインスイッチを切ったのよ」

轟は機械に載せられたコピー用紙を手に取って、叫んだ。

「わあ、なんだこれ」

武井さんは、『これでわかったでしょ』という顔をしている。印刷されていたのは、うねうねと曲がりくねった髪の毛だった。コピー機のカバーを上げて確認しても、原稿もなければ髪の毛一本落ちてはいない。

「何もないのに……どうしてこれが写ったのかしら」

春菜に聞かれて轟がメイン電源を入れ、試しに機械を回してみたが、なにも印刷されない白紙が出ただけだった。武井さんは言う。

「それでね、コピー機を止めて紙を拾っていたら、首のあたりに誰かの息がかかったの」

「やめてよー、武井さん」

轟は泣きそうな顔をしている。

「嘘じゃないのよ。それから後ろで声がしたのよ」

「どんな声?」

と、春菜が訊く。

「プツプツして小さい声なの。ずっと同じことを繰り返していて、私、動けなくなっちゃって……でも、なにを言っているのかわかったら、怖くて外へ逃げ出しちゃったわ。女の人の声だった。許さない。呪ってやるって」

安っぽい怪談話のようだが、武井さんはそもそもそういうキャラではない。春菜たちは互いの顔色を窺《うかが》った。

「言葉にするとそれだけだけど、朝の会社って、暗くて不気味で誰もいないのよ。もう……怖くて、怖くて……庭掃除しながら誰か来るのを待ってたんだけど……七時を過ぎちゃったし、少し明るくなってから戻ってきたんだけど、怖くてトイレに入れなくって」

武井さんは、ぶるんぶるんと頭を振った。

「我慢したけど、もう限界。そもそも空気が怖いんだもの。独《ひと》りでお掃除できないわ」

「どこが一番怖い感じ? 会社全部?」

武井さんは室内を見渡した。

「男子トイレと役員室よ」

春菜が頷いたとき、柄沢と飯島がバタバタと部屋に戻ってきた。

「ちょっと見て!」

折り重なるように受付カウンターへ来て春菜を呼ぶ。

「男子トイレに長い髪の毛が落ちてたわ」

「うわ、ほんとうか」

井之上が先に立っていく。二人の事務員は証拠の品を掃除用トングにつまんで持ち帰っていた。排水口から引き上げたかのような黒髪がひとつまみ、トングの先に絡んでいる。

「そう、それよ」

と、武井さんは言い、

「たしかに気持ちが悪いな」

井之上は顔をしかめた。

「悪戯にしても悪質だよな」

「これ悪戯なんですか? 信じられない。悪趣味だし、陰湿よ」

柄沢は怒っている。

「社長に報告したほうがいいんじゃないですか」

と、飯島も言った。

「独りでお掃除していてこんなの見たら、そりゃ怖くて辞めたくなりますよ」

飯島と柄沢は毛の塊《かたまり》をビニール袋に入れて井之上に渡した。

「何で俺によこすんだよ」

「だって証拠が必要でしょ。私たちが下手に騒ぐと手島常務が激昂《げきこう》するし」

飯島は仏頂面だ。

「あの人、何か言おうとすると、すぐ怒鳴るんですよ」

「私たちや武井さんは立場が弱いですから、井之上部局長から社長なり総務なりに話を通して、原因を調べてもらうべきだと思います。男子トイレの問題なんだし、誰かが悪戯しているとして、自社ビルなので社員以外の男性が毎日トイレを使うはずないし」

「おいおい、男性社員の誰かが悪戯してるって思うのか」

「それか、なにか原因があるんじゃないですか？　急にこんなことが起きるんだから。うちで扱った物件に因縁がらみがあったとか」

井之上は苦笑した。

「鐘鋳建設さんと付き合いがあるからって、考えすぎだろ。うちは広告代理店で、因縁物件専門業者じゃないんだぞ」

「じゃあ人間の仕業ってことになりますよ？」

柄沢は両足を踏ん張って腕組みをした。春菜は相当気が強いが、柄沢も負けていない。

「それこそ鐘鋳建設さんにお祓いしてもらうとか、必要なんじゃないでしょうか」

飯島までがそう言ったので、春菜は可笑《おか》しくなってきた。鐘鋳建設の職人たちが魅力的なので、アーキテクツの女子社員は隠温羅流がブームになりつつあるのだ。

「井之上さん。私、もう独りじゃお掃除できないから」

女子社員三人と元女子社員の武井さんに詰め寄られ、井之上は渋々《しぶしぶ》髪の毛が入ったビニール袋を受け取った。

「わかった。じゃ、俺が社長に話すから」

井之上が武井さんを連れて出ていくと、春菜たちは大急ぎでモップやゴミ箱を片付けた。そして轟は、奇妙なものが写ったコピー用紙を焼却炉で燃やしにいった。


同じ日の午後。春菜は信濃《しなの》歴史民俗資料館を訪れた。自分自身は浅学非才であったとしても、春菜には博学多才な知り合いがいる。その人物が勤めているのがここだ。

信濃歴史民俗資料館は郊外にあり、復元された展示古墳や、古墳時代のムラを再現した科野《しなの》の森を含め広大な敷地《しきち》を有している。資料館では県内外の個人や団体から寄贈された埋蔵文化財や古文書を保存展示しているほか、文書館、考古館を併設して地域の学び舎《まなや》としての役割を担っている。春菜が懇意にしている民俗学者の小林寿夫《こばやしひさお》はこの資料館の学芸員で、大学教授を退いて久しい今も『教授』の愛称で呼ばれる名物学者だ。小林教授と春菜は残虐絵の企画展を計画中で、最近は特に顔を合わせる機会が多い。

午後二時を過ぎると日射しは急に傾いて、科野の森が夕暮れ色に染まりはじめる。周辺には刈り入れを終えた田んぼが広がり、古墳の山も寝ぼけたオレンジ色に染まっている。今年は各所で激甚災害が相次いで、季節の移ろいにも例年とは変化が見られた。紅葉は進まず、山々は錦《にしき》を経《へ》ずに色を失い、そのせいで冬が来るという実感もない。人の目に触れないところで、深く、静かに、何かが変わりつつある気がして怖い。

施設の駐車場に車を止めると、資料を入れたバッグを担いで建物へ向かった。

打ち合わせに来るときは、受付を介してからバックヤードの職員専用出入り口を使う。それは広いロビーの脇にあり、扉の先は狭い通路だ。進むと脇に図書室があって、小林教授は職員室ではなく大抵この図書室にいる。職員室の自分の机は資料や書類で埋まっているので、図書室の六人掛けテーブルを占領してデスクのように使っているのだ。ノックすると、

「はいはい」

と、中で教授の声がした。職員室へは長い間行っていないと、春菜は思って苦笑する。

図書室は、まるで教授の書斎のようだ。

「失礼します」

声をかけてからドアを開けると、室内にもう一人男性がいた。

「あ。すみません。お取り込み中でしたか」

言うと教授が立ってきて、

「いえ、かまいませんよ。こちらは文献資料課に新しく配属された新井《あらい》さんです。保管資料をデータに落とす仕事をお願いしてるんですよ。私はそっち方面がからっきしなので」

男性は立ち上がって春菜に頭を下げた。歳《とし》の頃は五十前後。データ処理の専門家というよりは、体育の先生といった風貌《ふうぼう》だ。筋肉質でガッチリとして、頭をスキンヘッドに整えている。春菜は彼の前まで進んで名刺を渡した。

「わたくしアーキテクツの高沢と申します。小林先生には大変お世話になっております」

「いやあ……こちらでの名刺交換は初めてなんですよ」

新井は、はにかんだ笑みを浮かべて名刺を受け取り、自分の名刺を渡してくれた。そばで教授がニコニコしながら見守っている。

「時代ですねえ。なんでもデータにすると管理が楽だということで……私なんぞは画面で見るより紙のほうが頭にスッキリ入るのですがね」

「入力するまでが大変ですけど、一度データ化しておけば検索が楽になりますよ。ほかの施設ともデータを共有できますし」

新井はそう言って入力作業に戻った。

「彼のデスクは職員室にあるんですけど、私の分だけ整理整頓《せいとん》ができていないものですから、厚意で、ここで作業してくれているのです」

「小林先生の場合は直接質問しながらのほうが早いですから」

「やり手なんですね」

と、春菜は笑った。

「教授はすぐにフィールドワークへ行っちゃいますから、私も苦労しています」

小林教授は、痩《や》せていて、小柄《こがら》で、白髪頭で、いつも灰色のシャツにズボンを穿《は》いて、腰に手ぬぐいをぶら下げている。年季の入った黒縁メガネを鼻の頭に引っかけて、飄々《ひょうひょう》とした風貌ながら頭脳明晰《めいせき》で好奇心旺盛《おうせい》な、その道で有名な民俗学者の先生なのだ。

春菜はテーブルにバッグを載せて、たたき台と見積書《みつもりしょ》を取り出した。

「早速ですが、残虐絵の企画について、ざっとプランをまとめてきたのでご査収くださ
い。予算も弾《はじ》いてきましたけれど、こちらはプランによって三つほど価格帯を変えました。可能なら大きな企画として実現させたいところですけど」

信濃歴史民俗資料館は県営なので、実際に企画が通れば入札で業者が決まる。けれども先《ま》ずは企画を通さなければならないわけで、いま春菜がやっているのは前段階の仕事である。提案やアイデアがそのまま起用されるわけではないし、プランニング自体が売り上げ

につながるわけでもないが、来期に企画展用の予算を確保してもらわないことには仕事が始まらないので手抜きはできない。本当の勝負はその先だ。

「悪いですねえ」

と言いながら、教授は席について春菜の書類を引き寄せた。メガネを外して手ぬぐいで拭《ふ》いて、また掛け直して頁をめくる。春菜も教授の対面に座った。

新井が叩《たた》くキーボードと、時々押されるマウスの音以外、教授がめくる紙の音しか聞こえない。室内には六人掛けテーブルがいくつかあって、周囲には貴重な蔵書が並んでいる。古い書物が吐き出す時代の匂《にお》いを嗅《か》ぎながら、春菜は書籍を眺《なが》めている。

――修那羅の石神仏・庶民信仰の奇跡、怪異学入門、柳《やなぎ》田國《たくに》男《お》の民俗学、無形民俗文化財の保護……――

この資料館にはその道のエキスパートがまとめた本が多く収蔵されているが、図書室にあるのはその一部で、保管庫に行くと整理が行き届いていない多数の資料が眠っているらしい。博物館の展示物に関わっていると、思いも寄らぬタイミングで展示に関わる資料が発掘されてくることがあり、そういうときは故人の遺志が何らかのかたちで働いていると感じさせられる。もともと春菜は信心深くもなかったし、民俗学などというものに何の興味も持たなかった。それでも今は実感として、世の中には見えない力が働いているのだと信じている。

「いや、春菜ちゃん。さすがによくできていますねぇ」

しばらくすると教授が言った。

「私としても、この企画は来期の目玉にしたいところですが、ほかの先生方の意向もありますので、まずは春菜ちゃんのプランで相談してみようと思います。少しお時間を頂戴《ちょうだい》しますが……待っていてくださいね」

「どうぞよろしくお願いします」

丁寧に頭を下げて、顔を上げると、小林教授がメガネの奥から見つめていた。

「なんですか？」

何かついているのかと頰《ほお》に触れると、教授が悪戯っぽい顔で訊く。

「鐘鋳建設の棟梁が、春菜ちゃんに手帳を預けたんですってね」

春菜はチラリと新井を見たが、一心不乱に入力作業を続けている。

「地獄耳ですね」

顔を近づけて囁くと、

「棟梁とはシルバー仲間ですからねぇ」

教授はニコニコ笑って言った。

「仙龍さんのルーツを調べに山陰へ行くんですって？　いつですか」

春菜はスケジュール帳を確認した。

「移動に時間が掛かるので、本当は年末年始休みと足して長期休暇を取れればいいんですけど、その頃は売り出しディスプレイの仕事が重なって弊社のかき入れ時なんです。だからお正月休みを前倒しして休暇を取りました。月末の土曜から四日ほどの予定です」

「どこへ行きますか?」

春菜は身を乗り出した。

「実は……そのことで教授に相談があったんです」

いいですか、と訊く前に彼は頷く。

「棟梁の手帳には、仙龍の高祖父からの家系図がありました。それより前のご先祖については戦火で記録が焼失したようで、ただ、高祖父の鉦龍さんは吉備地方から信州へ来たのではないかと」

「先祖はたたら集団ではないかというのが、棟梁の推理でしたね」

「ご存じですか? たたらは六世紀頃に吉備から全国へ伝わったそうですね」

「中国地方に良質な材料が採れる山があったからですよ」

「わからないんですけれど、曳き屋は代々曳家をしているものじゃないですか? 特に隠温羅流のような人たちは」

小林教授はニコニコしながら立ち上がり、両手をこすり合わせた。

「それは春菜ちゃん。人生は長いですから、先祖代々同じ家業を守り通せる人たちが、どれほどいると思いますか。ここに」

と、教授は書架から一冊の本を引き出した。

「私もね、隠温羅流には興味津々なんですよ。けれど、どんなに文献を調べても、隠温羅流については出てこない。あんなに優秀なのに表舞台に出てこないのは、陰の流派だからでしょう。そこがミステリーで、人を惹きつけるのですねえ。それで……あ、そうそう。ちょうどここにも書かれていますが」

比較的薄い本をめくって教授は言った。

「蔵が残る糀坂町《こうじさかまち》で曳家をしている方が、興味深い話をしていましてね。こちらは建設会社の名称のほかに、『くるまや』という屋号を持っているそうで。『くるまや』はご先祖の職業で、もともとは水車で穀物を挽《ひ》く水車穀屋を商売としていたものが、電気の普及で水車が廃《すた》れて農家になって、農家だけでは食べられないので職人もしていたところ、腕を見込まれて曳家の仕事を始めたそうで、『昔の家は材が頑丈だから、屋根と土台をしっかりさせれば百年の上は軽くもつ』というのが口癖《くちぐせ》だそうです。同じように鐘鋳建設さんにも屋号があるのではないかと訊いてみましたら、株式会社にする前は鐘鋳曳屋を名乗っていたそうで、棟梁は鐘鋳という文字と導師にまつわる因縁の深さなどから、たたらを想起したようでした。つまり、曳き屋が代々曳家を生業《なりわい》としていたとは限らないのですよ」

「でも、隠温羅流の歴史は古いですよね。仙龍の高祖父が信州へ来たのは日露戦争の後で……」春菜は「あれ？」と、首を傾げた。

「信州へ来る前は、ほかの仕事に就いていた可能性もある？」

「少なくとも江戸期には曳家をしていたはずですが。棟梁はなんと言っているんですか」

「手帳を預かっただけで、まだ話をしていないんです。私も自分の考えをまとめてからと思っているので」

「それは大事なことですね。棟梁の話を聞くだけでは新たな発見につながりません。春菜ちゃん独自の視点を持つのは大切ですよ」

春菜は棟梁の手帳を出した。貴重な預かり品なので、専用ポーチに入れている。

「棟梁は、出雲大社《いずもたいしゃ》と吉備津神社《きびつじんじゃ》について調べていたようなんです」

春菜が言うと教授は瞳を輝かせた。一気に顔色がよくなって、身体を前後に揺らすほど大きく頷き、両手を激しくこすり合わせる。

「出雲大社と吉備津神社！　そーうですか、そうですか。古墳時代、吉備や出雲は畿内《きない》と並ぶ強大な国家だったからですね、古事記や日本書紀などを読み解きますと、神聖な神々の血腥《ちなまぐさ》い歴史が窺い知れます。さしずめ棟梁は、隠温羅流にある『温羅』の文字に着目したのでしょうかねえ」

「それ、珠青《たまお》さんとも話したんですけど──」

春菜は仙龍の姉珠青について教授に告げた。彼女は長い間隠温羅流のサニワをしてきたが、仙龍の兄弟子青鯉《あおこい》の子を身籠《みご》もってサニワの任を退いた。母親になるとサニワが失われてしまうのだ。

「――吉備地方に『温羅』という名の鬼がいたのは偶然でしょうか？　隠温羅流の文字は『温羅』を隠すと書く。この鬼と隠温羅流は関係あるんでしょうか？」

「温羅は大和朝廷《やまとちょうてい》に制圧された吉備冠者《きびのかじゃ》の名前です。この人は、百済《くだら》、伽耶《かや》、新羅《しらぎ》などから倭国《わこく》にきた渡来人と言われていますが、諸説あって、個人的に興味深いと思っているのは、九州、もしくは出雲から渡ってきたという説です」

「どうして出雲が興味深いんですか？」

教授は、「後述します」と、春菜をいなした。

「先ほどの話と関連するような興味深い話があります。伝承によりますと、温羅の眼《め》は狼のように輝き、髪は燃えるように赤く、筋骨隆々たる異様な姿をしていたそうです。火を吹いて山を焼き、岩を穿《うが》って人や猿を喰《く》い、美しい女をさらったと」

春菜はそれを想像してみた。

「待って……火を吹いて山を焼き、岩を穿つって……それはたたら集団のことでは？」

「いいですね春菜ちゃん。やはりそこが気になりますよね」

小林教授はニッコリ笑った。

「大陸からは仏教をはじめとして様々な文化や技術が伝わりました。製鉄もそのひとつです。温羅の伝承は、古事記や日本書紀ほか様々に残されていまして、要約しますと、こんな感じになるでしょうか」

教授は小さく咳払《せきばら》いした。講義を始めるつもりのようだ。

「そのむかし、吉備に温羅という鬼がやってきて、略奪や暴力を繰り返すので、人々の難儀を見かねた大和朝廷が討伐に乗り出しました。討伐隊の大将は彦五十狭芹彦命《ひこいさせりひこのみこと》といいますが、文献によって名前の記述がやや異なりますので、詳細は割愛して『将軍』とします。さて。吉備に入った将軍は、温羅の住処《すみか》である鬼ノ城めがけて矢を射るのですが、力は互角。互いの矢、文献によっては将軍の矢と温羅が投げる石という説もありますが、要は互いの力が互角だったところが肝心ですので、こちらも詳細は省きます。つまり、互いの武器が喰い合ってどうにも勝負がつきません。そこで将軍は住吉《すみよし》大明神のお告げを受けて一度に二本の矢をつがえ、これを放ったところ、一本は温羅の武器と喰い合いますが、もう一本は見事左目に命中します。傷を負った温羅は雷雲を呼んで洪水を起こし、雉《きじ》に変じて山中に身を隠しますが、将軍は鷹《たか》に変じてこれを追い、温羅が鯉になって川を下るや、鵜《う》に変化してようやくこれを捕らえます。おとぎ話の『桃太郎《ももたろう》』は、この逸話から生まれたという説もありますねえ」

教授は春菜にドヤ顔を向けた。

「たたらを思わせる記述はここにもあります。赤い顔と矢疵《やきず》を負った隻眼は、たたら製鉄に関わる『鉄の民』を揶揄《やゆ》する表現だったりするのです」

「やっぱり」

春菜は少し興奮してきた。教授が続ける。

「話には続きがありまして、温羅は降伏して吉備冠者の名を将軍に奉り、これより将軍は吉備津彦命《きびつひこのみこと》と呼ばれるようになりました。割愛しますが、吉備津彦命の素性についても諸説あることだけはお伝えしておきましょう。さて。降伏した温羅は斬首《ざんしゅ》され、首を串刺《くしざ》しにしてさらされますが、不思議なことに、いつまで経《た》っても朽ち果てない。それどころか時々目を開けて吠《ほ》え続けたので、人心が乱れることを恐れた吉備津彦命は家臣の犬飼《いぬかい》武命《たけるのみこと》に命じて温羅の首を食べさせました。ところが、首は髑髏《どくろ》となっても吠えるのをやめないので、次には八尺あまりも地面を掘って地中深くに埋めました。それでも声は止《や》むことがなく、十三年あまりも吠え続けたといわれています」

「凄まじい執念ですね。それじゃ髑髏も疲れるでしょうに」

執念の行き着く先を見てきた春菜は、本心からそう言った。怨念《おんねん》と妄執が生み出すものは、周囲を害する怨毒《おんどく》だけだ。

「まさしく、ですねえ。温羅もそう思ったか、あるとき吉備津彦命の夢枕《ゆめまくら》に立って言いました。わが妻阿曾媛《あぞひめ》を呼び寄せ、これに命じて御釜で神饌《しんせん》を炊《た》かしめよ。さすれば我は鳴る釜によって吉凶を占い、吉備津彦命の使者となって四民に賞罰を与えんと。そこで首は掘り出され、神社の下に埋めなおされました。ちなみに、この神社が立つ場所は、将軍が温羅討伐の拠点としたところだそうです。上田秋成《うえだあきなり》の『雨月物語《うげつものがたり》巻之三』、『吉備津の釜』に鳴釜神事が出てきますが、これが岡山《おかやま》の吉備津神社のことです。鳴釜神事に使われるお釜は阿曾媛ゆかりの地である阿曾郷《あぞごう》の鋳物師《いもじ》が鋳造すると決められているそうで、吉凶を占う二人の巫女《みこ》も同地出身の女性が奉仕するようです。阿曾郷は温羅が棲《す》んだとされる鬼ノ城の麓《ふもと》にある村ですし、こちらもたたら製鉄との関連を窺わせるエピソードですね」

「吉備津神社の社殿の下には鬼の首が眠っていると、珠青さんから聞きました。彼女は上田秋成の雨月物語が、個人的に最も怖い怪談だと思うって」

小林教授は訳知り顔で頷いた。

「吉備津の釜に出てくる磯良《いそら》は、それはそれは健気《けなげ》で献身的な女性なのですよ。けれど、ひとたび怒ればその恐ろしさたるや……」

教授はブルンと身震いをする。

「大和朝廷を震撼《しんかん》させた温羅でさえ、死してなお恋《こ》い焦《こ》がれて魂を委《ゆだ》ねたのが妻ですからして、どれほど虚勢を張ろうとも、男という生き物は女性に頭が上がらないのです」

終始無言でキーを叩いていた新井も、このときだけは首をすくめた。

「さてそこで。私が個人的に興味をそそられる、温羅が出雲から来たという説ですが」

調子が出てきた小林教授は、書架の前を歩きはじめた。参考文献を探しているのだ。

春菜は毎度驚くが、教授の頭の中では膨大な書籍のほとんどが、すっかり整理できているらしい。人差し指を振りつつ数歩歩けば、目的の本を探し当ててしまうのだ。

「今では鬼とされていますけれども、伝承は時の権力者に都合のよい作り方をされる側面もありますからねえ。勝てば官軍負ければ賊軍などと言われるように、勝者のみが正義とされて、敗者に不都合が押しつけられるのは世の常です。そういう目線で温羅の物語を見直しますと、領土臣民どころか敬称までも奪われた挙げ句、汚名を着せられ卑しめられた吉備冠者が、髑髏になっても吠え続けた気持ちもわかるというもの。温羅が臣民に慕《した》われた統治者であればこそ、呪詛《じゅそ》の伝承が生き続ける限り、いつまた反旗が翻《ひるがえ》るかもしれず、朝廷はそれを恐れたのでしょう。伝承の表側は統治者に都合よく整えられていますから、裏側を読み解けば、温羅を鬼と断じて切り捨てるより、大和朝廷の軍門に降った使者として尊ぶことで生かし続けねばならないほど、信望に溢《あふ》れていたともいえますね。事実、吉備冠者を優れた統治者とする文献もあるようですし」

「首が唸《うな》り続けたのは捏造《ねつぞう》ですか?」

「そうとも言い切れません。叩いても叩いても再燃してくる反乱軍の比喩《ひゆ》で、大和朝廷に立ち向かう民衆の勢いが十三年経っても衰えることがなかったということかもしれません。個人的には怪異のほうが楽しいですが、いずれにしても吉備地方の制圧が一筋縄ではいかなかったことを示しています。乱世が続けば朝廷の支配に暗雲を呼びますし」

「だから神格化したんでしょうか。怨霊《おんりょう》を神として祀《まつ》る御霊《ごりょう》信仰みたいに？　菅原道《すがわらのみち》真《ざね》や平将門《たいらのまさかど》のような」

小林教授はニマリと笑った。

「そこですよ。『吉備津の鬼・温羅』の特異なところは、温羅本人を御霊として祭神にしていないところです。日本における三大怨霊は、菅原道真、崇徳天皇《すとくてんのう》、平将門といわれていますが、これらが御霊そのものを祭神としたのに対し、温羅は吉備津彦命の使者として神社の地下に眠る存在ですね。私はこの一点からしても、統治者としての吉備冠者を大和朝廷が心底恐れた構図が見える気がします。温羅は飽くまでも朝廷の使者として軍門に降らなければならなかった。それほどまでに鉄の民の威力は強大だったと想像できます。叩き潰《つぶ》せば反撃が怖く、生かしておけば脅威になる。そこで温羅の魂共々抱き込んで、共存もしくは利用する道を図ったとでもいいましょうか」

教授は一冊の古書を抜き出した。

「話を少し戻して、出雲について説明しますが、春菜ちゃんが御霊信仰に触れてくれたのはありがたいことでした。神社というのは様々な起源を持ちますけれど、意外に多いのが祟《たた》り神《がみ》を鎮めた社《やしろ》で、これが御霊信仰ですね。神道の概念では同一の魂が荒魂と和魂を持つとされ、祟り神を荒御霊などと称します。強大な力を持ち、怖くて祟るけれど、手厚く祀ることで守護神にもなるというあれですね。疫病《えきびょう》を平将門の祟りと恐れて、その霊を祀った神田明神、崇徳天皇の白峯神宮や、菅原道真を祀る太宰府天満宮は有名ですが、御霊を祀る場所にはいくつかの特徴があると言われます。先ずは手厚く祀ることが大切なので、敷地や建物が自《おの》ずと広大になるのがひとつ」

「あっ」

と、春菜は声を上げ、棟梁の手帳を確認した。

「それでか……実は棟梁の手帳には、吉備津神社について、『比翼入母屋造《ひよくいりもやづく》りなぜ?』と書いたあと、『出雲大社の倍以上の広さアリ』とメモがありました。何のことかと思っていたら、つまりはそういう意味だったんですね」

教授は手帳をチラリと覗《のぞ》き、

「興味深いですねえ」

と、メガネを外して拭きはじめた。

「棟梁は、社殿が比翼、つまり二つの屋根を持つことに注目したようですね。まったくの主観で言いますが、これもまた四民には隠しつつ、温羅と吉備津彦命を等しく祀る配慮だったのかもしれません」

「呪ですね?」

「建物には公にされない様々な仕掛けが施されていますからね。出雲大社よりも広いとは、私も知りませんでした。なるほどなるほど……これだから建物は面白いですねえ。知りたいことが山のようにあって、残りの寿命で足りる気がしません」

教授は手にした本を春菜の前にあるテーブルに載せた。

「出雲大社も大変大きな神社です。長い長い年月を経て、人はそこに祀られたモノの正体を忘れていきますが、建物さえ残っていれば、構造を見ることで来歴を探ることが可能です。隠温羅流が因縁物件を曳家して残す『因』もそのひとつですね。龍の三本指を象《かたど》った印ですけれど、あれの意味もまた知りたいところではありますねえ……ああ、またも話が逸《そ》れました」

教授は再びコホンと咳払いをし、講義するときのように背筋を伸ばした。

「春菜ちゃんは考えたことがありませんか。その神社には、どんな神がおわすのかと」

春菜は眉間に縦皺を刻んだ。

「日本はどこにでも神社があって、日常に溶け込んでいるので、あまり深く考えたことはないですけど……鐘鋳建設さんと仕事をするようになってからは気になりますね。それまでは、狐《きつね》がいるからお稲荷《いなり》さん程度の知識しかなかったです。でも……」

そういえば、と、思い出したことがある。

「実家近くの三角地に、鳥居とお社とブランコがあったんですけど、うちのお祖母《ばあ》ちゃんがそこで遊んじゃダメよって。そこの神様は子供が嫌いだからと言うんです。でも、子供心に、ブランコがあるのに遊んじゃダメっておかしいでしょうと」

「春菜ちゃんらしいですねえ」

「それで内緒でブランコに乗ったら、私も、友達も、ものの数分でケガをしちゃって、ああ、こういうことかと思ったことはあります」

「なにを祀っていたのでしょうねえ」

「わからない。神社は今もありますけれど、ブランコはすぐ撤去されたので……やっぱり禁忌だったんでしょうか」

小林教授は頷いた。

「先ほども言いましたが、神は決して人によいようにだけ働くわけではないのです。人は神と名前がつく存在には無条件でよい働きを期待しがちですが、そうではない。荒ぶる神は恐ろしいものです。さて、そこでようやく出雲の話になりますが」

古い書物を開きながら、小林教授はこう言った。

「出雲大社は因幡《いなば》の白兎《しろうさぎ》などのおとぎ話で有名な大国主大神《おおくにぬしのおおみかみ》を祭神としますが、大国《おおくに》主命《ぬしのみこと》もまた天照大神《あまてらすおおみかみ》に領土を譲った……と言えば聞こえがいいですが、言い方を変えると、領土を奪われた国譲りの伝承を持つ神様ですね」

「吉備冠者と似てますね」

「そうなのですよ」

と、教授は言った。

「顛末《てんまつ》は古事記や日本書紀に記されていますが、大国主命は国譲りの条件として、『大岩の上に柱を太く立て、高天原《たかまがはら》に千木を高くして祀り賜るなら、我は隠れていよう』と最大規模の建物といわれる大社を造ることを求めます。現在の出雲大社は創建当初のものではありませんが、一説によりますと、古代の本殿は高さおよそ四十八メートルの高所に造られていたといわれます」

「すげえな……壮大な建物だったんですねえ」

脇から新井がそう言った。すっかり春菜と教授の会話に聞き入っていたようである。

「怨霊や祟り神を祀る社殿は豪華でないといけません。敬意を払っていることを示して荒魂を鎮めるわけですから。また別に、荒ぶる神を境内《けいだい》に封印しなければならないわけで、結界も必要となりますね」

「そういえば、鳥居は結界を示すものだと聞いたことがありますよ」

丸顔の新井はニコニコしながらそう言った。

「新井さん、ちょっと」

小林教授は手招きをして、春菜の前に置いた古書が見える位置へ新井を呼んだ。

「これを見てごらんなさい」

彼が隣にやってきたので、春菜も立ち上がって本がよく見えるようにした。神社の敷地平面図を書いた頁である。参道や鳥居、拝殿や本殿を線書きした中に、本殿に祀られている祭神の向きが描かれている。

「神社には、たまさかこうした配置のものがありますね」

なにを指してこうした配置というのだろうと、春菜は図面をじっと見て、気がついた。

「もしかして神様の向きですか？　神様の正面がお参り口に向いてないんですね」

「あ、そうか。これだと、お参りする人に神様の顔が見えないなあ」

新井も頷いて言う。そうなのだ。参道や楼門は拝殿へと一直線に続いていて、本殿もその直線上に造られているのに、安置された御神像は横を向いている。

春菜には思い当たることがあった。

「悪霊は直進しかできないからですか？」

小林教授は手を打った。

「さすがは春菜ちゃん。よく勉強してますねえ」

「なんですか、それ？」

新井が訊くので、春菜が答えた。

「城下町などによく見られるんですけど、変則十字路というのがあって、辻《つじ》の十字が垂直に交わっていないんです。ひとつには攻め入ってくる敵の姿を捉《とら》えやすいためですが、不思議なことに変則十字路は城下町以外でも、日本以外の国でも見受けられるんです。その理由のひとつが、悪霊を町に入れないためと言われていて、インドネシアなどではわざと垂直十字路を造らなかったり、どうしても垂直になってしまう場合は魔除《まよ》けを置いたりするそうです。これらのことから、悪霊は直進しかできないと考えられていたことがわかるんですけど……」

後を教授が引き継いだ。

「辻道は彼岸と此岸《しがん》が交錯する場所で、魔物が通るといわれるのです。同じ考えは日本にもありまして、T字路の突き当たりにある家などは、悪い辻神が侵入してこないように石《いし》敢當《がんとう》を置いたりしますね」

「つまりこの祭神は――」

新井は図面に指を置き、

「――建物の入り口に顔を向けていないから、真っ直ぐに進むと壁に突き当たって本殿を出られないというわけですね？」

小林教授は微笑《ほほえ》んだ。

「出雲大社のご本殿は建物の周囲がさらに玉垣で囲まれていまして、それに沿って進んで行くと、西側にひっそりと遥拝場があるのです。そこからだと神様を正面に見てお参りできる。あまり知られていませんが、こうした神社は結構多い。さらに出雲大社の場合は、ご本殿の中央に心御柱《しんのみはしら》と呼ばれる太い柱が立っていまして、この柱の周囲を時計回りに進んで御神座に至る特殊な構造になっています。どうです？　念が入っていませんか」

「柱も結界なんですね」

　春菜が訊くと、

「そのようにも考えられるということです。もちろん諸説ありまして、御神像が西を向いているのは神在月《かみありづき》に八百万《やおよろず》の神々が着岸される稲佐《いなさ》の浜《はま》が西にあるからとも言われます。いずれ正確なことはわかっていないのですがねえ」

　教授は笑った。

「興味深いことに、出雲大社はいっとき天照大御神の弟の素戔嗚尊《すさのおのみこと》を祭神としていたことがあるそうです。素戔嗚尊といえば、その傍若無人《ぼうじゃくぶじん》な行いに嫌気がさして、姉である天照大御神が天岩戸《あまのいわと》に籠《こ》もってしまい、世界が闇《やみ》に閉ざされたという話が有名ですね。この荒ぶる神は大国主大神の祖先に当たるのですよ。さあ、そこで、温羅が出雲の人だったという説に、私が惹かれる理由がわかるのではないですか？」

「温羅も素戔嗚尊や大国主大神の子孫だと思うんですか？　年代的にはどうなのかしら」

「国譲り神話も温羅の話も古事記や日本書紀に記されています。古事記は七一二年、日本書紀が七二〇年頃に成立した歴史書ということになっていまして、吉備津神社が官幣社《かんぺいしゃ》に列したのは八五二年ですから、温羅が同地に暮らしたのをそれ以前とするなら時代的齟齬《そご》はないのです」

「いやーあ、面白いですね！」

興奮して新井は唸った。

「ぼくは伊勢《いせ》の生まれですけど、神話って、ただの作り話と思っていました」

「ほとんどの人がそのように思っていることでしょう」

小林教授は頷いた。

「けれども、神話や伝承に、歪曲《わいきょく》された史実が隠れているのではないかと穿った目で見るのは面白いです。なんと言いますか、自分のＤＮＡに隠された歴史ロマンを手探りで紐《ひも》解《と》いていくような快感がありますねえ。人間という生き物は、どれだけ自分のことが好きなんでしょうか……これだから学者はやめられません」

因幡の白兎や国譲り神話、そして桃太郎のようなおとぎ話に、よもや人としての神を探ろうなどとは考えてもみなかった。

「反逆者であり、神であり、鬼でもあった人……」

春菜は思わず呟いた。仙龍ではなく、温羅という渡来人について考えてのことだ。

その一瞬、春菜の脳裏を仙龍に絡みつく黒い鎖のイメージが過ぎったが、閃光《せんこう》のように行き過ぎて、アイデアをつかむところまではいかなかった。

「伝承の陰には、ほんとうに、鉄の民と呼ばれるたたら集団がいたんでしょうか」

鎖のイメージを一蹴《いっしゅう》して春菜は言う。

「春菜ちゃん。それもまた興味深い話です。鉄は宗教儀式にも、もちろん武器にも、巨大建造物を造るときにも欠かせませんから。支配者といたしましては、どうしても制圧する必要があったでしょう。火を吹き、山を穿ち、森を焼く。隻眼で赤い顔、頑丈な身体に荒々しい気質、それは私たちがイメージする『鬼』そのものではないですか」

それこそが仙龍に絡みつくモノの正体だろうか。たたらと、鬼と、隠温羅流、それらがひとつにつながるとして、どこがどうなったら導師に呪いが懸かるのだろう。隠温羅流の歴代導師は、身に降り懸かった運命を呪ったのだろうか。

春菜は立ち上がって、古い書籍を教授に返した。

「やっぱり小林教授に相談してよかったです。古事記や日本書紀の話になると、何が何やら。神様の名前を覚えるだけでも難しいので」

「神様は名前が長くて読みにくいですし、なかなか覚えられませんしねえ。しかも同じ神がいくつも名前を持っていて、古事記と日本書紀で少しずつ違ったりもしますから、専門に研究している学者が多いのも頷けます。古代ロマンは人を惹きつけるのですよ」

新井は再び作業に戻り、春菜も図書室を後にした。バックヤードを戻るとき、小林教授が追いかけてきて、なんということもなく春菜の隣を歩きはじめた。

「ひとつ思ったことを言ってもいいでしょうかねえ?」

立ち止まりもしないので、春菜もそのまま歩き続ける。狭い廊下は建物の外周をなぞるように続いて結構長い。春菜は「はい」と返事をした。

「ぼくはねえ、年甲斐《としがい》もなくワクワクしているのですよ」

床を眺めて教授は言った。一人称が『ぼく』になっている。

「ワクワクですか?」

「いえ、こういうのを予感と言うのでしょうかね。少し前、東按寺《とうあんじ》さんで曳家をしたときに……」

それはわずか一ヵ月前のことである。長野市内の東按寺というお寺が駐車場を整備するために持仏堂《じぶつどう》を曳家したところ、百鬼夜行さながらの怪異が続いて曳家した建築会社の社長が隠温羅流に助けを求めた。春菜もサニワとして現地へ赴き、教授共々仙龍たちの因縁祓いに立ち会ったのだ。

「春菜ちゃんの叫んだ言葉が印象的でしてねえ。あのとき私は――」

教授は少しだけ立ち止まり、

「――春菜ちゃんならやるかもしれない、と感じたのですよ」

春菜も歩調をゆるめて教授を見た。

「私、なにか叫びましたっけ?」

教授はニッコリ微笑んで、船を漕《こ》ぐように頷いた。

「あなたを絶対、鬼にはさせない。春菜ちゃんはそう言いましたねえ。因縁の元となった殺人者は生きながら鬼になり、自害しても苦しみは止まなかった。あれは殺人鬼に取り憑《つ》いた怨毒との戦いでした。春菜ちゃんは鬼の魂を悼むことで怨毒を浄化させたのです」

正直に言うと、そのとき自分が何を叫んだか、まったく覚えていなかった。

「……ずいぶん偉そうなことを言ったんですね。私って、バカみたい」

教授はまたも歩きはじめた。

「因縁祓いの最中で、しかも咄嗟《とっさ》のことですからね、無意識に出た言葉だろうと思います。でも、だからこそ嘘がないとも言えますね？　殺人鬼は惨《むご》い行いに心奪われ、徐々に人間味を失っていくのを、自分でも止められずに恐れていると春菜ちゃんは言いました。魔物に付け入られていたことを、春菜ちゃんはサニワの力で知って、手を差し伸べた。殺人鬼だからと切り捨てたりはしなかった。なかなかできないことですよ」

春菜は首を傾げた。

「そんな大それたことじゃなく……」

だんだん思い出してきた。

「まだほんの少しだけ人の心が残っているのを感じて。だから」

「芥川龍之介《あくたがわりゅうのすけ》の『蜘蛛《くも》の糸』ですね。地獄に落ちた極悪人を救うため、極楽からお釈迦《しゃか》様《さま》が垂らした蜘蛛の糸。ぼくはサニワがないですが、あの瞬間、春菜ちゃんの想いが一条の光となって罪人の魂に届くのを見たような気がしましたねえ。向こうがそれをつかもうとしたから、因縁祓いは成功した。そんなふうに感じましたよ」

「仙龍たちがいたからこそ、です」

「もちろん誰が欠けても因縁祓いは成り立ちません。けれど私は、あのとき春菜ちゃんが叫んだ言葉を、鬼、つまり怨毒自身も聞いたと思うのですよ」

全身がザワリと粟立《あわだ》った。教授は悪びれることもなく、ペタペタと通路を歩き続ける。

「鳥肌が立ちましたねえ。初めてサニワの力に触れたとでも言いますか……ああ、こうやって因と縁とはつながるのだと、妙な確信がありましてね」

それからしっかり立ち止まり、春菜の顔を見て言った。

「春菜ちゃんだからこそ、やるかもしれない。これは老学者の確信です。個人的にも、隠温羅流の歴史が変わる瞬間に立ち会えるなら、これほど冥利《みょうり》なことはない。できることは何でも協力しますから、いつでも連絡してきてください」

小さくて、痩せていて、風に揺れる柳のような小林教授を、これほど逞《たくま》しく感じたことはない。春菜は感動で胸が詰まった。

「ありがとうございます」

腰を二つ折りして頭を下げてから、

「企画展のほうも、どうぞよろしくお願いします」

と付け足した。教授は笑い、それには応えず狭い通路を戻っていった。

建物を出ると、資料館の背後にそびえる古墳の山が、陽を浴びてオレンジ色に輝いていた。初冬の光は穏《おだ》やかに朱《あか》く、葉を落とした木々の緻密《ちみつ》な影がレースのように重なっている。空気は澄んで、北風がカサカサと落ち葉を転がしていたが、教授のエールを受けた春菜の心は温かく、なんとかなるんじゃないかと思えた。

車に戻ってエンジンを掛け、会社ではなく鐘鋳建設へ向かった。

棟梁にアポイントメントを取ったわけじゃない。大切な手帳を託されたからには、内容の把握もせずに質問しに行くつもりもなかった。春菜はただ無性に仙龍が恋しかったのだ。前を通過するだけでいい。運良く仙龍の声がしたとか、姿を見ることができればもっといい。仙龍がそこにいると思えば満足できる。高校生か、中学生か、もしかしたら小学生の恋じゃないかと自分を嗤《わら》い、呆《あき》れたけれど、恋をしてからは妙に生きている実感があった。霊を相手にするときは、自分の命がエネルギーに満ち溢れていることが大切だと、いつだったか、隠温羅流と付き合いの長い雷助《らいすけ》和尚が言っていた。死者と生者が相対したら、生者のエネルギーが必ず勝つと。春菜は恐怖に襲われたとき、それを心の拠《よ》り所《どころ》にする。本気の本気で闘ったなら、血と肉を持つ自分のほうが絶対強いと信じているのだ。

鐘鋳建設は信濃歴史民俗資料館からそう遠くない郊外にある。社名や業種を看板などで声高に示すこともなく、ひっそりと、そして整然と、重機や轉《ころ》や枕木《まくらぎ》などに囲まれている。仙龍も職人たちも忙しいので、日中に社員の姿を見ることはほとんどないが、今日は会社の手前から人の出入りが多いことが見て取れた。鐘鋳建設の前で渋滞している。大型トラックが一台、駐車場を出ようとしていて、通行車両の邪魔にならないように若い社員が道路で誘導しているところだ。社員は小柄で、冬だというのに半袖《はんそで》シャツで、頭にピンク色のタオルを巻いている。身軽で跳ねるような動きと蛍光ブルーのTシャツを見て、春菜の顔が思わずほころぶ。

「やだ。コーイチじゃない」

崇道浩一《すどうこういち》は仙龍について修業中の青年である。間もなく五年の研鑽期間を終えて、一人前の職人と認められれば純白の法被を賜るが、今は曳家で綱を持つことを許される『綱取り』という位置にいて、見習い職人を総じて呼ぶ『法被前《はっぴまえ》』の上位者だ。

出会った頃は金髪にしたり銀髪にしたりと忙しかったが、最近は少し落ち着いてきて、メッシュ入りのツーブロックカットに春菜があげたコンビニタオルを巻いていることが多い。職人の多くはそれ用の黒いハチマキタオルを巻いているので、コーイチは遠くからでも目立つのだ。春菜は徐行しながら窓を開け、顔を出して「コーイチ」と呼んだ。

帽子を脱ぐようにタオルを外し、お辞儀して大型トラックを見送ると、後続車にも礼を言い、コーイチが振り向いた。ウインカーを出して脇へ寄り、後続車を先に行かせると、コーイチが駆け寄ってくる。

「うわ、春菜さんじゃないすか。ご無沙汰《ぶさた》っすねえ」

いつもどおりのコーイチぶりに、春菜は思わず笑ってしまう。外したタオルを首に掛け、そのせいで髪が乱れている。人なつっこい目がキラキラしていて、いつも子ザルのようだと思う。シンバルを持たせて、愛《め》でていたい。

「ご無沙汰って、東按寺の曳家で会ったじゃないの」

「そっすけど、あれからひと月以上も経ってるじゃないすか。どうしたんすか？　今日は社長、いるっすよ」

不覚にもドキリとした。社長とは仙龍のことである。コーイチがご無沙汰したと言う頃に春菜は仙龍に告白し、そのまま何事もなく時間が過ぎた。自分はたしかに恋愛に奥手だけれど、仙龍まで奥手でなくてもいいと思う。いい歳をした大人が互いの気持ちを確認し合って、それでもこの有様《ありさま》なのは、一体どういうことだろう。

「通りかかっただけなのよ」

そう言う間にもコーイチは消え、気がつけば、ちゃっかり助手席に乗り込んできた。

「表側は一杯なんで、裏の駐車場に案内するっす」

「駐車場って裏にもあるの？」

「社員用のがあるんすよ。舗装してない砕石敷きっすけどね。そこ、会社を通り越して右の路地へ入ってください」

春菜は車を発進させた。

「今日はなにをやってるの？　大きなトラックが出て行ったけど」

「台風で水に浸《つ》かった材木をきれいに洗って乾かしてるんす」

　この十月、長野市内は未曾有《みぞう》の豪雨に襲われた。千曲川《ちくまがわ》が決壊し、鐘鋳建設と懇意の宮大工の会社や、その一帯が浸水し、社屋の一階が完全に水に浸かって、神社仏閣用にストックしていた貴重で高価な材木が泥水にまみれた。被災地では今も復旧作業が続いていて、多くの人が避難所暮らしを強《し》いられている。

「ようやく道路が復旧したんで、こっちへ運び込んで洗ってんすよ」

「材木って、洗えばなんとかなるの？」

「もとが木なんで、中まで水が入ってないのは、洗って上手に乾かして、表面を削れば使えるそうっす。なんたって鶴竜《かくりゅう》建設さんとこの材は、目が詰まった高級なやつばっかりなんで、削って少し細くなったとしても、そんじょそこらの柱なんかよりは太いんすよ」

　材だけで億単位の損失だったと聞いている。

「上手にしないと、ヒビが入ったり歪《ゆが》んだりして使い物にならなくなっちゃうんで、手分けして丁寧にやってるんすよ。季節も夏じゃなくてよかったくらいで。なんつか、いい材って気持ちいいんっすよね。ああいうのに触らせてもらうのも、こういうときだからこそなんで、水吸ってメチャクチャ重いけど、でもやっぱりスゲーっす」

コーイチは嬉《うれ》しそうである。水を吸った材木の何がいいのか、春菜にはまったくわからないけれど、建築業界は横のつながりが強いことはわかった。互いに持ちつ持たれつなのだ。職人を貸し借りすることもあるようだし、技術も交換し合うのに、他社の領分は決して侵さない。ガタイがよくて一見粗野に思える男たちは、深く知り合うほどに繊細で心優しく礼儀正しいことがわかってくる。

路地を曲がって社屋の裏へ行くと、空き地のような駐車場にコーイチのミニバンが止まっていた。いつも会社の駐車場が空いていたのは、社員の駐車場が別の場所にあったからなのだ。特別用事もなかったが、コーイチと一緒に車を降りた。

「春菜さん。そんで、その後は社長から連絡とか……」

コーイチは無言の春菜を見て、

「ないんすね？　やっぱ」

眉尻を下げて苦笑した。

「せっかく告《コク》ったのに、社長ったらトーヘンボクっすねえ」

「コーイチもそう思う？」

訊くとコーイチはヘラリと笑って、

「んでも、仕方ない面もあるんすよ？　水害でてんやわんやで、全然休みもないんすから。だって、住むところもなくなっちゃった人がたくさんで、冬になる前になんとかしないと気持ちの上でも辛《つら》いじゃないすか。だから許してやってください」

「うん。わかってる」

鐘鋳建設の敷地に裏側から入ると、駐車場にも、工場にも、被災地から運ばれてきた材木や間柱や泥だらけの備品が並んでいた。職人たちが手分けして、それらを水で洗っている。日中とはいえ十一月だ。職人たちのごつい手は、冷たさで真っ赤になっていた。

「私も何か手伝うわ」

思わず言うと、コーイチは笑った。

「や。無理っす」

「なんで？　私だって役に立てることがあるでしょう」

「そうじゃなく、重量物ばっかで危ないんすよ。みんな阿吽《あうん》の呼吸で動いてるんで、ほかの人が入ると気を遣っちゃってダメなんす」

男たちは重量物を軽々と担ぎ上げ、井桁《いげた》に組んだ枕木の上に重ねていく。泥を落とす者、それを拭く者、移動する者、立てかける者、一連の動作は流れるようだ。

「社長ーっ！」

コーイチが空に呼ぶと、高く積み上げられた枕木の上から仙龍が顔を覗かせた。

「春菜さんが来たっすよ」

「いいのよ、コーイチ。邪魔になるから」

春菜は慌てたが、仙龍は枕木の天辺《てっぺん》に立ったまま、春菜を見下ろしてこう訊いた。

「上がってくるか？」

「え」

コーイチが脇でニコニコしている。

「そこへ？　私が？」

「俺が見ているものを見てみるか？」

その言葉が、春菜には『できるものなら上がってきてみろ』と聞こえた。

「行くわよ、もちろん」

春菜は地面にバッグを置くと、腕まくりをして踵《かかと》の高いブーツを脱いだ。

「あ、ちょっと待って春菜さん」

とコーイチが、地下足袋《じかたび》をデッキシューズにしたような、底の薄い靴を持ってきた。靴裏のゴムが河岸段丘のようになっていて、足裏にジャストフィットする職人用の履き物である。

「危ないんでこれ履いてください。俺が下からフォローするんで」

誰が履いたかわからない靴に足を入れながら、私もずいぶん変わったと春菜は思う。履き物は軽く、異物を拾わず、足裏全体で変形した地面を捉える感覚がある。職人たちが使う地下足袋は、計算され尽くした履き物だったのだなあと感心する。

「両手両足四点のうち、必ず三点がどこかに接するようにしてくださいね。慌てないでいいから、ゆっくり行きましょう」

コーイチのリードで上りはじめた。太い柱を組み上げた塔は、天辺が二階の屋根くらいの高さだろうか。下から見上げた限り、さほど高いとは思えなかったのに、上りはじめると結構怖い。コーイチや仙龍がサルのように上り下りするのを見てきたが、筋肉も体力もない春菜には苦行であった。手や足を移動するたび、もしも滑《すべ》ったらと怖くなる。

いつの間にか、職人たちも手を止めて春菜を見守っていた。

なんの、足がかりはちゃんとあるのだし、垂直な階段だと思えばいいじゃない。春菜は自分にそう言いながら、足を踏み外せば下にいるコーイチを巻き込んでしまうと思って気が気ではなかった。忠実に三点を確保しながら慎重に上る。いつもは職人たちを軽い気持ちで見上げていたけど、見るのとやるのは大違いだ。つかんだ枕木は凍《こお》って固く、風も冷たいのに汗が噴《ふ》き出《だ》す。胸のあたりが枕木に擦れて、セーターが毛羽立ってしまうのも気に留める余裕がない。懸命に前だけを見て上がって行くと、仙龍が差し出す手が視界に入った。いつの間にか、その先でつかむべき枕木がなくなっている。

「慌てずに、ゆっくりつかめ」

三点を確保しながら腕を伸ばすと、手首をつかまれたので、春菜も仙龍の手首をつかんだ。

「いっすよ」

足の下からコーイチの声がして、次の瞬間、春菜はグイッと引き上げられた。足をかけて頂上に立ったとき、駐車場から拍手が湧《わ》いた。職人たちの拍手であった。春菜が落ちないように、仙龍は体を抱《かか》えて自分に引き寄せ、足下をフォローしてくれていたコーイチは、とんぼを切って地面に下りた。

「本当に来たな」

と、仙龍が笑う。

「上がってくるかと訊いたじゃないの」

一陣の風が春菜を包んで、下では嗅いだことのない香りを感じた。

大した高さじゃないと思っていたのに、頂上に立つと自分の身長が加わって、ずいぶん遠くまで見渡せる。家々の甍《いらか》が重なって、その向こうに田園地帯が、そのまた奥の山では木々が風に揺れる様が呼吸するかのように迫って見えた。山の麓の茶色一色に覆《おお》われたあたりが浸水被害に遭った畑だ。いつもは見上げている屋根や家々の窓を見下ろすと、想像とはまったく違って、街に息づく生活を俯瞰《ふかん》している感覚になる。

「思っていた景色とまったく違うわ」

風に乱れた前髪を掻《か》き上《あ》げて、春菜は言った。

「どう違う?」

「きれい……なんというか……」

言葉を探した。立ち並ぶ家々の屋根に葺《ふ》かれた規則正しい瓦《かわら》の模様。生活を映している窓と庭の樹木。似ているようで同じものがないその表情。それらが遠くまで続いていって、被災地から野焼きの煙が上がる。揺れる樹木や電線が、風の姿を想像させる。空気は鋭く、ときに甘く、土と山々の匂いがした。

「とても素敵」

仙龍は春菜の背後に立って、彼女の腰に腕を回した。足下は並べただけの枕木で、随所に隙間が空いている。真《ま》っ逆《さか》さまに落ちていくような隙間ではないが、足を取られて転べば危険だ。曳家のとき、仙龍はもっと危険な場所にいる。導師が立つのは頂上だから、勾《こう》配《ばい》がきつく、滑りやすい瓦の上だ。しかもこれよりもまだ高い。彼は命綱なしでそこに立つ。身体ひとつに神を宿して。

「曳家で導師をやるときは、こんな景色を見てるのね」

「そうだな」

と、仙龍は静かに言った。

「私、岡山へ行ってくる」

風を見上げて言うと、仙龍は、

「小林教授から電話があったよ」

と答えて笑った。

「いつ?」

「たった今だ。おまえが来て神話について訊ねていったと。岡山のどこへ行く?」

「具体的な手がかりが何もないから、先ずは吉備津神社へ行ってみようと思ってる。鬼の首が埋められているって聞いたから。行って、何を感じるか確かめる」

職人たちは作業をしている。春菜が無事に天辺《てっぺん》へ着くのを見届けた後は、黙々と仕事を続けている。その間をコーイチは、チョコチョコと走り回ってフォローしている。

「御社の社員はみな優秀ね。サボってる人が誰もいない。見ていて気持ちがいいくらい」

「背中合わせの仕事だからな。誇りを持ってやっているのさ。そうでなければ続かない」

何と背中合わせか、仙龍は言葉にしない。彼は静かに空を仰いだ。

「天辺に立つと、足下に歴史を感じる。俺たちが曳くのは古い物件が多いから、この建物は、この風景を何十年も見続けてきたんだなと思う。それと同じ風景を見せてもらっていると考える。建てられたその瞬間から建物はこれを見守り続けてきたんだと感じて、建前の喧騒《けんそう》が頭を過ぎることもある。棟木に記した大工《だいく》の証《あかし》、工事が祝福されるよう、餅《もち》を撒《ま》く職人や近所の人たち、施主の誇らしげな顔も……もしも曳家に失敗し、建造物が崩れたら、すべてが消えてなくなると思う。その景色から建物が消え失《う》せるんだ」

春菜のお腹《なか》で重ねた腕に、仙龍は力を込めた。

「人も、家も、町も、すべてがつながっていると知る。そのつながりは自然の前では儚《はかな》く脆《もろ》い。今回のような水害は、街ごと一気に流したりするが……人は蟻《あり》のように、また造りはじめる」

「そうね」

春菜は仙龍の腕に手を重ねた。

「泥の中から家々の痕跡《こんせき》を拾い出す。たとえ瓦一枚でも価値を感じる。誰かが望み、誰かが焼いて、誰かが葺き替え、家を守ってきた材だ。建造物には暮らした者の人生が宿る。天辺に立つと、景色そのものが建造物と混じり合っていると知る。残してやりたいと思うようになる。俺たちが曳くことで、この後もまだ風景の一部であってほしいと」

そのとき導師は建物と一体になるのだ。

「因縁って、建造物のシミみたいね。汚れだけれど歴史でもある。人がそこで懸命に暮らした証なのよね」

「昔はよくわからなかった。親父《おやじ》たちが何を大切にしているのかが。新しい材が次々に開発されて、家は簡単に建つようになった。消費されていくものにどんな価値があるのだろうと、家族を悲しませてまで命をかける理由がわからなかった」

「今はわかるの?」

春菜は仙龍を振り仰ぐ。彼は澄んだ目で街を見ていた。

「人生は長くて百年。導師の寿命はその半分以下だ。けれど俺たちが曳く建物は、何百年も生きてきて、その後もまだ残り続ける。歴代導師が見ていたものは、自分自身じゃなくて、自分が残せるものだった。運命を呪うことではなくて建物のために生きる道を選んだだけだ」

「私を傲慢《ごうまん》だと思う？　導師の呪いを解きたいなんて」

「いや。そうじゃない」

仙龍は春菜を見下ろした。

「それも流れと今ならわかる。けれど約束してほしい。何があっても自分を責めるな」

春菜は街を見下ろして、答える代わりに仙龍に身体を預けた。

自分が住んでいる場所を、こんなふうに眺めたことがあっただろうか。遠くまで続く甍の波と、その隙間を走る道、街を囲む山々と、頭上に広がる冬の空。傾いた日射しがそれらを染めて、住んでいる人々の気配を感じる。私たちもその中にいて、仙龍たちは人の儚い一生を見守り続けた建物を残す。

風は冷たいが、背中に仙龍の体温を感じて寒くはなかった。セーターごと春菜の腰を抱く仙龍は半袖姿で、引き締まった腕は日に焼けて褐色で、無駄のない筋肉が美しかった。

春菜は仙龍の腕が守ってきたものの価値を思った。自分の細い指先の、なんと頼りないことだろう。すごく頑張って生きてきたのに、この手でつかめたものなんか、仙龍の何分の一にも及ばない。頑張ってはきたけれど、信念はなかったからだ。

「棟梁の手帳に家系図があった。でも仙龍は、自分の代で隠温羅流の曳き屋を畳むつもりだったの？」

「迷ったし、そこで終わるならそれだけのものだと思おうとした。曳家師はうちのほかにもいるし、導師がいなければ、普通の仕事をすればいい」

「誰にも宿命を背負わせないつもりだったのね」

「そこにおまえが現れた」

背中で顔は見えなかったが、白い歯を見せているのだろうと思った。

「現れたって……」

「なんだ、この女？　最初はそう思ったよ」

そうでしょうとも。

「私だって思ったわ。なに？　この男って」

ははは。と仙龍の笑う声がした。

「ビラビラした服で現場へ来るなんて、何を考えているんだと腹を立てていたからな」

「そっちこそ。私は営業に行っただけなのに、いきなり埃《ほこり》だらけの床下を見ろとか言われて、穴蔵に突き落とされるかと思ったわ」

「そうしたかった」

と、仙龍は言う。

「気の強い女には慣れてるが、おまえはそれ以上に傲岸不遜《ふそん》で無礼だったし」

「ずいぶんな言いようだけど、その通りだと思う。何も知らなかったし、知らなきゃ負けると思っていたの……なんでもできて、知っているのが当然だって」

「そんな奴《やつ》はいない」

よく考えればそうなのだけど、社会人になったら何でもできて当たり前だと思っていたのだ。傲慢という鎧《よろい》を纏い、知るための姿勢や謙虚さを放棄した。自分をよく見せることで一杯だった。できる女と思われたかった。

「仙龍は私をどう思ってる？　まだ気持ちを聞かせてもらってないわ」

意外にも言葉が素直に溢れた。仙龍の顎《あご》が肩に載る。背中に身体が密着し、春菜は心臓が飛び出しそうになった。

「好きだ。俺をいきなり呼び捨てにしたときから惹かれていた。こんなに無礼な女はいないのに……それがどういう感情なのか、まったく理解ができなかった。会うたび腹が立ったのに、理屈じゃないんだ。おまえが好きだ」

その言葉だけで死ねると思った。なぜなのか、泣けてくる。

「コーイチを一緒に行かせるよ。あいつがいれば大丈夫だろう」

春菜は無言で頷いた。仙龍は言葉を弄《ろう》しない。けれど懐《ふところがたな》刀のコーイチを同行させるということだけで、春菜にはわかった。隠温羅流は導師の呪いを解く決意をした。宿命に抗《あらが》う覚悟を決めたのだ。

ロマンス小説とかならば、この最高に曳き屋らしい場所で口づけを交《か》わす流れになると期待したけど、やはりそうはならなかった。仙龍は静かな声で、

「下りるか」と、言った。

「ちょうど枕木を積み終わったところだったんだ。下に戻って作業をするよ。何か話があって来たのか?」

「そうじゃない。教授のところへ寄った帰りよ。前を通ったらトラックが出て行くところで、渋滞していたからコーイチと目が合ったの。それだけよ」

「ふーん」

仙龍はニヒルに笑った。信濃歴史民俗資料館からアーキテクツへ戻るなら、鐘鋳建設を通過するのは遠回りなのだ。仙龍はそれを知っていて、でも、それ以上なにも言わなかった。彼は春菜から離れて積み上げた枕木の端《はし》まで歩き、そこから手を差し伸べた。

そのときになって春菜はようやく、下りるときのことを考えていなかったことに気がついた。意地と負けん気だけで上ってきたが、見下ろす高さは相当だ。垂直なので地面しか見えない。どこに足を掛け、どこに手を置いて下りればいいのか想像もつかない。高い場所から下りられなくなった猫の気持ちがよくわかる。顔面蒼白《そうはく》になっていると、

「ここまで来い」

と、仙龍が言った。その手をつかんで端まで行くと、仙龍は跪《ひざまず》いて背中を向けた。

「下ろすから俺につかまれ」

そう言いながら春菜の両手を引っ張ると、丸太のように担いで立ち上がった。仙龍の身長が加わって、地面がさらに遠くなる。

「やめてよ、怖い」

それに私は丸太じゃないのよ。後の言葉は言わずにおいた。

「じゃあ独りで下りるか？　無理だろう？」

脇に春菜の手を誘導し、両腕を回してつかまれと言う。もう片方の腕で春菜の足を抱き、仙龍はすいすいと枕木の壁を下りはじめた。上るときはあれほど時間が掛かったというのに、ものの数秒で春菜は地面に到着した。

「お疲れ様っす」

とコーイチが笑う。春菜は靴を履き替えて、職人たちに頭を下げると、逃げるように自分の車がある場所へ戻った。

心臓がまだ波打っていて、身体全体が熱かった。地面からは甍の波も家々の窓も見えなかったけれど、仙龍と眺めた山々が夕日の色に染まっていた。

其の二

春菜、鬼を見る

アーキテクツへ戻ると、またしても騒動が起きていた。受付事務員の柄沢が手島常務の歓迎会幹事を仰せつかっていたのだが、会場を駅前の居酒屋でセットしたところ、主役からクレームをつけられたのである。

「何年社会人をやってんだ！　主賓の格に合わせて会場を手配することを知らないのか。それともなにか？　私には安っぽい居酒屋が似合いだという皮肉かね」

階段の途中で怒号を聞いて、春菜は驚いて営業フロアへ駆け上がった。いつクライアントが来るかもしれない会社で怒鳴り散らすとはどういうわけか。フロアでは、うなだれる柄沢と飯島を前に手島常務が気を吐いているところであった。

「すみません。すぐに別のお店を手配しますので」

頭を下げることで涙を隠して飯島が言う。二人が時間外に回覧を作って、誰も出たがらない常務の歓迎会に社員を誘っていたのを春菜は知っている。会社からは半額しか補助が出ないから、金額面で工夫を重ねていたことも。

「お疲れ様です。どうしましたか？　外まで声が丸聞こえですよ」

春菜が言うと、常務は恐ろしい目で春菜を睨んだ。

「声が、なんだってっ？」

さらに大声を出して訊く。

「手島常務の怒鳴り声、外まで聞こえていましたよ――」

負けずに春菜も言い返す。極力冷静な声色になるよう気を遣ったつもりではある。

「――クライアントが聞いたら、何が起きたかと不安になります」

それから二人に優しく訊ねた。

「どうしたの？」

「歓迎会の会場が……」

飯島はしゃくり上げている。頭ごなしに怒鳴られて、悔《くや》し涙《なみだ》を流しているのだ。

「まがりなりにも大手の支社長だった男の歓迎会を、この会社は、居酒屋で済まそうというのか。大学生の合コンとはわけが違うんだぞ」

「申し訳ありませんでした――」

と、ベテランの柄沢も頭を下げる。けれど彼女には言い分がある。

「――その居酒屋は我が社の商業施設部で内装工事をしたんです。だから」

「だから、なんだ？　お手軽にそこで済まそうとしたんだろ？　そんな店は商業施設事業部の飲み会で使え！」

全身からピリピリとした気を飛ばしてくる。軽んじられたことが許せないのだ。

「そんなだからいつまで経っても嫁に行けないんだよ。いい歳をして恥ずかしい」

カチンと春菜の頭が鳴った。

「常務。それは歓迎会とは関係のない個人攻撃です」

「なにをぅっ」

高級なスーツに身を包み、カラーシャツに原色のネクタイ、髪をオールバックになで付けた手島常務は、整った顔を歪めてブランドメガネの奥から春菜を睨んだ。

「私的な事情とお叱《しか》りは、分けて頂くのがよろしいと思います。ちなみに、今どきの女性は自立していますから、嫁に行くのが幸福で常識だなんて、一概に決めつけてほしくありません。男に人生を委ねるのなんか勿体《もったい》ないと思っている女性だっているんです」

「生意気な口を利くな。行き遅れのくせに」

はあっ？　と喰って掛かりそうになるのを堪えて、春菜は九十度近くも首を傾げた。

「結婚は、いつするかより、誰とするかが重要です。加えて申し上げますと常務は現在アーキテクツの相談役で、某大手企業の支社長じゃありません。ここは常務の会社です」

地雷とわかっていたけれど、踏まずにいられなかったのだ。

手島常務は顔がどす黒くなるほど激昂し、拳《こぶし》を振り上げそうになったが、

「おまえのような女を営業職に置くとは……社長から教育し直さないといかんのか、この会社は」

と、怒鳴っただけで我慢した。

「左様ですか。お疲れ様でございます」

いかにも馬鹿にしたというくらい、春菜が丁寧に頭を下げると、常務はクルリと踵を返して、大股《おおまた》で役員室のほうへ行ってしまった。その足音が聞こえなくなってから、春菜はようやく頭を上げた。

「驚いた……パグ男以上に厭なヤツはこの世にいないと思っていたけど、あれに比べればパグ男のほうが、まだ数十倍も可愛げがあるわ――」

パグ男とは、春菜の天敵と噂《うわさ》される設計士のことである。

「――なんなのよ、あれは。え？」

興奮しながら振り向けば、飯島は泣いてしまっているし、柄沢も目を真っ赤にしている。春菜は鼻から息を吐き、自分の怒りをなんとか収めた。柄沢が言う。

「轟さんに頼まれたのよ。常務の歓迎会をやるならクライアントの店を使ってやってと。私も深く考えなかったのが悪いんだけど……怒られるとは思ってもみなかったわ」

「あそこは一応居酒屋だけど、轟さんの設計だから高級感のあるいいお店なのよ？　まがりなりにも役員なんだから、先入観でものを言うことないと思う。それに、会社としてクライアントのお店を使うのは当然じゃない。だいたい歓迎会って主催する側の気持ちでしょ？　呼ばれる立場でお店の選定とか、どうなのよ」

「プライドを傷つけちゃったんですよ」

と、飯島が言う。

「料亭とかを手配するべきだったのかしら」

「あのねえ、施主を接待するわけじゃないのよ？」

「でも……ほら……」

柄沢と飯島は顔を見合わせて言う。

「大会社の支社長様だったわけだから、高級なお店しか使ったことがないのかも」

「今は広告代理店の相談役じゃない、いつまで支社長のつもりよ」

「居酒屋さんはキャンセルさせてもらうとして……高級なお店なんて知らないわ」

「費用も居酒屋価格で告知しちゃったし、予算の面でも大ピンチ。それに、今から予約が取れるかな」

何もかも面倒くさくなったというように、二人は大きなため息を吐く。

「参加人数は何人だっけ」

受付カウンターに身を乗り出して春菜が訊く。頭には、『花筏《はないかだ》』という小料理店を思い浮かべていたのであった。仙龍の姉珠青が経営する店で、知名度はないが、隠れ家的な魅力を持っている。華美な外装ではないものの、奥深さと品のよさが共存する和風建築で、提供される料理は一級品。今まで手島常務がどれだけ綺麗《きれい》どころを目にしてきたか知らないが、春菜は珠青ほどの凄まじい美人を知らない。ただの美人というのではなく、美貌《びぼう》に背筋が凍ることがある。手島常務なんか……と、春菜はつい、ほくそ笑む。珠青さんにかかればピンと弾かれて一巻の終わりよ。

珠青は第一子を出産したばかりだが、店は営業しているはずだ。

「少ないの。役員と営業と私たちで十二人」

名簿を確認して柄沢が言う。

「予算はお酒と料理で七千五百円から八千円くらい？」

「今の感じだと、常務は高いお酒を注文しそう」

「じゃあ、ボリュームよりも内容重視のお料理で、予備費を見込んで七千円でお願いできればいいかしら」

「高沢さん、いいお店を知ってるの？」

柄沢に訊かれて頷いた。花筏は奥に座敷《ざしき》があるから、ほかの客に迷惑をかけないで済む。予約できればいいのだが。

「やってもらえるか訊ねてみるわ」

そしてデスクから花筏にかけた。

やはり珠青は産休中だが、電話口に出た板前さんが、春菜のことを覚えていた。

「突然に厄介なお願いで申し訳ありません」

恐縮すると、板前さんは笑った。

「いえいえ。ほかならぬお嬢さんの頼みですから、いかようにも都合をつけましょう」

「お願いしておいて言うのもなんですけれど、気難しい上司の歓迎会なんです」

「それはご苦労さまですね。でも、ご心配には及びませんよ。こっちも商売ですから」

春菜は柄沢たちを振り返り、指でＯＫマークを作った。

「それではどうぞよろしくお願いします。こちらで確認を取りまして、明日には正式な人数などを連絡させて頂きますので」

柄沢たちはホッと胸をなで下ろした。

「やってくれるって」

「よかった。高沢さんありがとう。居酒屋さんには申し訳ないことをしちゃったけど、私としては肩の荷が下りたわ」

「そっちは轟さんを誘って飲みに行きましょう。井之上部局長も誘わないと、軍資金の問題もあるし」

軽口を叩いて笑っているとき、柄沢と飯島の後ろに見えるドアの向こうを、白くて細長い影が過ぎった。風もないのに長い髪が揺れ、突然気温が下がった気がした。春菜を見ていたはずの柄沢たちも、同時にドアを振り返る。

「白い影が通った」春菜が言うと、

「そうよね？」と柄沢が頷く。

「空気が揺れた。誰だったの？」

と訊いたのは飯島だ。

「髪の長い女の人が、役員室のほうへ行ったわ」

「受付へ顔も出さずに？」

柄沢は首を傾げ、飯島がドアを開けて出て行って、

「高沢さん、ちょっと来てーっ」

と、悲鳴のような声を出す。

春菜と柄沢が通路に出ると、床に長い髪の毛が、役員室へ向かう流れのように散っていた。女の怨《うら》みはしばしば髪を依《よ》り代《しろ》として男に祟る。お掃除の武井さんの話では、黒髪の怪は十一月の半ば頃に始まったという。手島常務が相談役に就任したのは十月末で、それまで怪異は起きていない。柄沢も飯島も同じことを考えているらしく、もの問いたげに春菜を見ている。

「おかしいわよ。やっぱり……」

飯島が怯《おび》えているので、最年長の柄沢が箒《ほうき》とちりとりを取りに行った。

「この件について、総務はなんて言ってるの？」

その後どうなったか訊ねると、近く神主を呼んでお祓いをする段取りになったと教えて

くれた。

「ねえ高沢さん、これは噂なんだけど……」

飯島は役員室のほうを見て声を潜めた。

「手島常務って、前の会社で女性問題を起こして支社長を下ろされたんだって」

「あれに惚《ほ》れる女なんているわけ？」

思わず本音を口にした。そこへ柄沢が戻ってきて、髪の毛を掃除しながらこう言った。

「交際相手は会社の人で、捨てられた腹いせに常務の前で自殺を図ったんだって」

「大スキャンダルじゃない。それほんと？」

柄沢がちりとりに集めているのは夢や幻ではなく本物の髪の毛だ。美容院の床にあるならともかく、会社で見るのは薄気味悪い。柄沢はそれを直接焼却炉へ運んでいった。あれ以来、その場で燃やすことになっているのだ。髪の毛が燃える臭いがする広告代理店なんて……春菜も眉間に縦皺を刻んだ。

柄沢が戻るのを待って話を訊くと、そのスキャンダルが本社に知れて降格されたのが気に入らず、手島は支社長の肩書きのまま早期退社を選んだらしい。

「そんな人を引き取って、どうするつもりなのかしら」

と、飯島が言う。

「うちの社長は人がいいから、スキャンダルを知らないんだわ。手島常務は口が上手《うま》いし、社長に対する態度は全然違うんだから。できる男アピールがすごいのよ」

「それか、スキャンダル以上に雇う理由と旨《うま》みがあるかよ。もしかしたら――」

考えて、春菜は言う。

「――水面下で大きなプロジェクトが進行しているんじゃないのかな。手島常務は価値があるのよ。支社長のまま辞めたこともよかったんだわ」

「大人の事情というやつね」

飯島と柄沢は首をすくめた。

「相手の女性は亡くなっているの？」

春菜が訊くと、「未遂だったみたい」と、柄沢が答えた。

「柄沢さんはどうして話を知ってるの？」

「私たちは電話を受けるでしょ？ あの男には気をつけろって、教えてくれた人がいるのよ。騙《だま》したくせに、補償もせずに浮気相手を捨てたって。自殺未遂も隠蔽《いんぺい》を図ったけど、大きな会社は内部調査機能があって隠しきれなかったみたい」

「もしかして相手の女性が長い黒髪だったとか？ やだ、どうしよう」

飯島が怖そうに言い、二人揃《そろ》って春菜を見た。

「やめて。私は何もできないんだから」

「高沢さんがやらなくてもいいじゃない。ほら、鐘鋳建設のイケメン社長と子分とか」

「無理よ。お祓い師じゃないんだから。それに神主さんが来るんでしょ?」

「そうだけど……やっぱり理由は知りたいじゃない。なんでこうなっているのか」

と、柄沢が言う。そして飯島の顔を見て、

「ねー」

と、二人で頷き合った。

「まあね、気持ちはよくわかる。本物の髪の毛が落ちるなんて、怨みとしたら相当だもの。もしも……」口の動きだけで『手島常務』と言う。

「が呪われてるなら、ものすごーく、危険ってことよ。本人こそお祓いしてもらうべき」

「無理よ。絶対に自分の非は認めないんだから——」

その通りだとは思うけれども、強い怨みが瘴気《しょうき》となって人に悪影響を及ぼす事例を、春菜はいくつも見てきたのである。

「——でも、基本的に役員は全員お祓いに参列することになっているから大丈夫」

柄沢はニヤリと笑った。

「社長も薄々わかっているんじゃないかしら。あの人が来てからだもん。気味の悪い現象が起きるようになったのは」

それなら安心だ、と春菜は思った。

「ねえ。その噂を教えてくれた人って誰なの?」

春菜は柄沢に相手を訊いた。それは手島が元いた会社の広告物を製作する会社『ハイ・レゾリューション』の技術者で、春菜もよく知る男性だった。ゴシップ好きな男ではないからこそ、その情報には真実味がある。

夕方になると、営業職の同僚たちが次々にデスクに戻ってきて、フロア全体が騒がしくなった。喧騒に紛《まぎ》れて、春菜はハイ・レゾリューションに電話をかけた。

「高沢さん？　久しぶりだね、珍しい」

と、技術者は言った。

「お久しぶりです。今、お忙しいですか？」

大丈夫だよと彼は言う。パソコンと出力機に囲まれた狭い部屋で通話している姿が目に浮かぶ。背後では大型出力機の稼働する音が聞こえていた。

「どうしたの？　なんか大きな仕事でもくれるの？」

小林教授と企画している仕事が取れたら、彼に頼んで大型懸垂幕やバナーを製作してもらおうと思っているが、今はまだそのときじゃない。春菜は受話器を抱えて声を潜めた。

「仕事の話じゃないんですけど、ちょっと聞きたいことがあって……」

それから手島が元いた企業の名前を出した。

「御社はあそこの出力データに関わってますよね？」

「やってるよ。色指定が厳しくて、うちじゃないと対応できないからね」

「電話したのは、前の支社長のことなんですけど。手島さんという」

ちょっと待って、と、彼は言い、

「高沢さん、こっちから携帯へ掛け直す」

と、電話を切った。しばらくすると春菜の携帯に電話が掛かった。

「悪いね。喫煙所へ出てきたよ。あまりいい話じゃないからさ」

社屋の非常階段あたり、喫煙所代わりの踊り場に立っているようだ。日が暮れて、吹きさらしの屋外は、さぞかし寒いことだろう。

「私のほうこそ恐縮です。うちの柄沢に電話をくださったそうですね」

「あれはちょっとマズかった。俺、頭に来ちゃってさ。何を喋ったか覚えてないくらい……柄沢さんから聞いたかな？　自殺未遂したの、うちへ出向していた子なのよ」

そうだったのかと春菜は思った。

「その方、お体のほうは大丈夫だったんでしょうか」

「大丈夫なわけない。みんなで心配してるんだけど、結局、うちも辞めちゃって。あんまり頭に来たもんで、つい、御社に電話したとき余計なことを口走ってさ……反省はしているんだよ」

「詳しいお話を伺ってもよろしいですか？」

いいよ。と、彼は言い、「はあーっ」と、怒りのため息を吐いた。

その女性は三十二歳。彼の会社で色調コーディネーターをしていたという。

「色白の東北美人でね。歳はいってるけど、素朴で素直で真面目《まじめ》な子でさ、手島さんの会社からうちへ出向してきてたんだよ。ほら、あそこはデザインの規定が厳しいから、調色なんかをしっかり見るのに専門職をよこすんだ。支社とのパイプ役だから、手島さんとも知り合いだったんだけど」

「手島常務って妻帯者ですよね？」

「そうだけど、奥さんとも上手くいってないでしょ。高沢さん、聞いてくれるか？ 奥さんに対する慰謝料を彼女に工面させてたんだぜ？ 身ぎれいになったら結婚できると思わせられていたんだよ」

「お金を要求してたんですか？」

「本人が要求したかどうかは知らない。でも、伽耶《かや》ちゃんにしてみたら、早く離婚を成立させたいじゃない？ 夜のバイトまでして貢いでいたよ。手島さんもその店を接待に使っていたと思うんだよね」

女性の名前は伽耶というのだ。うっかり名前を呼んでしまったことも、彼はわからずにいるようだった。

「奥さんとは、もうダメだったのかしら」

「誰と一緒になってもダメでしょう」

身も蓋《ふた》もない言い方をする。

「その東北美人とは、どうして破綻《はたん》したんでしょうか」

「次の女ができたから」

相手は即座に吐《は》き捨《す》てた。

「それもまた関連会社のバイトの娘《こ》でさ、モデルもちょっとやってるんだよ。高沢さんも知ってるんじゃないかな。コンパニオンのココミちゃん」

「ココミちゃんって、あの、重役キラーの？　彼女、まだ大学生じゃ」

「そうそう。オッサンに取り入るのが上手い子ね。伽耶ちゃんが必死に工面した金、ココミちゃんの中絶費用に使われててさ、さすがに彼女も怒ってね、そしたら手のひらを返されて、そのやり方が酷《ひど》かったんだぜ。変な調色を指示してさ、うちに数百万円の損失を出させてさ、それを全部伽耶ちゃんのせいにして、クビ切ったんだ」

「ウソ」

「ウソなもんか。俺たちは彼女の仕事ぶりを知ってるし、そのときだって、徹夜してみんなで色を合わせたんだから。伽耶ちゃんが手島さんに電話してオッケーもらうのも見てるんだよ。色ってのは微妙だからね、いくつもサンプル作ってさ、最終決定のときだって、現物を持って行くから確認してほしいと言ったのに、納期が押してるからそれでやれと、手島さんが直接ゴーサイン出したんだ。それで、いざ納品したら、そんな許可はしてないと言う。ああいう人だから大げさにパフォーマンスするだけで交渉にもならないし、うちの社長もよっぽど腹を立てていたけど、一番大きなクライアントだから、泣く泣く引き下がってきたんだけどさ。俺たち誰も納得してないよ」

「発注書にハンコもらわなかったんですか?」

「普通はもらうけど、わかるだろ? 伽耶ちゃんを辞めさせるためにやってんだから、変な感じはしてたけど、仕事が強引に進んじゃったんだよ。彼女は責任感じて泣き崩れるし、修羅場だったよ」

「ひどいですね」

「陰謀だよ。そのすぐ後だったかな。彼女、離職の挨拶《あいさつ》って口実で手島さんの会社へ行って、手島さんの目の前で、剃刀《かみそり》で首を切ったんだ。そばにいた人が止めに入って、傷が浅くて助かったけど、俺たちもショックでさ……なんてったって、そういう感じの子じゃないんだから……思い詰めちゃったんだろうなあ……でも、そのおかげで監査が入って、二人の関係が本社に知れて、手島支社長は会社を辞めた」

春菜は言葉を失った。

「……ちょっと怖い話をしてもいいかな?」

寒いのだろう。引《ひ》き攣《つ》ったように彼は訊く。

「なんですか」

「入院中もお見舞いに行ったり……事情を知っているから、みんなのほうが彼女よりずっと腹を立ててたくらいなんだけど、あの子は何も言わないんだよ。それでさ、やっぱりもう忘れたいんだなと思って、こっちもそれには触れないで、うちの社員になればいいよって話したんだけど、傷は癒《い》えても心が逝っちゃったみたいでさ……退院しても音沙汰《おとさた》なしで……それでみんなで相談してさ、自宅へ様子を見に行ったんだよね。励《はげ》まそうと思ったんだけど……そうしたら……」

なんだか春菜もゾッとした。黙っていると、彼は続けた。

「呼び鈴押しても返事がなくてさ。でも、車はあるし、郵便受けは一杯だし、電気メーターも回っているから、もしかしてまた自殺したんじゃないかと心配になって、ドアを引いたら、開いたんだよね……彼女は部屋にいたんだけど……声も掛けられずに逃げてきたっていうか」

「どういうことですか？」

「うん」

と、彼は無言になって、しばらくしてからこう言った。

「薄暗い部屋に座ってんだけど、名前を呼んでも返事をしないし、小声でずーっと何か喋ってるんだよ。ブーンって冷蔵庫の音がして、あと、床にたくさん、でっかい埃の塊みたいな？　それがわさわさ動いていてさ、事務の子が玄関入って明かりを点けたら……」

部屋中が毛髪だらけだったのだと言う。

「根元に血なんか付いちゃってんだよ。リビングに座って、俺たちのほうなんか全然見ないで、バリッ、バリッって、自分の髪を毟《むし》ってるんだ。それはもうゾッとしたっていうか、鬼気迫る感じで、頭皮が剝《む》けて血が出てさ、心ここにあらずでテーブルを睨んで、そこに写真が並べてあった……あれって、たぶん……」

受話器を持つ手が冷たくなった。春菜は彼女が何をしていたか理解した。

「許さない、呪ってやる。許さない、呪ってやる……ずっと同じことを呟いて……もう、俺たちの知ってる彼女じゃなくて……驚いちゃって、誰も、何も言えずに部屋を出て、ドアを閉めても反応なくて」

「彼女のことはそのままに?」

「いや。さすがにマズいと思って、総務から実家のほうへ連絡してもらったんだよ。お兄さんだったかな? 家の人がすぐ来てくれたけど、その後のことはわからない。山形の病院に入院しているらしいということだけで」

——許さない。呪ってやる——

それは武井さんが聞いた言葉だ。呪われたのは手島常務だ。アレは常務に憑いてきたのだ。真っ暗になった窓の外、エントランスに植えられた木のあたりにふわりと浮かんで、細長くて白い女がこちらを窺っているような気がした。

春菜がアパートに戻ったのは、その晩十一時過ぎのことだった。有給休暇を取るためには抱えている仕事を一段落させて、協力業者に手配しておく必要があったのだ。

それにしても手島常務の過去には驚いた。伽耶という女性の様子も常軌を逸《いっ》している。春菜はこんなとき頼りになる坊主《ぼうず》を一人だけ知っているのだが、紹介しても手島常務は取り合わないことだろう。アーキテクツがお祓いすれば役員として参加はするだろうけれど、その原因が自分にあるとは思いもしないし、認めもしないことだろう。それに……と、春菜はため息を吐く。その坊主は借金取りに追われて山奥の破れ寺に身を隠し、電話しても出ないので直接会いに行くほかはない。ただ、春菜の運転技術では無事に現地へ辿《たど》り着《つ》くことができないので、夜が明けてから仙龍に相談するほかはない。

日が沈むと途端に寒さが増して、標高の高い場所から順繰りに雪の気配が下りてくる。車のタイヤを冬用に履き替えなければならないし、出勤前に慌てないよう雪かきの道具などを玄関に用意しなければならない。長野の冬は厳しくて、降雪がなくても路面が凍ってしまうので、通勤前に暖機運転をしないと窓が霜で真っ白になって前が見えない。

駐車場で車を降りると、冬の匂いに混じって腐葉土《ふよう》のような臭気を感じた。春菜のアパートは第二種居住地域にあって、周囲に土が剝《む》き出しの場所はなく、店舗や会社やコンビニなどがひしめいている。駐車場は三方向を建物に囲まれていて、建物と建物の隙間に昇りかけの月が照っていた。バッグを抱いてドアを閉め、車を施錠したとき、ピッという機械音が神経に刺さった。いつもと同じ音なのに、それが静寂を切り裂いたように感じたのである。独《ひと》り暮《ぐ》らしの住人ばかりのアパートは、どの部屋もひっそりと静まりかえって、駐車場にひとつだけある外灯のまわりを小さな虫が舞っていた。今年の初雪はいつだろう。十一月に羽虫が飛んでいるなんて。

エントランスの照明が、今にも切れそうに点滅している。天井の隅《すみ》に闇が張り付いているようで、春菜はすぐさま視線を逸らした。伽耶という女性のこともあり、見てはいけないものを見てしまうような気がしたからだ。わざと靴音を響かせて階段を上がり、自分の部屋を解錠した。背後を確認してからドアを開けるのはいつものことだが、それは不審者対策であって、彼岸から来るモノには効果がない。ドアが閉まる瞬間、水に流した墨のような薄くて黒い影が滑《すべ》り込《こ》んできたようで、春菜はすぐさま明かりをつけた。

玄関の姿見に自分だけが映っている。廊下に置いたスリッパも、扉を開け放したリビングも、今朝家を出たときのままだ。なのに、空気だけが違う気がした。

手当たり次第に明かりを点けてリビングへ入り、カーテンを閉めると、洗面所ではなくキッチンで手を洗う。

静まりかえった部屋がよそよそしい。パンフレットを担当した縁で購入した北欧風チェスト、炬燵《こたつ》にもなるテーブルと、二人掛けの小さなソファ、あとはベッドだけの簡素な部屋には死角がない。誰もいないとわかっているのに、誰もいないことが怖いのだ。

魔に魅入られるということがある。ほんの一瞬、魂が向こうへ連れて行かれて災厄を連れ帰る。そんな逸話を思い出す。春菜は臍《へそ》のあたりに力を込めた。肉体に熱い血が流れ、心臓が鼓動を打っている人間はエネルギーの塊だ。死者はそれに敵《かな》わないので、わずかな隙《すき》を突いてくる。恐れてはならないし、逆に、気付いていると悟られてしまえばいろんなモノが寄ってくる。生きた人間は幽鬼よりも強いのだから、決して弱みを見せないことだ。冷蔵庫を開けてミネラルウォーターを出し、コップに注いで一気に飲んだ。そして、いきなり「わー!」と、空間に怒鳴った。

その瞬間、重力が戻るかのように気配は消えた。

「なんなのよ、もう……」

春菜は胸をなで下ろし、シャワーを浴びるためにバスルームへ入っていった。

深夜零時四十分過ぎ。

テーブルワインを飲みながら、リビングでノートパソコンを操作していた。隠温羅流についてて調べたことをデータにまとめるためである。手始めに、吉備地方へ行くための交通情報を検索した。長野から岡山へ行こうとすれば、一度東京へ出てから東海道・山陽新幹線を使うか、もしくは車で中央道を南下する。どちらの場合も所要時間は片道六時間程度を要する。さらに出雲へ足を伸ばすと九時間かかる計算になる。

「う……思ったよりも、遠いんだ……」

吉備津神社は岡山市北区吉備津にあるという。突然現地へ赴いて何がわかるとも言えないが、行ってみないことには始まらない。

「移動に時間が掛かるから、一度では用事が済まないかもね」

何度も山陰へ足を運ぶなら、有給を消化しても足りないかもしれない。

「どうしよう」

仙龍のためなら、いっそ会社を辞めようか。いやいや、それも性急すぎる。先ずはともかく現地へ行ってみることだ。

「たたらと曳き屋か……」

それについては棟梁が何十年もかけて調べている。自分は謎《なぞ》を解けばいい。

隠温羅流の因縁はなぜ生まれたか。どうして導師が狙《ねら》われるのか。

仙龍と見た街の景色が脳裏を過ぎる。曳家のときは足下に歴史を感じると仙龍は言った。自分たちよりずっと寿命の長い建物を、無事に後世へつないでやるのが仕事だと。

「建物の『寿命』って、考えてみれば不思議な言い方……生き物じゃないのに……」

そこにあるのは住人たちの人生で、歴史なのだと仙龍は言う。よいことばかりじゃないはずだ。人間だから。精一杯に生きていくならいろんなことが起きるから。大和朝廷に討伐された吉備冠者もまた然り。巨体に赤い顔、隻眼で、火を吹いて、山を穿つ勢力を持ち、一帯を治めた渡来人。そのルーツは出雲にあるというのが教授の推理だ。出雲大社に封印された素戔嗚尊の子孫大国主大神は国造《くにのみやつこ》の神であり、国譲りの神でもある。

「……大国主大神もまた、統治者だった」

思いはグルグルと頭を巡り、時間は無駄に過ぎていく。ネットサーフィンをしているうちに、岡山県倉敷市《くらしきし》にあったとされる宇喜多《うきた》堤《つつみ》に関する記事を見つけた。

——『真金吹く《まがねふ》』は、吉備に冠せられる枕詞《まくらことば》である——

たたら製鉄に関する記述だ。岡山北部の中国山地は古代から明治にかけて鉄の一大産地であったという。小林教授が言うように、鉄の出現が古墳や神社、灌漑《かんがい》水路などの巨大土木工事を可能にしたとも書かれている。だとすれば、宮大工から派生した建築業者が、たたら集団と関係していてもおかしくはないということだ。

そのとき、信濃歴史民俗資料館の図書室で一瞬だけ頭を過ぎった閃《ひらめ》きが戻ってきた。

巨大神殿を有した出雲の国と吉備の国、それを支えた中国山地のたたら製鉄……春菜は電流が背筋を貫《つらぬ》いたかのように感じた。隠温羅流がそこで発源したならば、自ずと御霊に関わったはず。温羅を隠すと書いて隠温羅流。導師の号には水を司《つかさど》る龍の文字。隠温羅流とはつまり、温羅の御霊を用いて悪鬼を祓う、祟り神由来の流派なのでは？

その瞬間。パソコンのモニターがブラックアウトし、照明が消えた。

「あれ？」

停電かしら、と思うのも束《つか》の間《ま》、天井からザーッと冷気が落ちてきた。空気が凍って鋭さを増し、春菜はその場に凍《こお》り付《つ》いた。何の音も聞こえない。金縛りに遭ったかのように動けなくなった。内耳の奥で静寂という音が鳴る。頭を締め付けて痛いくらいだ。

春菜の目前、テーブルとチェストの隙間に闇がある。もちろんただの闇ではなくて、底知れぬ暗さのモノがうずくまっているのだ。大きさは子供くらい。頭が大きく、胴体は貧弱で、四肢は蜘蛛さながらに長く、胴体のまわりに折れ曲がっている。目もなく、鼻も、口もない。それなのにこちらを睨んでいるのがわかる。周囲の空間が歪んでいて、近づけば引きこまれそうな気配がする。

呼吸さえ怖くて息を潜めた。前にもこれを見たことがある。仙龍に絡みつく鎖に似ている。東按寺の持仏堂下に封印されていたモノにも似ている。瘴気と悪意の塊で、問答無用の冷酷さを持つ、たぶん、これを鬼と呼ぶのだ。

――ほんとうか――

と、それは訊ねた。空気を震わす声色ではなく、頭に直接呼びかけてくる。

怖いのに目を逸らせない。逸らしたらその一瞬で、もっと恐ろしいものに変じそうな気がするからだ。春菜は鬼を凝視した。ああ。こういうモノが人に憑き、相手を呪わせたり、襲ったりするのだと考えていた。

——ほんとうか——

真っ黒なモノはまた訊いた。

心臓の鼓動が暴走していく。今しも胸を破って飛び出しそうだ。眼球が刺すように痛んで、目玉が抜けてしまうのではないかと怖くなる。指一本動かせぬまま、春菜はそれを見つめ続けた。肉体と魂が乖離《かいり》して、魂だけが安全な場所へ避難していく。そこから、歪んだ空間に置き去りにされた自分の姿を見下ろしている。

わずか一秒、いや、数秒くらいかもしれない。ついに春菜は恐怖に耐えきれなくなって、闇雲《やみくも》に考えを巡らしはじめた。そして、心でこう訊いた。

——ほんとうか、って、なんのこと？——

鬼を囲む空間が広がってくる。すべてが歪み、真っ黒になって、その奥に何か恐ろしい世界を感じる。地獄と呼ぶには滑稽《こっけい》すぎる。それは純粋な恐怖と悪意に満ちていて、地獄よりも動きがなく、地獄よりも救いがない、黄泉《よみ》の気配をさせている。

——おまえは言ったな？　絶対、鬼にはさせないと——

春菜の答えを急《せ》かすかのように、空間が動きはじめる。影だけのような鬼にも眼があることに春菜は気付いた。燃えるような隻眼は身体についているのではない。それは本体の周囲に燃え立つ黒々とした闇の奥からこちらを見ている。ああ……人間とは違うんだ……

春菜の魂はそう考える。瞼すら動かせないので心のなかで目を閉じた。すると、今日、仙龍と見た風景が脳裏に浮かんで、背中に彼の体温を感じた。

——救ってほしいの？　鬼のくせに。それとも、まだ本物の鬼じゃない？　あなたも鬼になりたくないの？——

そして魂でこう訊いた。

——いいわ。やってみるから名前を教えて——

オオヤビコ！　と、鬼は叫んだ。そして呪文《じゅもん》を呟いた。

——アザハ……チョウオサ……ナナハトク……ケ……メイヲナノリゴウハヒリュウ……キビノウマレダ——

嵐のように鳥肌が立ち、春菜の魂は戦《おのの》いた。次の瞬間、闇に呑《の》まれて一切が消え、ようやく気がついたときには、夜が明けてしまっていた。

パソコンはフリーズし、カーテンの隙間から冬の冷気が流れ込んでいた。春菜は床に倒れて、全身が氷のように冷えていた。天井に灯る照明の明かりは虚《むな》しく、立ち上がって外を見ると、まだ薄暗かった。時刻は六時三十分。数時間のタイムスリップを経験したような感じがした。

「オオヤビコ……アザハ……チョウオサ……ナナハトク……ケ……メイヲナノリゴウハヒ

リュウ……キビノ……」

そのとき、バラバラに思えた呪文の一部が意味を持って脳裏に浮かんだ。

ゴウハヒリュウ……号は飛龍……キビノ……吉備の生まれだ。

テーブルに載せた棟梁の手帳を引き寄せて、最後の頁に春菜はメモを書き入れた。謎の呪文も、聞こえたままに書き記す。

──鬼の名前はオオヤビコ。号は飛龍。吉備の生まれだ──

飛龍をなぜ、漢字で書けるのかもわからなかった。

「号は飛龍」

興奮で、春菜は震えた。

「飛龍……龍の字を持つ……どうして?」

メモした手帳を胸に抱き、心臓に押しつけて、言葉に出した。頭の芯《しん》がクラクラしてくる。望んでいた扉を開ける鍵《かぎ》が見つかったかもしれないというのに、鍵を差し込む勇気が持てない。扉を開けて、あれの背後に淀《よど》んでいた黄泉を見る勇気がない。それで仙龍のサニワだなんて、いったいどの口が言うのだろう。棟梁たちが長年かかって解くことができなかった呪いを解いてみせるだなんて、大口を叩いたのはどこの何奴《どいつ》だ。

オオヤビコ、と、春菜は心で呟いた。名前は魂に紐付《ひもつ》いていて、それを知る者に支配力を与える。ほんとうか、と、あれは訊ねた。あなたを絶対鬼にはさせない。その決心は本物なのかと。激しい震えに襲われて、春菜は泣きながら手帳を抱いた。今さらのように、自分のバカさ加減と無謀さが愚かしいと思った。私は何を始めたのだろう。あんなモノを相手に、何ができると思ったのだろう。震えは寒さのせいではない。恐怖が魂を凍《こご》えさせるのだ。ガチガチと歯の根が合わず、胃が裏返るような吐《は》き気《け》を覚えた。トイレへ駆けるのも間に合わず、棟梁の手帳をテーブルに置き、ゴミ箱を引き寄せてその中に吐いた。胃液しか出ないというのに吐き気はなかなか収まらず、十二分に苦しんだあと、ようやく落ち着いたタイミングで風呂場《ふろば》に駆け込み、熱いシャワーを全身に浴びた。体に付いた鬼の臭いを消し去りたかった。耐えがたい恐怖も一緒に洗い流してしまいたかった。

湯気に曇った鏡に自分の姿を映したとき、春菜はギョッとして鏡をこすり、それでも足りずに湯を掛けた。曇りの取れた鏡に裸身が映る。白い首の少し下、右の鎖骨と乳房の間に、クッキリと、どす黒い痣《あざ》が浮かんでいる。

それは猛禽類《もうきんるい》の爪《つめ》にも似た、隠温羅流の因にそっくりだった。

其の三

雪女の怪

思うように体が動かず、遅刻寸前にようやく出勤してタイムカードを押した。階段を上がってフロアに出ると、なぜか受付奥の空きスペースに、同僚たちが集まっていた。

「あ、高沢さん」

と、柄沢が言う。正面に立っていた井之上が、神妙な面持ちで振り返る。

「高沢か。こっちへ来てくれ。話がある」

春菜はバッグを抱えたままで、同僚たちの列に並んだ。

「昨夜、手島常務の奥さんが亡くなったそうだ」

全員が揃うのを待って井之上が言った。

「今夜が通夜で、社長が参列することになった。会社としても葬儀の手伝いをするので、各自、予定をまとめて報告してくれ。常務は顔が広いから、会社関係者に対応するため受付の手伝いがいるし、駐車場の整理、案内人、返礼品の準備も、手分けしてフォローしてほしいんだ。葬儀にはうちの役員が参列する」

突然のことに同僚たちはざわめいている。

「常務の奥さんって病気だったの?」

轟が訊く。

「いや。そういう話はなかった。自宅で倒れて、救急車を呼んだが間に合わなかったらしい。心臓発作と聞いている」

同僚たちは互いに顔を見合わせた。誰もが髪の毛のことを知っているのだ。いつしかそれは、手島常務にくっついてアーキテクツに持ち込まれたと噂されるようになっていた。

「……昨夜、奥さんから会社へ電話があったの……」

ヒソヒソと、柄沢が春菜に囁いた。

「え？」

「主人の携帯に掛けても出ない、というので、すぐ常務につないだんだけど、出かけていると言ってくれって……」

「奥さんに居留守？」

「ちょっと様子がおかしかったの。だから気になっちゃって」

柄沢は頷いた。

「どんなふうに」

「そこ、高沢」

井之上に怒鳴られた。

「はい。すみません」

井之上はこう言った。

「飯島から聞いたけど、鐘鋳建設さんの店を歓迎会用に手配してくれたんだってな？　悪いが、常務がこういう事情になって、歓迎会はできそうもない」

ああ、そうだった。と、春菜は思った。先方には、今日にも正式な人数や予算について連絡すると言ってあったのだ。

「ごめんね、高沢さん」

飯島が振り向いて両手を合わせる。春菜は「いいのよ」と飯島に言って、

「先方に事情を話してキャンセルします」

と、井之上に答えた。

「あと、高沢は有給を取っているから、こっちのことは心配するな。受付は柄沢たちに頼むし、おまえは常務を怒らせたらしいから、葬儀に顔を出せないのは好都合だよ」

井之上は苦笑している。今度は春菜が飯島たちに「ごめんね」と言う番だった。

この週末、春菜は岡山へ発《た》つのだ。


同じ日の昼近く。春菜は柄沢と飯島を花筏へランチに誘った。無理を言って歓迎会のお願いをした手前、電話一本で断りを入れるのはあまりに失礼だと思ったからだ。

花筏があるカッパ小路《こうじ》は、長野市内に古くからある用水路を景観資源として整備するプロジェクトでアーキテクツが関わった場所のひとつである。環境を整備することで周辺住民の意識も変わり、今ではちょっとした散策コースへと変化を遂げた。花筏はその一角にひっそり佇《たたず》む平屋の和風住宅だ。ランチタイムと夜間のみの営業ながら、隙のないあしらいで贅沢《ぜいたく》な大人の時間を過ごせる穴場の店だ。

掃き清められたアプローチを通って建物へ向かうと、庭に置かれた沓石《くついし》に真っ赤な楓《かえで》が散っていた。暖簾《のれん》をくぐって店内に入り、和服姿の女性スタッフに案内されるまま、三人並んでカウンターに座った。ランチを注文して、昨日電話に出てくれた板前さんを呼び、事情を話して予約をキャンセルさせてもらう。

柄沢も飯島も席を立ち、三人揃って深々と頭を下げた。

「いえ、お嬢さん。お気になさらず」

四十がらみの板前は、片手を挙げて鷹揚《おうよう》に笑った。

「それはご愁傷様でした。奥様の不幸じゃ、歓迎会どころじゃないですものね。なに、こっちもまだ何も準備したわけじゃないんで。一応ね、女将《おかみ》さんに連絡したら、精一杯やってあげてちょうだいと言われていましたが……そうそう、お嬢さんから電話があったと聞いて、喜んでましたよ」

女将さんとは珠青のことだ。

「珠青さんはお元気ですか?」

「そりゃもう元気です。毎日、夕方に一時間くらいでしょうか、お客さんへの挨拶で顔を出してくれますんで、事情は伝えておきますよ」

「本当にごめんなさい。私たちでまた来ますから」

「いいんですって。うちは、ほら、必要なときだけ使ってもらえばいい店なんで」

板前さんはそう言って厨房《ちゅうぼう》へ入っていった。

カウンターに掛け直すと、頭を寄せて飯島が訊く。

「高沢さんのこと、『お嬢さん』って呼ぶの?」

改めて訊かれると恥ずかしくなる。とっくにお嬢さんなんて歳じゃないのは、自分が一番よく知っているからだ。

「職人さんはそう呼ぶの。お嬢さんとか、姉さんとか、特別な意味はないんだけどね」

「いいなあ」

と、柄沢が言った。

「一度でいいから、そんなふうに呼ばれてみたい」

「現場へ行けば柄沢さんだって『お嬢さん』よ」

「柄沢さんだってってどういう意味?」

笑っていると本日のランチが運ばれてきた。秋鮭《あきざけ》の西京焼き、海老《えび》と鯛のお造り、野菜の煮物、キノコの天ぷら、松茸《まつたけ》のお吸い物、栗《くり》ごはんにお新香《しんこ》というラインナップだ。

「うわぁ、メチャクチャ美味《おい》しそう」

二人は感動しているが、これにまだ食後のデザートとコーヒーがつくのだ。

「常務がらみの飲み会は、このお店に手配すれば間違いないわね」

柄沢が言って、食事が始まる。春菜は今朝の話を持ち出した。

「昨夜、常務の奥さんから電話があったと言ってたでしょう?」

黙々とごはんを頬張《ほおば》りながら、柄沢は頷いた。

「様子が変で、そしたら亡くなったでしょ? 殺人事件かと思っちゃったわよ」

「どういうこと?」

と、飯島が訊く。柄沢はお吸い物をすってから二人を見た。

「外に誰かいるって怯えていたの。私だって困ったわよ。常務が電話に出ないんだから……申し訳ありません、さっきまでいらしたのですが、仕事に出てしまったようで……って伝えたら、雪女みたい、雪女が来たって」

「雪女。聞き違いじゃなく?」

春菜は西京焼きの身をほぐしていた箸《はし》を思わず止めた。

「確認したから聞き違いじゃないわ。家に入ってくるかもしれないって、その意味わかる?」

飯島は首を傾げている。

「それで柄沢さんはどうしたの？」

「不審者かもと思って、警察に連絡しましょうかって訊いたんだけど」

「さすが」と、飯島。

「警察じゃダメって言うのよ。家を知られた。あの人のせいだと。あの人ってたぶん常務のことよ」

「家を知られたって、どういう意味？」

飯島が訊くと、柄沢は首をすくめた。

「咄嗟にストーカーを思い浮かべたけど、ストーカーになるなら性格的に常務のほうよね？　私でよければ話を聞きますと言ったんだけど、もういいわって怒鳴られて、電話を切られてしまったの。それで、奥様の様子がおかしいと言いに行ったんだけど、手島常務ったら、私の顔を見るなり受話器を取って、どこかへ電話をかけはじめたの。ムッとしたけど、後で何かあっても厭だから、メモにして常務の机に置いてきた。一瞥《いちべつ》するなりゴミ箱に捨てられちゃったけどね」

「どこまでも攻撃的なのねえ――」

飯島は呆れている。

「――で、家に帰ったら奥さんが亡くなっていたってことですか？　怖いんだけど」

「雪女のせいかわからないけど、もしも関係があったら怖いわ。それが証拠に、手島常務が休みの今日は、どこにも髪の毛が落ちてないじゃない」

柄沢は持論を展開している。ランチがまずくなるようで、春菜はせっせと箸を動かす。頭の中では『雪女』という言葉を反芻《はんすう》していた。

「高沢さんなら想像つくでしょ。どう思う？」

突然飯島に話を振られて、春菜は目をしばたたく。

「そういうの、得意じゃないの。普通に推理するべきよ」

里芋の煮物を呑《の》み込《こ》んで言った。

「人の不幸をオカルトネタにするのはよくないと思う」

「けど、偶然とも言えない気がする。そうでしょう？」

「そうよそうよ」

と、柄沢も言う。

「常務はなんで居留守を使ったの？……奥さんなのに」

ブツブツ言いながら食べはじめた柄沢を見て、ふと、手島常務も恐れていたのだろうかと春菜は思った。だから経理の山岸さんに怒鳴ったり、ピリピリと神経を張り詰めていたのだろうか。空いたお皿を脇に寄せ、柄沢と飯島のほうへ身体を傾けて声を潜める。

「髪の毛事件について、手島常務の反応はどうだったのかしら？」

訊くと、柄沢の向こうから身を乗り出して飯島が教えてくれた。

「経理の山岸さんに聞いたんだけど、昨日は常務のデスクに髪の毛が散らばっていたらしくって、顔を真っ赤にして怒っていたって。被害妄想よ。誰かの悪戯と思ったみたい」

「……あ……そうか……」

春菜は思わず呟いた。

「え、なになに?」

と、飯島が訊く。ゴシップを垂れ流すのは好きじゃないから言葉にしなかったが、春菜はこう考えていた。細長くて白い女は手島常務を捜していたのだ。同業者だからアーキテクツの住所は知っていた。けれど社内の様子は知らない。だから最初は通用口から入り、近くの男子トイレを彷徨《さまよ》い、階段を上って営業フロアへ、コピー機を動かして自分の存在を知らしめた。役員室へ向かう通路に髪が落ちていたのは昨日の昼だ。そして夜、ついに常務のデスクへ到達した。あれが伽耶の生き霊ならば……。

彼女は色白の東北美人だ。もしも常務が奥さんに対して、彼女を雪女と揶揄していたら?

「お祓いって、いつやるんだっけ?」

春菜は飯島に質問を返した。答えたのは柄沢だった。

「来週の月曜日。神主さんの都合があるから予約した日は動かせないと思うんだけど……

常務は忌引きで出てこないから、効果があるか怪しいものよね」

まさかそのために奥さんを連れて行ったなんてことがあるだろうか。ただの心臓発作じゃなかった？　実体を持たないだけで、悪霊は人と同じく狡猾《こうかつ》だ。

箸を置き、ごちそうさまですと頭を下げると、スタッフがお膳《ぜん》を下げに来た。

「ごめん。一本電話してくる」

カウンターに二人を残して席を立ち、待合へ移動して鐘鋳建設に電話を掛けた。

話し終えてから席に戻ると、柄沢たちは洋梨《ようなし》のババロアと食後のコーヒーを楽しんでいた。奥さんの告別式は週末に行われる運びだそうだ。春菜は休みを取っているので参列しないが、緊張で気が進まないと、柄沢たちはピリピリしていた。


ランチのあと、二人を会社へ送り届けてから鐘鋳建設へ向かった。

建築材を洗う作業は続いていて、敷地は人で満杯だ。コーイチが教えてくれた駐車場に車を置くと、宮大工をしている鶴竜建設の車も何台か止まっていた。邪魔にならないよう会社の裏へ回りこみ、建物に沿って入り口へ向かう。仙龍の姿を探したが、人と部材が多すぎて、どこにいるのかわからなかった。工場の脇から階段を上って、二階にある事務所へ行くと、閑散とした室内で棟梁が算盤《そろばん》をはじいていた。

「棟梁、失礼します」

ノックしながら声をかけると、鼻の頭にメガネを載せて、棟梁が顔を上げた。禿げ頭《はげあたま》の額に皺が寄り、こちらを見る目はギロリと鋭い。

「はいどうぞ」

と言いながら、棟梁は素早く手元を片付けた。

「お忙しいところを申し訳ありません」

「いや。いいですよ。あっしのような年寄りは、足手まといになるだけなんでね」

立ち上がって、部屋の中央にある応接用の椅子を勧めてくれる。自分が先に椅子にかけ、春菜を見上げてこう聞いた。

「吉備へ行きなさるそうで」

「はい。棟梁の手帳を読ませてもらって、先ずは岡山の吉備津神社へ行ってみようと」

「順番としちゃぁ、先に出雲大社にご挨拶《あいさつ》するのがいいんですがね」

「なら、そうします」

そう言って、春菜は棟梁の向かいに座った。

「岡山までは片道六時間。出雲までだと九時間もかかる計算です。行って、帰ってくるので精一杯かもしれない」

まあねえ。と、棟梁は笑う。

「あっしが何十年もかけて調べたことを、一日二日でわかろうなんて、思ってるわけじゃないんでしょうが。物事ってぇのは、なんでもね、一歩踏み出すことが肝要なんで」

春菜は頷き、バッグから棟梁の手帳を出した。

「今回は土地を見ることくらいしかできないと思います。でも、とにかく行って、感じてきます」

そして唐突に本題に入った。

「棟梁は、オオヤビコという名をご存じですか？」

訊ねると、彼は片方の眉を上げ、訝《いぶか》しそうに春菜を見た。

「はて。それが？」

春菜は鎖骨の下に左手を置き、セーターごとギュッと握った。

「昨夜。旅のルートを検索してたら、鬼が来たんです。前にも見たことがあるから、わかる。あれはたしかに鬼でした。黒い瘴気の塊で、背後に厭な世界を引きずっている」

棟梁はただ眉をひそめた。

「それが私に聞いたんです。ほんとうかって」

「何がほんとうなんですかい？」

「東按寺の持仏堂を曳いたとき、殺人鬼の魂をあの世へ送りましたよね？　そのとき、私、『あなたを絶対、鬼にはさせない』と叫んだみたいで」

棟梁は頷いた。

「ふむ。それで？」

「その言葉……その気持ちと言ったらいいのかな？　それは本心かと訊かれたように思います。ものすごーく怖かったけど、同じようなモノが仙龍にも絡みついているわけで……だから、私……やってみるから名前を教えてほしいと言ったんです。実際は金縛りで声が出なくて、心で言った感じですけど。そうしたら」

「それがオオヤビコってわけですかい？」

棟梁は顔を上げ、「いや、姉さん。あんたには呆れるねぇ」と、膝《ひざ》を叩いた。

「あのねぇ。家宅六神って、この業界じゃ、家の神は六柱といわれてましてね。それぞれ生まれた順に、石土毘古神《いわつちびこのかみ》って壁土の神、建物の基礎を司る岩巣比売神《いわすひめのかみ》、出入り口を護《まも》る大戸日別神《おおとひわけのかみ》、屋根葺き工事の天之吹男神《あめのふきおのかみ》。末に生まれたのが風木津別之忍男神《かざもつわけのおしおのかみ》って、暴風から家そのものを護る神なんで。で、大屋毘古神《おおやびこのかみ》ってのは五番目で、葺き終わった屋根の上で災厄を司る神のことなんでさぁ」

まさかオオヤビコに意味があるとも思わなかった。春菜は鳥肌が立って腕をさすった。

「屋根の上で災厄を司るって、それは導師のことなんじゃ？」

隠温羅流の曳家では、家そのものが導師に懸かると聞いた。けれど家にはもともと神が宿っていて、因縁を持つ家の場合は災厄を司る大屋毘古神が力を持つとするならば、導師に憑くのはオオヤビコで、それは理にかなっているとも言える。

「曳家は六柱の神を祀りますが、隠温羅流の場合、導師に最も近いのがその神だ。それを知る職人も、あまりいないと思いますがね」

鐘鋳建設の事務所は一番いい場所に神棚がある。なんの神が祀られているのか考えたこともなかったが、まさか建築業界専任の神様がいたなんて。

「それだけじゃないんです」

春菜は自分がメモした最終頁を棟梁の前に広げて見せた。一度はしまった老眼鏡をまた出して、棟梁は春菜のメモを読む。

――アザハゲンチョウオサナナハトクケンメイヲナノリ号ハ飛龍――

そして、「こりゃあ……」と、低く唸った。

「号は飛龍。鬼はたしかにそう言いました。棟梁は、飛龍という導師をご存じですか」

「いや……いや……うーん……どうかな……聞き覚えはねえですけども、かなり古い時代の人でしょうかね」

「どうしてそう思うんですか？」

棟梁は文字の一部を指さした。

「これ、全部名前じゃねえですか。いいですかい？　アザってのは、字《あざな》のことじゃないかと。昔はね、出身や所属する集団の字を、名前のほかに名乗ったんですよ。そう考えると、字はゲンチョウ、オサナナを幼名とすると、トクですねえ」

「幼名ですか？」

「そういうのは小林先生のほうが詳しいと思いますがね、平安から江戸の頃までかなあ。諱《いみな》がつくまでの、ガキの時代の呼び名です。その後がケンメイで、これが諱なんでしょう。日本は呪の国ですからね。人間も出世魚みたいに名前を変えてありがたがるんで」

「言われてみれば名前かもしれない。私はまた、何かの呪文かと」

棟梁は声を上げて笑った。

「全体は呪文に聞こえたんですけど、『号は飛龍』と、そこだけは文字が漢字で浮かんだんです。号に龍がつくのは隠温羅流導師の特徴では？　と思って……そういえば、どうして隠温羅流導師の号には『龍』を使うんですか」

と、春菜は訊いた。

「仕来り《しきた》というだけで詳しい理由は伝わっていねえんですが。ま、これはあっしが勝手に思ってるだけですけどね、あっしらは因縁物を扱うんで、常に清めが必要です。で、不浄を清めるのは火と水ですが、建物に火は御法度《ごはっと》なんで、水神様を呼び込む意味で『龍』を名乗るようになったんじゃねえかと」

「なるほど、たしかに」

「昔は火除《ひよ》けの呪《まじな》いで、扉に『水』の文字を書いたりしたもんですよ。土蔵の丑鼻《うしばな》に水や竜の文字を入れるのも同じ理由ですがね」

「ご先祖に飛龍という導師がいたとするのは早計でしょうか。隠温羅流のご先祖が、あっち側から助けてくれるつもりで私のところへ来たんじゃないかと期待したんですけど」

「うちのご先祖は鬼ですかい？」

「たしかに恐ろしい感じはしたけど、鬼というのは概念で、その実は吉備冠者も四民に慕われる有能な統治者だったそうですし、小林教授の話では、神は荒魂と和魂という正反対の気性を持つと。人間だって、いい面も悪い面も持っているんだし……だから、昨晩見たのは荒魂のほうで、別に和魂の顔もあるとか……でもそれは、飛龍というのがご先祖だって証拠にはならないか……」

喋っているうちに自己完結してしまった。棟梁が飛龍の名に聞き覚えがないのなら、結局なにもわからない。

「いや、いや……うーん……」

腕組みをしてふんぞり返ると、棟梁は細長い足を器用に折ってソファの上にあぐらをかいた。秀でた額をつるりと撫《な》でて、両膝の上で顎を支える。

「棟梁なら、飛龍に聞き覚えがあるんじゃないかと思ったんですけど、違うんですね」

「残念ながら鉦龍さんより前については記録がなくてね。隠温羅流の文字と鐘鋳ってぇ屋号から、吉備地方とたたらを結びつけたところで止まっちまったんですが」

「鉦龍さんがどのあたりから信州へ来たかもわかりませんか？　お墓の場所とか」

棟梁は首を振る。

「やっぱり。サニワを頼りに現地へ行くしかないってことね……先ずは隠温羅流と直接関係がありそうな、温羅という鬼を調べてみます」

春菜は手帳を閉じてバッグにしまった。ああ、姉さん。と、棟梁が言う。

「そういやぁ、ガラにもなく若が心配してね、コー公を一緒に行かせるそうですね。わちゃわちゃした野郎ですが、ああ見えて知識もあるし、男気もあるんで、お供させてやっちゃもらえませんか」

春菜は立ち上がって、棟梁に微笑んだ。

「車中泊も覚悟していたので、とても心強いです。先に出雲大社ですね。小林教授の推理によれば、吉備冠者は出雲を追われて吉備に入った人ではないかということでしたから、その順に現地を回るのは大切だと思います」

「とにかく無理はいけませんぜ？　コー公にもよく言っときますが、分をわきまえて行動してくださいよ」

あ、そうか。コーイチはボディガードであると同時に、私が禁を破らないように、お目付役として同道させられるのだ、と、春菜は思った。信用ないなあ。

心の中で呟きながら、たしかにそうよね、とも思う。隠温羅流のことを何も知らない跳ねっ返りが、流派の最もセンシティブな部分を探ろうというのだ。そう考えると、仙龍が消極的だった理由も、棟梁たちが容易に腹を割ってくれなかった事情もよくわかる。

春菜は棟梁に向き合って、心の底から頭を下げた。これからすべてをひとつずつ、教えてもらって学んでいこう。彼らが大切にしてきたものを、壊すことがないよう気をつけよう。流派を重んじる行為の裏には何があるのか、春菜は初めてわかった気がした。


十一月最後の土曜日。早朝六時。着替えを詰めた大型バッグを足下に置き、携帯用の小型バッグを肩から掛けて、コンビニの駐車場に立つ春菜の元へ、コーイチが鐘鋳建設のワゴン車でやってきた。日は未だ昇らず、瞬《また》いている星もあり、山の端《やまのは》が明るくなりはじめたところであった。風は冷たく、微かに雪の匂いがしている。

「春菜さん、おはようございます」

作業着でないコーイチは、ラフな服装にジャンパー姿だ。春菜の荷物を積み込むために荷台を開けると、様々なツールを入れた透明のボックスが入っていた。シュラフや毛布のほかに、ランタンやカップやケトルも見える。出雲大社までは九時間あまりの道のりだが、交代で運転すれば午後には辿り着ける計算だ。

「キャンプ道具が入ってる」

春菜が言うと、コーイチは笑った。

「俺の責任重大っすから。七つ道具を揃えてきたんす。どこまで行けるかも、どこで日が暮れるかもわかんないから、車中泊の準備がいるってことで」

荷台にバッグを詰め込み、コーイチは春菜を助手席側へ誘った。予定のつかない旅に出るのは、冒険が始まるようでワクワクする。

「車中泊覚悟はその通りだけど、シートを倒して眠ればいいと思っていたわ」

コーイチは運転席に座ってシートベルトを締めながら、

「や。それじゃ疲れが取れないっしょ。運転するし、危ないじゃないすか」

春菜の準備ができたか確認している。もしも一人で出かけていたら、どうなっていたのだろうと春菜は思った。

「カーナビに出雲大社を入れてきました。途中で休憩をはさむんで、到着は四時過ぎってとこっすかね。ご本殿が閉まるの、五時らしいんで、そっからホテル探すのは厳しいと思うんすよね。調べたら車中泊可能な場所が近くにあるんで、たぶん今夜はそこっすね。こっちより温かいと思うんで、風邪ひかないといいなって」

「コーイチ。ホントにありがとう」

コーイチは一瞬頬を赤らめて、

「ていうか、それはこっちの台詞《せりふ》っす。春菜さんが本気になって、職人はみんな嬉しいんすよ。お嬢さんをお守りしろって言われてきたんで、なんたって……」

コーイチは言葉を切って後ろを見ると、

「んじゃ、出発しますか」

と、車をバックさせた。

「コンビニで朝ご飯を買っておいたわ。おにぎりとサンドイッチと、どっちがいい?」

袋をガサガサ言わせながら訊くと、

「やー。なんか社長に悪いっすねぇ」

と、コーイチはニマニマ笑った。カップホルダーを引き出して、コーイチが選べるようにコーヒーとお茶を置く。

東の空が白みはじめた。雲に朝焼けが照り映えて、金とバラ色に染まっている。棟梁には話さなかったが、胸に浮かんだ痣はまだ消えない。オオヤビコと導師を結びつけたのは、この、因によく似た痣のせいもある。いつだったか、亡くなった仙龍の父親が除霊に力を貸してくれたことがある。それと同じで、歴代の導師が呪いを解くため尽力してくれているのだと、春菜はどうしても思いたかった。

明けていく街を眺めながら長野市内を走り続けて、やがて車は高速に乗った。

「何かわかるといいっすね」

ハンドル片手におにぎりを食べながらコーイチが言う。思った通り、彼が選んだのはおにぎりで、飲み物は緑茶であった。

「そうよね。確信もなく出雲や岡山へ出かけて行くって、考えてみればバカみたい」

「んなことないすよ。行ってみなけりゃわからないこともあると思うし」

食べ終えたおにぎりの包みを受け取って、春菜は代わりにおしぼりを渡した。コーイチは手を拭きながら「うへへ」と笑う。

「なによ？」

「え、いやあ。春菜さんけっこう甲斐甲斐《かいがい》しいなって」

「運転中なんだから当然でしょ。私の命を預けてるんだし」

「それを差し引いても気が利くっすね。やりやすくて助かるっす」

「お腹一杯になった？　サンドイッチもあげようか」

「ごちになります」

今度は卵サンドを頬張りながら、コーイチが言う。

「温羅が鬼の名前だってのは、隠温羅流を知ったときにオレも思ったんすよね。でも、それ以上深くは考えないで、ただ、カッコいいなって、単純に。でも、考えてみれば、鬼を隠すと書いて隠温羅流……チョー意味深な流派っすよね」

「珠青さんは前から考えていたみたいで、すぐに吉備津神社の話をしたわ。鬼の首を埋めた社殿とかドラマチックよね。桃太郎だとおとぎ話感が前に出るけど……」

トンネルを抜けるとまたトンネルが来て、山の大きな口に呑み込まれていく。

「雨月物語の『吉備津の釜』って話を知ってる？　コーイチなら、もちろん知ってるか」

「吉備津神社が出てくるんすよね。上田秋成の怪談はどれも名作揃《ぞろ》いっすけど、『吉備津の釜』は凄まじく怖い。放蕩三昧《ほうとうざんまい》の亭主を呪う貞淑な妻は『磯良』って名前なんすけど、阿曇磯良《あづみのいそら》、磯武良《いそたけら》って、もともと海の神様で、古事記に出てくる豊玉毘売《とよたまひめ》の子という説があるんすよ。豊玉毘売は海神の娘で竜宮に住み、真の姿は大鰐《おおわに》なんす。吉備津の釜では磯良を貞淑で美しい女性に書いてますけど、阿曇磯良は体中《からだじゅう》に藻や牡蠣《かき》やアワビが張り付いた禍々《まがまが》しい姿で、それを恥じて人前に姿を現すのを嫌うんす。『吉備津の釜』に出てくる磯良は、この神をモデルに名付けられたとも言われてるんすよ」

「ちっとも知らなかった」

指についたマヨネーズをおしぼりで拭《ぬぐ》って、コーイチは「ごちそうさまでした」と、頭を下げた。春菜はおしぼりを受け取ってゴミ袋に入れる。

「吉備津の釜で重要なのは、鳴釜神事で『縁談は大凶』と出たのに、親が解釈をねじ曲げて娘を嫁《とつ》がせ、ご神託どおりに不幸を呼び込む構造っすよね。知ってますか？　悪霊は、招かれないと寄れないんすよ。個人的にもイソラって響きは、なんかこう、触れちゃいけない部分に触れてくるような感覚があるじゃないっすか」

「それわかる。聞くだけで怖い感じがするものね」

「ですよね」

コーイチは一瞬振り向き、ニコッと笑った。

「音に宿る神つーか、『修羅』を連想しちゃうでしょ。修羅はインドの鬼神『阿修羅《あしゅら》』の略で、仏教では八部衆の一人っすよね」

「コーイチとは初めてゆっくり話すけど、小林教授の職人版みたい」

感心して春菜は言い、

「修学旅行で阿修羅像を見たわ。けっこうなイケメンだった」

と、付け足した。

「奈良の興福寺にある国宝っすよね？　少年の顔をした」

「そう、それよ。思っていたより小さいの」

「修羅は終わりのない戦いや混乱を連想させるじゃないっすか。で、イソラって響きに修羅を感じて怖くなるんじゃないのかなあと。上田秋成が海神から磯良をとったとしても、その復讐《ふくしゅう》の描写は鬼神に相応《ふさわ》しいっすよね。呪った亭主を八つ裂きにして、髷《まげ》しか残らないとか怖すぎ。畏怖《いふ》を表す『畏』の文字に『修羅』を当てて『畏修羅《いそら》』。俺のイメージはそっちなんすよ」

長いトンネルを抜けると、左右に迫る山のあいだに平野が拓《ひら》けた。収穫を終えた畑や田んぼから野焼きの煙が立ち上る。その白くて細い影を見ながら、春菜は手島常務のことを思い出していた。もしも常務の奥さんや、不倫相手の伽耶という女性が鳴釜神事で常務との相性を占ったなら、釜はコトリとも鳴らずに凶事を言い当てていたのだろうか。

「それで思い出したけど……実はね、いま、うちの会社で『吉備津の釜』にそっくりなことが起きているのよ」

コーイチはのけぞった。

「ええっ、なんすかそれ、マジに？」

春菜は前を見たまま缶コーヒーを握る。

「新しく相談役が就任してきて、その頃からなの。男子トイレに長い黒髪が……」

「ちょ、春菜さん、オレ、そっち方面の話は苦手なんすよ。うへぇ……髪の毛っすかー」

コーイチの様子を窺うと、冗談ではなくビビっている。

「曳家のときは勇敢なのに、怪談話は苦手なの？　なんで？」

「だからこそっすよ。ホンモノの話のときは鳥肌立つんす」

ハンドルを握るコーイチの手首が粟立っている。春菜はなぜか納得した。

「悪口を言うと魂が穢《けが》れるって仙龍に叱られるけど、それが酷い男なの」

「長坂先生みたいな人っすか？　オレはあの人、わりと好きだけどな」

「パグ男なんか忘れるくらい酷いのよ。パグ男のほうがずっと可愛い」

「え。そりゃ酷いっすねえ」

結局は、パグ男のこともろくなもんじゃないと思っているようだ。

「髪の毛だけど、一階の男子トイレから始まって、今週はついに役員室まで到達したのよ。少しずつ落ちている場所が移動して、常務のデスクに髪の毛が落ちた夜……」

「うひい」

コーイチは首をすくめた。

「……常務の奥さんが亡くなったの。心臓発作で急死だって。これって関係あると思う？今日が告別式で、会社の人たちはみんな手伝いにいってるんだけど、私は休暇願を出していたから井之上部局長が葬儀スタッフから外してくれたのよね」

前方を睨んでコーイチが言う。

「常務さん、浮気相手がいたんすか」

「なんでわかるの？　その通りよ」

「そのお相手さんも亡くなってるとか、ないっすよね？」

「騙されて、捨てられて、常務の前で自殺しようとしたけど未遂だったの。そこからちょっとおかしくなって、今は実家に帰っていると聞いたわ」

「んじゃ、生き霊っすかね。でも、髪の毛は実際に、本物が落ちてたんでしょ」

「本物よ。気持ち悪いからすぐに焼却炉で燃やすんだけど、毎日のように見つかるの。うちには長いストレートヘアの社員はいないし、出入り自由な会社でもないから、みんな気味悪がって、月曜にお祓いしてもらうことになったんだけど、原因と思《おぼ》しき常務が忌引きで出てこないから、効果のほどは怪しいものだわ」

「どれくらい続いてたんすか？」

「十一月の半ばからだから、二週間以上になるのかな」

「その人……やっぱ、亡くなってるんじゃないっすかねえ」

コーイチはまたも言う。春菜は怖くなってきた。

「どうしてそう思うのよ」

「前に雷助和尚から聞いたんっすけど、生き霊を飛ばすと本人にも障りがあるらしいんす。自分でそれと知らずに飛ばしちゃうけど、そうすると本体のほうが薄くなっちゃって、病気がちになるそうっすよ。まして物理的に髪の毛がこっちへ来ているなんて……相当ですよね」

「彼女がいた会社は、うちと付き合いがあるところなの。自殺未遂のあと、同僚たちが心配して様子を見に行ったんだけど、髪を毟りながら呪っている彼女を見て、怖くなってご家族に連絡したそうよ。それでご家族が実家へ連れ帰ったところまではわかっているけど……部屋中が髪の毛だらけで、頭皮から血が出ていたって」

「毛髪は呪いに使うアイテムっすからね。大抵は、呪う相手の髪を手に入れて使うんっすけど。その人の場合は逆なんで、もっと根が深いっすよね」

ハッとして、春菜は訊いた。

「そうか。彼女は自分の髪と引き換えに、常務に呪いをかけていた？　常務を苦しませたくて奥さんを殺したの？」

「それこそ『畏修羅』じゃないすか。常務さんに近づけないから、自分の黒髪をアイテムに使ったんすかね。全部抜いたら満願成就で……つか、常務さんは大丈夫なのかな」

「でも、奥さんと常務は上手くいっていなかったみたいなの。亡くなる前に奥さんが、雪女が来たと言って会社に電話をよこしたんだけど、常務は居留守を使って出なかったのよ。浮気相手は東北出身の色白美人だったから、奥さんの前では彼女を揶揄して雪女と呼んでいたんじゃないかとか、常務が嫌いで悪いことばっかり想像しちゃう」

「もしかして……常務さんはその人のことをすでに怖がっていたんじゃないすか？　奥さんから電話が来ても、怖いから出なかったとか」

「最低ね」

「つか、生き霊ならまだアレっすけど、相手が亡くなってたりすると、『吉備津の釜』みたいな死霊になって、本気で祟りに来るっすよ」

怨念が鬼を呼び、鬼に憑かれて、さらに強力な霊になる。

それは砂鉄に投げ込んだ磁石に似ていると春菜は思った。強大な磁場を発生させて、怨みの念だけになってしまうのだ。

「やだ。本気でゾッとするじゃない。でも、私は彼女と面識もないし、彼女の会社の同僚も、そのあとのことはわからないって」

「杞憂《きゆう》ならいいんすけどね」

「どうしよう……常務が危ないと思っても、あまり心配できない自分が怖いわ。でも……電話で聞いて調べてみようか」

今日は葬式で、業者も参列するはずなので電話は控《ひか》えて、伽耶の元同僚だった技術者にメッセージを飛ばした。無駄に恐怖を煽《あお》ってもいけないので、お手すきのときに携帯のほうへ電話をくださいとだけ伝える。

すっかり明るくなった冬の空が眼前に広がって、山また山の景色から、次第に見慣れぬ景色に移る。ここまで来ると、標高の高い山も天辺に粉砂糖を撒いた程度の雪でしかない。

「仙龍と仕事するまでは、身近でいろんな怪異が起きてるなんて知らずにいたわ」

ポツンと言うと、

「わりと普通のことなんっすよ」

コーイチは笑った。

「今は核家族が多いからじゃないっすかね？　祖父《じい》ちゃん祖母《ばあ》ちゃんと同居していた時代は、そういうことを普通に聞かされて、別に不思議とも思わなくって、自然に厄払いしてたっていうか。襖《ふすま》をちゃんと閉めないと隙間から悪いモノが覗くとか、葬式から帰ったら玄関入る前にお清めの塩を振るとかっすね、夜に口笛吹くと蛇が来るとか……いろんな怪異が起きてるわけじゃなく、普通のことが普通に起きてるだけなんっすよ。バランスっていうか、うん。バランスですね」

「バランスって？」

コーイチはチラリと春菜を見た。

「家を新築するときに、建前ってやるじゃないですか」

「基礎工事が終わって棟上げのときに一席設けてやるあれね？」

「そのときは神主さんじゃなくて棟梁が場を仕切るんすけど、餅を撒いたりしますよね？」

「テレビで観たことがある程度なの」

「建前では工事の完成を神に祈ったり、そこまでの無事を感謝するって言われてますけど、実はほかにも意味があって」

コーイチはお茶を飲み、得意げな顔で先を続けた。

「施主さんを怖がらせるからあまり公にしないけど、家を新築すると家族に不幸があるって話、知ってます？」

「不幸って、誰か死ぬとか、災難があるとか？」

「そう、それ。施主が家を新築できるくらいの世代になると、その親は寿命が近いっててのもあるんっすけど、家を建てるなんて一世一代の、ものすごく目出度《めでた》いことじゃないすか。で、いいことがあると悪いことも起きがちだという考えから、昔の人は怖《おそ》れたんっすよ。それで、目出度いことを独《ひと》り占《じ》めしてしまわないように、建前では近隣の人に餅を撒き、『いいこと』を分散させたんす」

「不幸も分散させるってわけ？」

「そそ。なんでも強欲に独り占めしちゃダメなんっすよ。昔はたくさんお金を儲けた人が、橋を架けたり、用水を引いたりして福を分け、自分の厄を落としたんです。神社やお寺に寄進するのもそのひとつ」

「回り回って自分のためってことなのね」

「上手くできてると思いますけど。これぞ日本の文化っすよね」

コーイチは涼しげな目をして頷いた。

「日本は美しい国なんす。隠温羅流は怖いものを相手にするけど、裏を返せば美しい。穢れ仕事をやっているというよりは、もっと、こう……」

「わかる。魂と真摯《しんし》に向き合う仕事なのよね。その結果、後世に美しいものを引き継いでいく」

「春菜さん、いいこと言うっすねぇ」

整備された高速道路の周囲を様々な景色が走り抜けていく。

山があり、谷があり、田園地帯や街を抜け、道は続く。
人の住む場所は美しい。春菜はシートに身体を預けた。

其の四

神の社と瘴気の塊

いつしか眠っていたようだ。スピードが落ちたなと感じて目を開けると、車がサービスエリアの駐車場に入っていくところであった。

「そろそろトイレ休憩かなと思って……起こしちゃいましたね」

時刻は昼少し前。春菜とコーイチは車を降りてランチを取った。

運転を交代してさらに走る。風景も風も知らない街のそれになり、四方を高い山々に囲まれた信州は遠くへ去った。京都を過ぎ、大阪を過ぎ、神戸《こうべ》を過ぎたあたりで再びコーイチと運転を代わった。岡山を通過して鳥取へ、そして島根へと走り続ける。その頃には早くも日射しが赤みを帯びてきた。冬の夕暮れは早い。信州から出雲へは、高速道路を車で走れば一日程度で着ける距離だが、車がなかった時代には、世界はずっと広かったのだろう。出雲から吉備へ来たって？　温羅が渡来人と呼ばれても当然だと思う。

コーイチは斐川《ひかわ》インターチェンジで高速を降りた。

助手席にいる春菜に、そのとき一本の電話が掛かった。伽耶がいた会社の技術者かと思ったが、電話してきたのは柄沢だった。

「お疲れ様です。どうかした？」

仕事の急用かと、クライアントの顔を思い浮かべる。

「お休みなのにごめんね。いま大丈夫?」

と、柄沢は訊く。車は県道を左折して、出雲ロマン街道へ入った。

「大丈夫です。柄沢さんこそ、今日はお疲れ様でした。告別式はどうでした?」

「そこなのよ」

興奮した声で柄沢は言う。

「何かあったんですか?」

「気持ちの悪いことが……」

春菜はスマホを耳に押し当て、別の耳を手で塞《ふさ》ぐ。柄沢が声を潜めたからだ。

「高沢さんなら詳しいと思って電話したのよ。告別式のとき、受付に真っ白な服の女性が来たの」

「真っ白な服って……」

「お葬式なのに、おかしいでしょう? ずるっとした白のワンピース」

意味がわからず「え」と言い、少し考えてからこう訊いた。

「お焼香に来た人ですか?」

「人だったかもわからないの。スーッと目の前にいたんだけど、喪服じゃないから私も飯島さんもすぐに反応できなくて、でも、その人が『手島家のお葬式はこちらでしょうか』

って訊いたので、ハッとして『そうです』と答えたら……」

柄沢は少しだけ言葉を切って、

「その人、ニタァって笑ったの」

ゾッとした。

「それでね、服装はともかく、香典を渡されたから、かたち通りに受け取って、記帳もしてもらったんだけど、飯島さんと目配せしたらいなくなっていて」

「どこ行ったんですか」

「わからない。私だけじゃなく飯島さんも見てたのに、ものの一秒くらいでいなくなって、それだけじゃないの。その人が香典を載せたはずのお盆に髪の毛が……」

「またまた……冗談でしょう?」

春菜の声にコーイチが振り向いた。

「こんなこと冗談で言えない」

柄沢は泣き声だ。

「怖くて井之上部局長を呼んで、髪の毛を見てもらったから間違いないわ。井之上さんも真っ青で、髪の毛はすぐ処分してくれたんだけど、飯島さんなんか怖がって泣き出しちゃうし、散々だったの。ねえ、私たち、お祓いしなくて大丈夫かしら? いやよ、今夜うちに雪女が来ちゃうとか」

春菜はコーイチの顔を見た。

「常務の奥さんのお葬式に、例の女性が来たみたい。白い服で、香典に髪の毛を置いていったって」

「そりゃヤバいっすね」

と、コーイチが言う。

「受付をした同僚が、障りがあるんじゃないかと怖がってるの。どうしたらいい？」

コーイチは首をひねってから、

「棟梁に相談して、折り返すってのはどうっすか」

と言った。春菜がその旨を二人に告げると、コーイチはコンビニを探して駐車場に車を止めた。ブツブツ言いながらスマホをかける。

「本当は、こういうのは和尚の領分なんすけどね。あの坊主は山ん中から出てこないから……あ、棟梁、お疲れ様っす。コーイチっす」

コーイチは春菜を見て、

「今のところ順調で、島根に入ったところです。これから出雲大社へご挨拶に行くんすけども……」

アーキテクツで起きている怪異について、かいつまんだ説明をする。棟梁が何事か話すと、コーイチの表情はみるみるうちに深刻になった。

「承知しました」

　真面目な言葉で通話を終えて、コーイチが春菜に言う。

「それは凶中の凶だって。生き霊か死霊かわからないけど、ああいうモノが真っ昼間に人と会話するなんて、尋常じゃないって」

「え、じゃあ、どうすればいい？　柄沢さんと飯島さんに、なんて伝えれば」

「落ち着いて。その二人に直接何か起きることはないと思うけどって、棟梁は言ってました。マジ危ないのは張本人っす」

「常務は自業自得と思うけど、放っておけない気持ちはあるわ。でも絶対に非を認めないし、取り付く島もない。どうすることもできないじゃない。どうしたらいいの」

「困った人っすねえ」

　と、言ってから、コーイチは人差し指でおでこを掻《か》いた。

「受付の二人は、塩で身体を洗えばいいって、棟梁が」

「塩で洗う？」

「頭が重いとか、首が絞まるとか、不調を感じるとか、無駄に障りを被ってもアレなんで、風呂場で全身に塩を塗り、それをシャワーで流すんです。塩には不浄を祓う力があって、流れる水にも力があるから。滝行みたいにお湯を頭の天辺からザーザー流すといいんすよ」

「それで大丈夫？　普通の塩でオッケー？　家にあるやつで」

「オッケーす」

すぐ柄沢に電話した。柄沢は、飯島にも伝えると言って電話を切った。

「二人はこれでいいとして、張本人はどうしよう」

見上げる空は夕曇りで、分厚い雲に覆われている。海が近いのか潮の香りがするようで、遠くへ来たのだなと春菜は思った。

「あの山の麓が出雲大社っすよ」

コーイチが指す先にはなだらかな山がある。尖《とが》って天を衝《つ》くような信州の山とはまったく違う。緑濃く、優しげで、たおやかな山だ。春菜は大きく風を吸い込み、

「……手島常務は大丈夫かな」

と、また言った。

「難しいっすよね。春菜さんみたいにサニワを持ってると余計にそう感じると思うけど、俺たちがどんなに心配しても、受け入れない人には余計なお世話なんですもん。常務さんの場合は特に、痛くもない腹を探られるどころか、メッチャ痛い腹を探られるわけっすからね。こっちは善意のつもりでも、悪意にしか取られないんでしょ？」

「そういう場合はどうすればいいの？」

コーイチは首をすくめた。

「どーすることもできないっす。本人が信じないのに無理強《むりじ》いはできないし、信じてないなら何をやっても効果がないっす」

「常務まで祟り殺されちゃったら?」

「因果応報《いんがおうほう》。寿命だったってことっすね」

数秒間だけ春菜は考え、

「車を止めさせてもらったから、お礼に何か買ってくる」

と、シートベルトを外した。

「オレも行くっす」

それはつまり、常務を見殺しにするということではないか。信じなくても警告してみようか。けれど私の警告は非難にしか聞こえないのではなかろうか。それでも突撃するのなら、それはもう自己満足だ。私は私自身のために、常務に怖い話をするのだ。

何が正義か、春菜はわからなくなってきた。こちらが手を差し伸べたとして、相手がそれをつかまなかったら、引き上げてやることはできない。枕木の上で仙龍が差し伸べた手を私がしっかりつかんだように、互いの心が一致しなければ、助けられない。

知らない土地のコンビニには、知らない商品が売られていた。

春菜とコーイチはそれぞれに飲み物を買い、出雲大社へ向けて出発した。

出雲の街は静かでほのぼのとして、道路の周囲に田んぼが広がり、山は優しい感じで迫ってくる。ぼんやりと景色を眺めていた春菜は、前方に、絵に描いたような雲を認めて身を乗り出した。雲は緩《ゆる》やかに渦を巻き、山の両側から均等にせり出している。孫悟空の觔《きん》斗雲《とうん》にそっくりだ。雲の下には光の筋がカーテンのように垂れ下がっていて、出雲大社があるというあたりに降り注いでいる。

「あれを見て」

春菜が言うと、

「雲っすね」

とコーイチが訊く。それで、目にしている光景がサニワのせいではないとわかった。

「あんな雲、見たことある？」

「ないっす」

「ラーメンの丼《どんぶり》に描いた模様にそっくり。あれってデザイン的にデフォルメした雲だと思っていたけど、まさか現実にあるなんて……出雲地方の雲って、あんななの？」

「場所によっても違うんすかね。んじゃ、こっちの人が長野へ来たら、やっぱり雲見て驚くのかなあ……しかもあれ、出雲大社を照らしてますよ？　トリハダもんすね」

感動で胸が震えた。出雲は、山も、畑も、雲すらも、包容力に満ちている。すべてを受け入れ、包み込み、深く鎮めて許してくれる、そんな不思議な力を感じる。

「驚いた……土地そのものが神話なんだわ。長野とは全然違う」

「違うって、感じるパワーのことっすか？」

「長野は鋭くて厳しい感じがするよね。パワースポット自体が狭くてクラクラするほど強力なのに、こっちは広くて柔らかい。畏怖というより安心感がある感じ」

「なるほどねーっ」

不思議な雲と光が降り注ぐ場所を眺めているうちに、車は出雲大社の参道へ入った。すでに日は傾いて、参道の街灯に明かりが灯《とも》る。整備された石畳の両側に立派な松が植えられて、正面奥に鳥居も見える。そして鳥居の後ろには、あの山が堂々と鎮座《ちんざ》していた。

「境内の周囲に駐車場があるみたいっす。こんな時間でも車が多いっすね」

参道は渋滞していた。様々な店が軒《のき》を連ねて、食べ歩きや買い物を楽しむ観光客が散策している。職業柄、春菜はついつい店の意匠やサイン関係に目が行くが、コーイチはコーイチで古い家屋の佇まいが気になるようだ。互いに無言になっていく。

参道があまりに長くて不安が募《つの》る。時刻はついに午後四時を回った。拝殿が閉まるという五時までに、駐車場へ車を止めて参拝することができるだろうか。

ついに境内の正面が見えたとき、車は交通整備をする人に誘導されて境内の脇へ入り、巨大な無料駐車場へと案内された。時刻は四時三十分近くである。

「なんとか間に合いそうで、よかったっすね」

車を降りるや、コーイチは神様に無礼がないようサイドミラーで身支度を整えた。

「正面から行きましょう」

春菜も手ぐしで髪を整え、襟を直して上着を手にした。冬とはいえ、出雲は長野より暖かく、身を切るような寒さの風が吹かない。どうかすると汗ばむくらいだ。

「ここの駐車場って無料なのね」

「出雲の神様は太っ腹っすね」

日が暮れて、木々の緑が濃さを増す。頬をなぶる風の匂いに、ああ感じる、と春菜は思った。土地が発する『気』がこれほど違うとは思ってもみなかった。出雲大社にまします神は、鷹揚に、これほどまでに寛容に、人々を受け入れ続けているのかと怖くなる。

駐車場を出た場所に、出雲大社のパンフレットを配る人がいた。境内の配置図や参拝の仕方などを、予《あらかじ》め書面で説明する試みだ。徹底されたおもてなしにも、土地に根付いた不思議な力が満ちている。信州の戸隠《とがくし》とも、国宝善光寺《ぜんこうじ》とも、京都の寺院や日光のそれともまったく違う。ここの気配はフラットで、それが街全体に漂っている。まるで柔らかくて巨大な繭《まゆ》に包まれているかのようだ。最初に出雲大社へ挨拶しに行くべきだという、棟梁の助言は正しかった。

生け垣に沿って敷地を回り、境内の正面に立つ。巨大な鳥居がある場所は、往時芝居小屋などがかかって人の勢いがあったことから勢溜《せいだまり》と呼ばれるらしい。すでに境内は暗くなり、石畳の両脇《りょうわき》にほんのりと灯籠《とうろう》の火が灯る。春菜とコーイチは並んで立つと、お邪魔しますと一礼してから鳥居をくぐった。一般に神社での参拝は二礼二拍手一礼を作法とするが、出雲大社の作法は二礼四拍手一礼らしい。パンフレットを渡されなかったら、誤った作法で神様の顰蹙《ひんしゅく》を買っていたかもしれない。

手順通りに祓社《はらえのやしろ》を参拝し、身に負った穢れを払い落としてもらう。近くに『浄の池』と呼ばれる水場があって、往時はこの水で手指を清め、口を濯《すす》いでいたのかもしれないが、案内図を見ると奥に手水舎《ちょうずや》がある。池に注《そそ》ぎ込《こ》む川に太鼓橋が架かっていて、渡った先には整然と松の木が植えられた参道があり、仄《ほの》かな明かりが足下だけを照らしている。橋を渡ったところで二人は止まり、薄暗い境内を見渡した。

「本当に来ちゃったわね」

と、春菜が言う。隠温羅流の因縁と本気で向き合う覚悟があるのかと、再び問われている気がした。感情と勢いに任せて啖呵《たんか》を切ったその瞬間は、迷いも怖れもなかったけれど、何度も確認されると不安を感じる。春菜は目を閉じ、深呼吸した。コーイチはその横でじっと待っていてくれる。仙龍だけではないのだ。導師の呪いはコーイチにも、珠青の子にも、その後もずっと、隠温羅流の職人たちに絡みつく。

もしも私が、そのために仙龍と出会ったのなら、役目を全《まっと》うさせてください。

すべての流れは、最初から決まっていたのだと思う。自分がアーキテクツに勧めたことも、大嫌いなパグ男にのせられて因縁憑きの古民家に関わったことも、そこで仙龍や小林教授やコーイチと出会ったことも。春菜は、自分を含め生きとし生けるものの魂が、細い糸で絡まり合って、大きな流れをかたち作っているのを感じた。たとえ一部に過ぎないとしても、その全体は大きく、円くて、永遠なのだ。縁は円。隠温羅流に伝わる概念が、春菜の血に取り込まれた瞬間だった。

たおやかに吹く風に、松の参道がゆるやかにうねった。

「行きますか」

と、コーイチが言い、二人で薄闇《うすやみ》の参道を進んだ。参道は広く、松の木で三つに区切られている。おそらく中央が神の道であり、人の通る道は敷石《しきいし》で示されている。足下を照らす小さな光以外には、松の梢《こずえ》を抜けてくる夕空の微かな明かりだけが頼りだ。人影はまばらで人の声はなく、代わりに風の音がする。参道を抜けた先にも鳥居があって、周辺を石垣で囲ってある。手前左手に手水舎があるから、いよいよ境内の中心部に至るのだ。

「失礼があるといけないから、先にトイレへ寄っていい？」

春菜が聞くと、コーイチは言った。

「オレもそう思ってたとこっす」

手水舎で手指や口を浄める前に、先ずは体内の穢れを落とす。

民間伝承に共通するエピソードとして、屋敷神などが棲まう場所に入るとき、トイレを我慢していると怪異に遭うというものがある。小林教授にその話を聞いたとき、春菜は『どんな怪異が起きるんですか』と訊ねてみたが、教授の答えは、『禁を破る者がいないので、わからないのですよ』だった。けれどもなぜかそれ以来、神聖な場所へ入るときには事前に用を済ませる癖《くせ》が身についた。時間は押していたが、拝殿は目の前だ。日暮れはそこまで迫っていて、本殿が閉じられるときも間近である。春菜がトイレを出ると、コーイチは石垣近くの松の根元に立っていた。急がなければと駆け寄ろうとして、春菜は凄まじい冷気を背中に感じた。思わず動きを止めてはみたが、振り返るのも恐ろしかった。

ジャ、ジャリ、ジャ、ジャ……。

玉砂利を踏む音がして、冷たいものが背後に迫る。春菜は前方のコーイチを見たが、コーイチも春菜に顔を向けたまま、そっと松の木の後ろに下がった。トイレの周囲は街灯もない。石垣に沿って細い歩道が続くのみだ。歩道はその先で鳥居に至り、右手が拝殿、左手に手水舎がある。薄暗い境内は人影もまばらで、黄昏時《たそがれどき》と呼ばれるように誰の表情もよく見えない。

ジャ、ジャリ、ジャ、ジャ……。

足音は春菜に近づき、通り越して先へ出た。冷気の塊が項を撫でて、咄嗟に春菜は呼吸を止める。前に出たのは若い女だ。それが深くうなだれて、老婆のように腰を曲げ、身体の両側に腕を投げ出し、右に左に揺れながら、奇妙な動作で歩いていく。あまりに遅く、あまりに不格好な歩き方は、操作に長《た》けない操り人形のようである。薄い色のコートを纏い、白いスカート、黒い靴、長い髪は毛先が逆立《さかだ》ち、放電するかのように絡まり合って、顔は見えない。

一体どこへ行ってきたのよ？

春菜は静かに後ずさり、そして心で叫んでいた。歩き方が異様なのは、背中に巨大な瘴気を背負っているからだ。青黒く、禍々しく、その高さは数メートルにも及び、雲霞《うんか》のように蠢いている。近寄れば襲ってくるようで、息もできなければ逃げることもできない。追い抜こうにも歩道は狭く、声をかければ瘴気を吸い込む。コーイチはそっと松の木を離れ、彼女をやり過ごしてから春菜の近くへ寄ってきた。

「あれを見た？」

小声で聞くと、コーイチが答えた。

「や……見えたわけじゃないっすけど、なんつか、近寄っちゃいけない気がして」

女性の姿は森の奥へと消えていく。春菜はトイレ脇の小道を振り返った。

「あの奥に何があるのかしら」

「ここはすごく広いんっすよね。外から来て、境内を通っただけかもしれないし」

「でも」

そのとき終礼の声が境内に響いた。間もなく拝殿が閉じられるから、参拝を急げと伝えている。

「春菜さん、神様が呼んでるっすよ」

手水舎で手指を浄め、口を濯いで鳥居をくぐった。御守所《おまもりじょ》で奉仕している神職さんが、

「まだ間に合いますから、慌てることなくお急ぎください」

と、作法に則《のっと》った参拝を促す。出雲の神様は待っていてくださった、と、春菜は感じた。メディアで報道されるたび巨大さに驚いた注連縄《しめなわ》は、目の当たりにすると巨大さよりも、ここへ来るときに見た雲と、山に降り注ぐ光にそっくりなことに驚かされた。

警備の人が、ご本殿が閉まる前に参拝できると促してくれる。コーイチと連れ立って拝殿の奥にある八足門《やつあしもん》の前に立つ。

日が落ちて、門に掲げられた提灯《ちょうちん》の明かりが厳《おごそ》かだ。これより奥へは入れないので、正面にある本殿に向かって参拝をする。手を合わせ、春菜は自分の素性を告げた。

出雲大社《いげん》へ来るまでは、あれこれとお願い事を考えてきた。けれど出雲の空気に包まれて、威厳ある建造物を目の前にしてみれば、何かを請《こ》い願う気持ちにはなれない。春菜は心を解放し、魂の隅々《すみずみ》までを神前に晒《さら》した。

畏《おそ》れも、欲も、何もない。意識は無であり、覚悟だけを強く感じた。

「大丈夫っすか?」

一礼するとコーイチが訊いた。

小林教授の話では、本殿の周囲をまわって西側の遥拝場から参拝すれば、御神座にまします神を正面から拝めるということであったが、春菜は、

「大丈夫よ。戻りましょう」

と、微笑んだ。

もしもすべてが終わったら、そのときに改めてお礼に来ようと思ったからだ。今日は挨拶に来ただけだ。これ以上は観光になるという、妙な感覚が胸を占めていた。それに、目にしたばかりの女の瘴気も怖かった。フレンドリーで包容力がある出雲の地のいったいどこから、彼女はあれを背負って来たのか。伝承には表と裏があるという教授の話を思い出す。親切な神職さんにお礼を言って銅鳥居を抜けたとき、八足門への扉は厳かに閉じられた。

再び参道を戻って鳥居をくぐり、一礼してから道路に下りた。周囲の土産店は店を閉め、食べ物屋や居酒屋などに明かりが灯る。境内の外は観光客が溢れていて、食べ物屋から湯気が上がっていた。すっかり暗くなったというのに、時刻はまだ午後六時前である。

「少し観光していきますか?」

コーイチが訊いたので、春菜は愛嬌《あいきょう》があって頼りになるボディガードの顔をマジマジ見つめた。

「そうね。ごはん食べようか」

長い運転で疲れているはずなのに、コーイチは途端にニコニコとして、

「オレ、下調べして来たんっすよ」

とスマホを出した。責任重大と宣《のたま》いながら、結構楽しみにしていたようだ。

「海が近いから海鮮もいいけど、絶対に外せないのは出雲そばっすよね」

「そば王国の信州人に、まさか、そばを勧めるの？」

主観全開で言うと、「まあまあ春菜さん」と、コーイチが笑う。

「食べてみなけりゃわからないじゃないっすか。出雲そばって、信州の戸隠そば、岩手のわんこそばと並ぶ三大そばのひとつなんすよ」

「……知らなかった。それじゃ、やっぱり食べてみようか」

「そうこなくっちゃ。お店もリサーチしてきたんっすよ。こっちのおそば屋さんは、だいたい四時には閉まっちゃうんで」

コーイチはスマホのアプリを立ち上げて、春菜を案内しはじめた。

夕暮れの街を行き交う人は、家族連れよりカップルが増えてきたように思う。そういえば、出雲大社は縁結びの神だと聞いた気がする。たとえばそれが御霊であっても、恋愛成就や学業向上をちゃっかり願う。人間という生き物は図々《ずうずう》しくて逞しい。春菜はクスリと笑った。

「え、なんすか？」

「なんでもない」

コーイチのビックリした顔が愛おしい。もしも彼がいなかったなら、自分はますます厭な女になっていた。コーイチが下調べしたところによれば、冷たいそばを桶《おけ》で重ねた割子そばのほか、釜揚げそばといって、そば湯に浸した温かいそばが狙い目だという。この時間でもやっているそば屋は少ないらしく、入った店は混《こ》んでいた。

「信州は更科《さらしな》そばが多いっすけど、こっちのは『挽きぐるみ』っていって、三番粉まで一緒くたに挽いて打つんですって」

「そうなんだ。じゃあ、ボソボソしているんじゃないの？」

「ていうか、そばの香りが立つんじゃないすか」

ひそひそ声で話しながらメニューを開いた。

「コーイチの好きなもの、なんでも頼んでいいわ。感謝の印に奢《おご》るから」

「マジっすか！」

と、コーイチは浮かれ、それでも注文は控えめに、五色の具材を載せた五段盛りの割子そばを注文した。春菜は、初めての店では店名を冠したメニューを注文すると決めている。ここの店名セットは、割子そば二段に善哉《ぜんざい》を組み合わせた品だった。

お茶を飲んで一息つく間に、注文の品が運ばれてくる。

朱塗りの桶に盛られたそばは斑《まだら》に黒く、太くて短い。薬味は種類も量もふんだんで、そば猪口《ちょこ》には、なぜかそば湯が入っている。まさかそば湯に浸して食べるのだろうかと考えていると、コーイチがニヤニヤしながらこちらを見ている。

「冷たいおそばもそば湯で食べるの？」

「って、思いますもんね」と、コーイチは笑った。

「実は、っすね。こっちでは、桶に直接つゆを注いで食べるんですって」

言いながら一番上の桶にそばつゆを注ぐ。桶に直接汁を入れ、食べ終わると汁を下段に流して使い回すのが正解だという。

「珍しいマナーなのね。食べ方を知らないと粗相をしそう」

「ソそうをシそう」

何が可笑しいのかクスクス笑う。

「バカね、伸びるわよ」

春菜は頂きますと頭を下げた。いかにもそばらしい色をした出雲のそばは、もっちりとして舌触りがよく、嚙《か》みしめるごとに香りが立った。サッとつゆにくぐらせて、のどごしを味わう戸隠そばとはまったく違う。薬味を直接載せて汁をかけ回す食べ方は、なるほど、このそばに合っている。

「どうっすか」

「美味しい」

自分が打ったわけでもないのに、コーイチは得意満面に頷いた。

お膳を下げてもらってから、コーヒーを頼んで打ち合わせをした。今から岡山へ向かってしまうと、車中泊できそうな場所を見つけることはできないという。予定通りに出雲市内で夜を明かすことにして、明日午前中に岡山へ入る計画で一致した。

「それにしても、やっぱすごいとこでしたねえ」

コーヒーを飲み、砂糖を入れてかき回し、またひと口飲んでコーイチが言う。ゆっくりミルクを注ぎ入れると、カップの中に白い渦が生まれる。彼はその上澄みをすすり、それからスプーンでかき混ぜた。

ブラックのままで飲みながら、春菜は壮大な境内と、あの女のことを思い出していた。

「パワースポットなんて言うけれど、ここはスポットなんてものじゃないわ。さながらパワーグラウンドね。パワースペースのほうが合っているかな」

「来てみるまでは交通の便が悪いなーって思っていたのに、実際に来たら、それでいいんだと思っちゃいました。ここって、むやみに人が増えちゃいけない場所っすよね。人と人の隙間に何かあるから、空間がもう一杯っていうか」

「それよ」

春菜は大きく頷いた。出雲へ来たときから感じていた不思議な気配、柔らかくて巨大な繭に包まれているような……あれは空間を埋める『気』のせいだ。

「やっぱり来てよかった。土地によってこんなにも気配が違うと思わなかった」

それから怖そうに振り向いた。

「トイレの近くで会った女性だけど」

「あれすか……メチャクチャ怖かったっすね」

「サニワがなくてもそう思ったのね。何がそんなに怖かった？」

「だって、人間に見えなかったっすもん」

「何に見えたの？」

コーイチは眉根《まゆね》を寄せて天井を仰いだ。

「なんつか、危機感があったっす。近くに寄っちゃいけないと、野性の勘が訴えたとでもいうか」

「フレンドリーな出雲大社であんな気配を背負っちゃうって、そんなことある？」

「それは……」

コーイチは言葉を切ってから、「出ませんか？」と、囁いた。

隠温羅流では、怪異が起きた場所の近くで怪異について語るのはタブーだ。

会計をすませると、二人は駐車場へ向かって歩きはじめた。

すっかり夜になっていた。白々《しらじら》と雲に覆われた空には月もなく、風は冷たいが、長野市のそれより生ぬるい。随所に植えられた松の枝が黒々と夜空に映えて、見知らぬ土地にいると思い知らされる。仙龍の祖先はどこから来たのか。怪異も、その原因となった人の醜《みにく》さすらも疎《うと》むことのない仙龍の大きな心は、この地の気配に似ている気がする。

「さっきの話なんっすけども、あまりにもたくさんの人が御利益《ごりやく》を求めてここへ来るからじゃないっすかね」

外へ出るとコーイチがポツリと言った。

「どういうこと？」

「バランスっすね」

同じことを今朝も言っていた。

「バランスってどういう意味？」

寒くないすか。と春菜を気遣《きづか》ってから、コーイチは上着の襟を立ててズボンの尻《しり》ポケットに手を入れた。

「陰陽って言えばわかりやすいのかな。建前の話もそうっすけど、いいことと悪いことは……うーん……簡単に言うとっすねえ」

歩きながら空を見て、

「たとえば春菜さんが、でかい仕事を取ったとするじゃないっすか」と言う。

「そしたら、すごく嬉しいっすよね？」

「もちろんよ。営業だもの」

「でも、そのとき仕事を逃した人は、春菜さんと同じくらいに悔《くや》しいじゃないっすか。それがバランス。んで、話を戻すと」

コーイチは振り向いた。

「ほとんどの人は考えたこともないと思うんっすけど、神社に来て、お参りして、御利益に与《あずか》ると……」

春菜はコーイチが言おうとしていることに気がついた。

「御利益にも反動がある？」

コーイチはしごく真面目に頷いた。

「表と裏、和魂と荒魂、陽と陰、どっちが悪いってことじゃなく、両方揃ってひとつなんすよ。だから」

「瘴気が吹きだまる場所があるのね」

「そういう場所は、必ずあると思うんす。尊ばれるものは清浄だなんて、そう考えるのは浅はかですよね。禁足地だったり、忌《い》み地だったり、面白半分で近寄っちゃダメなところはどこにもあって、そういう場所は面白半分でも、真面目でも近寄っちゃダメなんす」

「あの人はそういう場所へ行ったのね。会った瞬間、どこへ行ってきたの？　と、思ったの。でも、神社にそんな場所があるなんて」

「公にしないだけで、大抵はあるんすよ。御利益求めて参拝に来るのに、力の源は信じないって、どういう神経なんすかね。影響を及ぼす場所にはそれなりの力があるわけで、ごめんくださいって他人様《ひとさま》の家にお邪魔して、ズケズケと勝手口へ入って行って、ゴミ箱の蓋開けて覗くのと同じだと思うんっすよ」

コーイチは真剣だが、言い得て妙で笑ってしまった。

駐車場へ戻る道は境内の脇を通っている。参拝時間を終えた境内は、黒い杜《もり》のようである。そこに祀られているのが何であれ、生きた人間のエネルギーが消えたこんな時間は、産土《うぶすな》の吐息が聞こえるようだ。人の一生は百年足らず。神の社はその短い生を見つめ続けて、崇《あが》め奉る者が絶えない限りは力を維持する。神社は人だ。人の想いと魂が凝《こ》り固《かた》まって生み出された精力なのだ。

「コーイチ、飛龍って名前を聞いたことある?」

広大な駐車場に入ったとき、ふと思いついて訊いてみた。参拝者の車もすっかり減って、夜空に山の影がクッキリ浮かぶ。

「棟梁から聞いたっす。春菜さんのところに鬼が来て、名乗ったって。オレ、鳥肌が立ったっすよ。オオヤビコって、大国主大神を八十神《やそがみ》の迫害から守った神様なんすよ」

「え」

春菜こそザッと鳥肌が立った。

「じゃ、出雲大社とも縁があるのね」

「大国主大神はここの祭神っすからね」

　オオヤビコは屋根に棲まう災厄の神。その神は大国主大神と縁があり、温羅は出雲から渡来したのではないかと小林教授は考えている。

「うーっ」

　春菜は両手でこめかみを押さえた。

「ダメ。私の乏《とぼ》しい脳みそじゃ、大事なところを一気に飛ばして、短絡的な答えを導いてしまいそう」

　コーイチは声を上げて笑った。

「焦って答えを求めないほうがいいっすよ。太古の話は調べることも、証明するのも難しいんで。今わかっていることを整理すると、先ず隠温羅流の祖先は信州の人じゃなく、どこかから流れてきたということ。その『どこか』が山陰ではないかというのが推理で、しかもたたら製鉄に関係があったのではないか。根拠は鐘鋳建設に使われた鐘鋳の文字と、隠温羅流に含まれる『温羅』の文字が、共にたたらを連想させるからっすよね。山陰には温羅という名の鬼がいて、これもたたらと関係があった。だから、調べるべきは本当に隠温羅流が温羅と関係があったのかってこと」

　コーイチのまとめはわかりやすい。

「で、春菜さんが名前のヒントをくれたから、やり方はあると思うんすよね」

車に辿り着き、ドアを開けながらコーイチが言う。春菜も助手席に乗り込んだ。

「ほんと？　どんなやり方？」

「ええと……っすね。小林センセと同じく推測が大半を占めるんですけど——」

エンジンをかけてコーイチが言う。シートベルトを締めながら、チラリと春菜の顔を見た。

「——たとえば『飛龍』の号について考える。龍の文字を号に使うのは、火を忌む仕事の職人っすよね。鍛冶《かじ》や花火師やロウソク職人なんかが龍を使うわけないっすから」

「言われてみればたしかにそうね。あれ？　でも、いま気がついた！」

春菜はバッグから棟梁の手帳を出した。

「それだと決定的な矛盾が出るわ。棟梁の推測では、隠温羅流のご先祖は、吉備のたたら集団にいたんじゃないかと。でも、たたらこそまさに火の仕事よね？　龍の文字を号に使うはずないわ」

「小林センセじゃないけど、面白いっすねえ」

コーイチはキラキラした目でこう言った。

「隠温羅流が吉備冠者、温羅の字を忍ばせているって考えは、いい線いってるんじゃないかと思うんっすよ。で、温羅がたたら集団と関係があったというのも間違っていないと思うんす。鉄を制する者が力を持つのは、時代が古いからこそあり得るし、大和朝廷の脅威になったと。で、その先っすよね。隠温羅流がいつから隠温羅流になったのか、そこを考えると、もともとは巨大建造物に関わる職人だったんじゃないかって。これだと龍を使う理由もわかる」

コーイチは運転席で身体をひねって春菜を見た。

「建築業者を大きく分けると、大工、左官、仕事師で、曳き屋の元と言われる鳶職《とびしょく》も仕事師の範疇《はんちゅう》なんですよ。鳶職が花形とされたのは江戸時代ってことですから、吉備の冠者がいた時代よりずーっと後で、その頃には、たたらから遠く離れて、龍の号を使っていてもおかしくないと思うんすよね」

「でも、掟《おきて》を重んじる職人としては先祖が火に関わる仕事をしていたことを誇りに思うんじゃないかしら？　正反対の水を号にするなんて」

「だとしても、大工が火を呼んじゃマズいでしょ」

「飛龍と隠温羅流は関係がないのかぁ……いいえ、そんなことないわ。だって、あの鬼は仙龍に巻き付いている鎖と同じ瘴気を発していたもの」

「それに、春菜さんの本気を確かめに来た。救ってやるから名前を教えろって言ったら名前を教えたってことは、苦しんでいるから救ってほしいってことっすよね」

「名前を教えろなんて、そんな傲慢な言い方はしなかったわよ」

「要約しただけっすよ」

コーイチはカーナビを操作して行き先を道の駅にセットした。思った通り、ホテルを探す余裕などなかった。車を出して、会話を続ける。

「隠温羅流と鬼は関係があるかと思ったけれど、違うのかなあ」

「相手は人間じゃないんで、こっちの感覚とは違ってるのかもしれないっすよ。んでも、一応調べてみるのがいいんじゃないかと」

「どうやって？」

土産店や食べ物屋が並ぶ参道を、車は静かに通り過ぎていく。多くの店は閉店し、明かりは居酒屋にだけ灯っている。

「隠温羅流のルーツが山陰にあるってのは、オレもそう思うんす。温羅と鐘鋳の文字だけじゃなく、棟梁も教授も珠青さんまで発想が吉備に行くってところに信憑性《しんぴょうせい》を感じるし、しかも、そこへ春菜さんが現れたもんだから、余計に」

コーイチはゆっくりとハンドルを切った。

「私が現れたってどういう意味？」

「オレが小僧に入った頃に、軔さんがこう言ったんっすよ。『うちの曳き屋はこの代で終わるかもしれないが、それでもいいか』って」

「軔さんって、仙龍の叔父さんだったのよね？　鉄龍って導師をやっていた」

「そっすよ。因縁物件を扱わなくても、曳き屋としての技術は学べるから、確認されたと思うんすけど、オレは導師のかっこよさに憧《あこが》れて曳き屋になろうとしてたんで、かなりショックだったんっすよ」

「つまり、仙龍の代で隠温羅流は終わろうとしていたってこと？」

コーイチは寂《さび》しそうな顔で春菜を見た。

「社長は独り身で、結婚する気もなさそうで、だから自然にそうなるっすよね。しばらく誰かが導師を代行しても、棟梁までいなくなっちゃうと、あとは軔さんくらいしか流儀を知る人がいなくなっちゃうわけだから。軔さんは、そのときは陰の曳き屋をスッパリやめるつもりだったんじゃないのかな。でも、そこへ春菜さんが現れた」

「私、ただの営業よ」

「そういうことじゃなくて、社長のことっす」

仙龍が何だと言うのだろう。春菜は黙って聞いていた。

「春菜さんが持つ『陽』のパワーが半端《はんぱ》なかったんっすよ。社長がみるみる惹かれていくのがわかって、それで、みんな、誰も口には出さなかったけど、感じたというか」

「なにを？」

「潮目が変わったって言うんすかね？　流れが微妙に変化したんす。オレはまだ法被前だけど、でも、五年近くも仕事をさせてもらって、なんとなく、そういうことがわかるようになってきたんすよ。因縁物件を扱うときは、因が終わりにしたいと思っているか、まだ血気盛《さか》んに封印されるのを嫌がっているか、流れを見てるとわかるんす。春菜さんが来るまで、隠温羅流は終焉《しゅうえん》に向かっていたんっすけど、なんつーか……」

コーイチは言葉を探し、道沿いにある駐車場の手前で速度を落とした。

「今夜のお宿に着きましたーっ。止めたら寝る準備しますんで」

そこは道の駅だった。道の駅とは、国土交通省に登録され、休憩所や商業施設を有する地域振興施設のことだ。春菜も仕事で何件か扱ったことがあるが、観光地からこれほど近い場所に施設が建つのは珍しく、さすがは出雲と感心してしまう。

コーイチは駐車場内を一回りして、迷惑にならない端のほうに車を止めた。

「オレ、根拠のない希望を抱いたんっすよ」

エンジンを切ってコーイチが言う。春菜が小首を傾げると、

「きっとなんとかなりますって」

コーイチは『根拠のない希望』について説明せずに、口をパカッと開けて笑った。刻一刻と迫り来る仙龍の死について、心配するなと励ましてくれているのだと春菜は思った。

道の駅のトイレで歯を磨《みが》いていると、スマホが鳴った。

伽耶の元同僚の技術者がようやく電話をくれたのだ。

「はい。高沢です」

時刻は午後十時前。トイレにいるのは春菜だけで、コーイチは駐車場だ。ハッチを上げて寝る準備をしているので、室内灯の明かりで様子が見える。

「悪いね、メールもらってたのに遅くなっちゃって」

やや興奮した声である。

「いえ。こっちこそ、お忙しいのを承知でメールなんかして」

「それはいいんだけど、聞いた？　ココミちゃんが亡くなったって」

「え！」

思わず大きな声が出る。

「ココミちゃんって、あのココミちゃんですか？　重役キラーの」

「手島さんの浮気相手ね。驚いちゃってさ……手島さんの奥さんのお葬式、今日だったろ？　うちは社長がお焼香に行ったんだけど、さすがに手島さんも顔色が悪かったと聞いていたんだ。それが、追い打ちをかけるようにこれじゃあさ」

「ココミちゃんが亡くなったって……え、いつ？　どうして？」

「ニュース見てないの？　夕方のニュースでやってたけどな」

「私、出雲に来てるんですよ」

「あ、そうなんだ」

気の抜けた声を出す。

「今朝。撮影中の事故で亡くなったんだよ」

「事故……」

冷水を浴びせられたようにゾッとした。

「水着の撮影中に誤ってプールに落ちたんだ。水温がすごく低いとかじゃなかったんだけど浮かんでこなくて、すぐに引き上げたけど、ダメだったって」

春菜はスマホをギュッと握った。

「それがさ……ここだけの話、喉《のど》に髪の毛が詰まっていたらしいんだ。人工呼吸しようと口を開けさせたときに気がついたって……業界じゃ、変な噂が立ってるよ。撮影したビデオを見たら、ココミちゃんの足下の水面に白い女が映ってたっていうんだよ」

「まさか……」

「俺は見てないけどさ、怖くなってデータは消したって。それで……」

彼はさらに声を潜めた。

「そんな話を聞いたから、気になって伽耶ちゃんの実家に電話したんだ」

「私も」と、春菜は言う。

「実は彼女のことでメールしたんです。その後、何かわかったかなと思って」

「そうだったのか、悪かったね。いや、もう、会社中大騒ぎでさ。うちはココミちゃんの画像データが来るのを待って、今夜中にデータ処理する予定でさ。結局、さっき、棚上げすることが決まったんだけどね」

この業界は時間がタイトで綱渡りの連続だ。メールでデータを飛ばせるようになったと喜んでいたら、さらに納期が圧縮されて、毎度心臓をバクバクさせて仕事をしている。けれどモデルが急死したなら、さすがにそのプロジェクトは破綻である。

「そんなときにすみません」

「いや、いいんだって。どうせ高沢さんに連絡するつもりだったから。あのさ、伽耶ちゃんなんだけど、その後亡くなっていたんだよ――」

春菜は全身が総毛立った。ああいうモノが、真っ昼間に人と会話するのは凶中の凶だという棟梁の言葉を思い出す。

「――山形の実家に電話したら伽耶ちゃんのお兄さんが出てね、先週初七日《しょなのか》をすませたところなんだって。あと、逆に根掘り葉掘り訊かれてさ」

「訊かれたって何を？　彼女が体調を崩した原因ですか？」

「そう。そりゃ警察沙汰《ざた》にもなったしさ。でも、ただの失恋かと思っていたら、そのあと伽耶ちゃんがあんなふうになっちゃっただろ？　しかも……」

憚《はばか》るように声を潜めた。

「ハッキリそうとは言わなかったけど……伽耶ちゃん、病院の非常階段から飛び下りて亡くなったみたいでさ。こっちで何があったのか、逆に尋問される始末で」

「話したんですか？」

「話した。身内なら、やっぱり知りたいと思うから。それに伽耶ちゃん、壮絶だったみたいだよ。食べず眠らず髪の毛を毟り続けて、亡くなった夜なんか動けないくらい衰弱してたのに、ベッドから這《は》い下りて、行くはずのない場所から落ちたらしいんだ。指に髪の毛が巻き付いて、それが最後の一房で……山形へ帰ってからは、何を訊いても『許さない、呪ってやる』しか言わなかったって。ご両親もお兄さんもボロボロだって。そのお兄さんがさ、伽耶ちゃんと同じでいい人なんだよ。お兄さん、俺の話を聞いて泣き出しちゃってさ、俺も一緒に泣いたよね。うちの会社はみんな伽耶ちゃんが大好きで……せめてそう言うほかはないけど……そんなの慰めにもならないじゃんか」

　トイレで水滴の音がする。春菜は出入り口近くの照明の下へ移動した。

「よほど怨んでいたんですね」

　だから怖いんだよ、と彼は言う。

「ココミちゃんの件だって……つい、結びつけて考えちゃうよな」

「伽耶さんが亡くなったのって、正確にはいつなんですか？」

「十一月の十三日だって。会社の有志でお線香を送ることにしたよ」

　彼が電話を切ったとき、ふうっとドアが開いて、悲鳴を上げそうになった。

　年配の女性がトイレに入ってきただけだ。春菜に気付くと頭を下げて個室に入り、春菜のほうは外へ出た。コーイチは準備を終えていて、室内灯の明かりがもう見えない。夜空を雲が流れ過ぎ、ようやく月の光が見えた。春菜は小走りに車を目指した。

「ウンコ出たすか？」

ドアを開けると、いきなりコーイチがそう訊いた。

「なんでよ。なんでそうなるの？」

「遅かったから。快眠快便は大事なんすよ」

「心配してもらわなくても健康よ。あと、遅かったのは電話してたから」

車内はすっかりフラットになっている。外から明かりが見えなかったのは、窓にシールドを貼《は》ってあるからだ。ベッドメイクされた後部座席にシュラフが二つ置かれていた。

「すごいのね。ホントに横になって眠れるなんて」

「今どき車中泊は流行なんすよ。震災が続いてグッズも充実してきたというか。シュラフの使い方って知ってます？」

「蓑虫《みのむし》みたいに入ればいいんじゃ」

「そうっすけど、ファスナーを上にしたほうが寝るのに楽だし、呼吸も温度調節もしやすいんで」

横にならずに待っていたのは、フォローしてくれるつもりだったかららしい。春菜は四つん這いになって後部座席に這い込むと、ファスナーを半分開けたシュラフに足を入れ、仰向けになってファスナーを上げた。たしかにこうすると頭まですっぽり入ることができる。上着を丸めてタオルで巻いて、枕《まくら》代わりにすると楽だと教えてくれた。

「シュラフって思ったよりも快適なのね。狭くてきつくて窮屈かと」

「上手くできているんすよ。じゃ、俺もトイレへ行ってくるんで」

「コーイチ」

春菜は彼を呼び止めた。

「今の電話、例の雪女のことだったんだけど、やっぱり亡くなっていたみたい。あと、それだけじゃなく、彼女が捨てられる原因になった若い愛人モデルがいるんだけど、今朝、撮影中にプールに落ちて亡くなったって。喉に髪の毛が詰まってたらしいわ」

コーイチは一瞬動きを止めて、

「マジっすか」

と、呟いた。それから脱兎《だっと》のごとくトイレへ向かって走っていった。

車内では目の前がすぐ天井だ。スウェード貼りの天井に付いた室内灯の光を見ながら、春菜は、このままでいいのかと考えていた。常務の周りで人が死ぬ。奥さんと愛人が、本人より先に祟られた。それは、夫より先に愛人を祟り殺した磯良に等しい。

出雲大社ですれ違った女性の姿を思い出す。巨大な瘴気を背負わされ、歩くこともままならなくなった異様な姿。怨霊と化した伽耶もあのようなもの。何を背負っているのか知らぬまま、瘴気に毒され人の心を失った。罪を犯すほど瘴気を孕《はら》み、やがて……どうなってしまうのだろうか。考えていると、コーイチが戻ってきた。

「うー。寒っ。夜は結構冷えるっすねぇ」

サルのように後部座席へ飛び込んでくると、器用にシュラフを被って春菜を見た。

「一応社長に報告してきたっす。明日はいよいよ岡山……のつもりだったんっすけど」

春菜さんどうしますか、と訊いてくる。

「どうしますかって？」

コーイチはシュラフに潜り込み、顔のまわりだけファスナーを開けた。

「雪女のことっすよ。社長は今から生臭坊主《なまぐさぼうず》のところへ行くそうす。棟梁にも話すって言ってましたけど、春菜さんとこの常務さん、かなりヤバいと思うんっすよね」

「私もそう思う。けど、本人が……」

「常務さんの強がりも、モデルの彼女が死ぬ前までじゃないっすか？　たぶん、ですけど、さすがにヤバいと思っているんじゃないかと」

「不幸の原因が自分にあるって？」

「これって、『吉備津の釜』パターンっすよね。貞淑な妻だった磯良は、手切れ金があれば女と別れられるって放蕩夫の言葉を信じて、着物を売ってまでして金を工面するけど、夫はその金で女と駆け落ちしちゃう。磯良の死霊は先ず女を呪い殺し、ついには夫に祟って本懐を遂げる。信じて尽くし続けたからこそ怨みは深くて、磯良に同情できるところもあるじゃないすか。そういう相手が肉体を捨てて怨んだ場合、同情に後押しされて、なおさら危険になるんすよ。最初は生き霊だったかもしれないっすけど、今や死霊で、生前の彼女とはまったくの別モノっすから」

貞淑な磯良が最強の怨霊になる。それは磯良自身の気持ちを理解し、同情する人々の後押しがあるからだとコーイチは言う。律儀な伽耶にもそれがある。自分を含め、伽耶と常務を知る者は、誰もが伽耶に同情する。清浄な場所には不浄が溜《た》まる場所があり、二つを以《もっ》て一つとし、どちらかが肥大すればバランスを欠く。貞淑な磯良、律儀な伽耶は、初めから最強の怨霊になる素質を持っていたのだ。そういう女が荒ぶれば、魂を捨てても相手に祟る。春菜の心臓がドキドキと鳴る。

「雷助和尚なら止められる？」

シュラフの中で向きを変え、春菜はコーイチの顔を見た。

「社長がそれを相談に行ったんで、明日には電話がくるはずっすけど」

人里離れた山の中、暗い夜道を車で向かう仙龍の姿が見える気がする。祟られているのは手島なのに、伽耶の凄まじい怨念が仙龍をも襲うのではないかと怖くなる。

「どうしてそこまでしてくれるの？　手島常務を知らないし、頼まれたわけでもないのに……」

「殺されるのがわかるからっす」

その言葉が鋭く胸を裂く。そうなのだ。手島常務も殺される。おそらく、二人よりずっと残虐に、血に飢えた怨毒が望む方法で。シュラフの中で春菜は拳を握る。

「最初は奥さん、次が愛人。怨霊は憎む相手をとことん苦しませるんすよ。まだほかに愛人がいるかわからないっすけど、怨霊は葬儀会場へも来たんでしょ」

ハッとした。

「受付の二人も危ない？」

「や。そっちはたぶん大丈夫。てか、常務さんの様子を見に行ったんじゃないすかね」

「常務の子供やお孫さんは？　大丈夫かしら」

コーイチは頷いた。

「生前の性格からして、たぶん大丈夫と思うっす。奥さんや子供さんがいることは、最初からわかって付き合っていたわけで、そっちに祟るとは思えないっすよ」

「でも、奥さんは亡くなったのよ」

「そこはちょっと不思議っすよね。愛人の女の子に関しては、奪われた怨みがあるけれど、奥さんは、なんでかなあ。ほかに理由があるのかも」

「雪女と揶揄したから？」

「わからないけど、なんかあるんすよ、きっと」

高すぎる浮気の代償を、手島常務はどう思うのか。それとも、それすら自分のせいではないと言い張るだろうか。

「……どうしよう」

「作戦は、たぶん、あるっす。死んだら四十九日であっちへ行かなきゃならなくて、そこで成仏し損《そこ》ねちゃうと……」

コーイチは眉根を寄せて、

「別のナニカになっちゃうらしいすから」

「瘴気の塊みたいなものに？」

「そっすね。つまり、因縁に」

春菜は大きく頷いた。

「だから死霊は長くこっちにいられないんすよ」

「四十九日を過ぎればいなくなるのね。じゃあ、どうすれば」

「浮気した張本人を説得するのが先っすよね」

「ムリよ。話が通じる相手じゃないもの」

「でも、春菜さんの天敵の設計士さんだって、少しはマシになったじゃないすか」

「パグ男のこと？　そうかしら」

「ま、説得できなくても別にいいっす。いや、よくないか」

コーイチは首までファスナーを引き上げて、あくびをした。早朝から運転して、緊張もして、疲れ切っているのだろう。春菜は室内灯の明かりを消した。

「いいわ。あとは寝ながら考える。コーイチも寝て。疲れているから」

返事はなかった。駐車場を移動する車の音がしばらく聞こえ、静かになった。一日のビジョンが過ぎり、会社に落ちていた髪の毛や、憎たらしい手島の顔や、柄沢と飯島が怯える様子や、逃げ腰の井之上部局長が次々に浮かんだ。もう二度と掃除に来ませんからね。武井さんが泣きながら訴えるのを聞いているうち、眠ってしまった。

暗闇《くらやみ》に吸い込まれていくかのような、深くて濃い睡眠だった。

車のドアが閉まる音で目が覚めた。外の冷気が車内を通って、薄暗くて狭い空間で寝ている自分が一瞬理解できなかった。ああ、そうだ。出雲に来たんだと春菜は思った。隣のシュラフは空っぽで、コーイチの姿はない。たぶんトイレに行ったのだろう。

スマホで時間を確認すると、午前七時少し前だった。春菜はスマホを手鏡代わりに両目をこすった。男女で雑魚寝《ざこね》したなんて、小学校のキャンプ以来だ。シュラフのファスナーを大きく開けると、起き上がって、窓を覆っていたシールドを外した。少しだけ結露している。這って後部座席を抜け出すと、ドアを開けて外気を入れる。やはり長野の寒さとは違う。外に出て、背伸びしながら出雲大社のほうを向き、神宿る地の風を吸い込んだ。

道の駅の建物を振り返ると、コーイチが誰かと電話していた。

車が一台駐車場を出て行った。車中泊仲間はそれぞれ出発の準備をしている。夜間にひっそりと場所を借り、迷惑にならないうちに立ち去るのが流儀なのだろう。

春菜もハッチを開けてシールドを取り、シュラフを畳んだ。ボックスに入っていたタオルで窓の結露を拭いているとき、ようやくコーイチが戻ってきた。

「春菜さん、おはようございます」

「おはようございます。メチャクチャぐっすり寝ちゃったわ」

「よかったっす」と、コーイチは笑った。

「私もトイレへ行ってくる」

了解っす、とコーイチは言って、フラットにした後部座席を直しはじめた。

手洗い場を借りて顔を洗い、鏡に映った自分を見た。ようやく取れた有給休暇だったけど、人の命には替えられない。導師の寿命は大問題だけど、手島常務はさらに緊急で、あとがない。

意志の強そうな瞳を見つめて、春菜は気持ちを整理する。

もしも常務を見捨てるならば、神は私に力を貸さない。春菜の瞳はそう語っていた。陰と陽、悪と善、荒魂と和魂。それをつなぐのが意思ならば、サニワとして清浄な方向へ舵《かじ》を切らねば戦えない。魂を穢すなと仙龍が言った理由はこれだ。

もう一度冷たい水を顔にかけ、春菜はコーイチの許《もと》へ向かった。

すでに準備を整えて、コーイチは運転席に座っていた。ドアを開けると春菜に言う。

「春菜さん」

「戻りましょう。長野へ」

「そう言うと思ってました」

コーイチはヘラリと笑った。

「人が死ぬのに放っておけない。伽耶さんを鬼にしちゃダメよ」

自分の言葉にハッとする。

——鬼にしちゃダメよ——あなたを絶対、鬼にはしない——

あのとき私が叫んだ言葉は、つまりはそういうことだったのだ。

鬼は初めから鬼なんだと思っていた。鬼と呼ばれた吉備冠者。吉備を治めていた温羅も、最初から鬼だったわけじゃない。伝承は統治者に都合よく書き換えられると小林教授に聞いたのに、鬼は自分とかけ離れた存在なんだと認識していた。不完全で、弱く、欠点だらけの自分とは、違う存在と考えていた。でもたぶん、そういうことではないのかも。

「んじゃ、出発するっすよ」

カーナビの設定を『戻る』に変えて、コーイチが言う。

「春菜さん？　大丈夫っすか」

「……ああ、うん。大丈夫」

「残念っしたね」

「いいのよ。岡山へはまた来るわ。出雲より数時間分近いんだし」

コーイチが車を出しても、春菜はまだ考えていた。

たった今、何かとても重要なことに気がついたと思うのに、閃きは一瞬で霧散して、早朝の参道の清々《すがすが》しさに入れ替わる。出雲大社を抱く山が、朝日を浴びて輝いていた。

「社長から電話があって、和尚とも少し話したんっすよ」

ハンドルを切りながらコーイチが言う。

「じゃ、仙龍は昨夜、和尚の化け寺に泊まったのね」

コーイチは「化け寺」と言って、「にひひ」と笑った。

「あの寺にオバケは出ないっす。和尚に酒の相手をさせられるから」

たしかにそうだと春菜は思った。電気も水道もきていない山奥の廃寺は、生臭坊主によく似合う。でも、雷助和尚とオバケの酒盛りは、きっと楽しいことだろう。

「仙龍はなんて言ってた？」

「春菜さん、社長に電話してくれないっすか。長野に戻るかどうかは春菜さん次第と言ってあるんで。たぶん、まだ和尚といると思うんす」

春菜は仙龍に電話をかけた。

「俺だ」

その声に、春菜は背筋が伸びる気がした。

「私よ。ごめんなさい。今から長野へ戻ることにした」

調査の中断を詫《わ》びると、仙龍は、

「そうか」と答えた。

「コーイチから聞いた？　昨日、手島常務の愛人女性が急死したのよ」

「こっちのニュースでやってるのを見た。モデルという紹介だったが、ずいぶん若いな」

「見境がないのよ。たぶん常務の娘さんより、愛人のほうが若いわよ」

つい、毒を吐く。

「髪の長い女が死んだのは、十三日だと言ってたな」

「十一月の十三日が命日で、初七日も終えたみたいよ」

「そうすると四十九日は大晦日《おおみそか》ということになる」

『其れは為たり』と、奥で和尚の声がした。

──女がそこまで計算していたなら本気である。大晦日は鬼が徘徊《はいかい》するゆえに──

春菜はその声にゾッとした。

「大晦日まで誰かを殺し続けるつもり？」

「本人を殺せば気が済むだろう。だが、その前に時間をかけるつもりかも……」

「誰を狙うの？」

——ほかにも女がいるならそれを——

再び和尚の声がした。

「ほかにも女って……」

いそうである。手島常務は六十に近い。それで二十歳そこそこのココミちゃんと通じたのなら、女性関係がどれほどあっても驚かない。支社や、本社や、関連業者、工場や販売代理店、いろいろな場所で女性が死ぬ？　そんなことが、もしも、起きたら。

「ダイレクトに常務へは行かないと思うのね？」

「和尚はそう言っている」

——男と女のしがらみは、仙龍のようなトーヘンボクにはわからぬ——

偉そうに宣う声がした。コーイチは先を急いでいる。来る道筋では見知らぬ景色が『遠くへ来た』と思わせてくれたが、帰る道筋にはそれもなく、なぜだか距離を短く感じる。

「伽耶さん自身が切ない目に遭ったのに、同じように弄《もてあそ》ばれた女性をどうして襲うの」

「可能性の話をしておる。もはや人ではないゆえに」

電話は突然和尚に替わった。

「人の道理は通じんと思え。死霊にとっては怨みを晴らすことが肝要なのじゃ」

「どうすればいいの？　常務は自分の非を認めないはずよ。月曜に会社をお祓いすることになっているけど、本人は忌引きで休みだし、もし、お祓いしたほうがいいと言っても、馬鹿にしてんのかと怒鳴られて終わる気がするわ」

「お祓い程度でなんとかなるような怨みではない」

和尚は言った。

「其奴《そやつ》は遊び人の風上にも置けぬド素人である。本物の遊び人は、遊び女以外に手を出さぬゆえ。女の誠を踏みにじったら、男などひとたまりもないものじゃ。こわやこわや……ただ女を抱くのと、女の誠を食い物にするのとは、まったく意味が違うでな」

「どっちも浮気にしか思えないけど、やり方が汚すぎるってことでは同感よ」

「ゆめゆめ悪戯半分で手を出してはならぬ女を相手にしたのだ。一途《いちず》なだけにどうすることもできぬわい」

「じゃあ、私たちが戻っても無駄ってこと？　死人が出るのを黙って見てるの？」

電話は再び仙龍に替わった。

「女の最終ターゲットは自分を騙した男だ。死霊は四十九日しかこの世にいられないから、俺たちが男を守れば、まわりの誰かに祟っている場合じゃないと思うだろう」

「どうやって常務を守るの。体中にお経を書くとか？」

「小泉八雲《こいずみやくも》の『耳なし芳一《ほういち》』っすね」

コーイチが横から言った。

「その男は経文を書かせてくれそうなのか?」

と、仙龍が笑う。

「言ったじゃないの、そんなのムリよ。神経質で、ピリピリしていて、誰も寄せ付けない感じのオッサンよ。自分が絶対正しくて、主観の相違だけで罵倒《ばとう》してくるんだから」

「あー……たぶん自分に自信がないんっすよ」

コーイチがしれっと言った。

「揚げ足取られるのが怖いんす。本当に弱いから弱いところを見せられない。他人の間違いを許せないのは自分だけが努力してると思ってるからで、ピリピリしてんのは臆病《おくびょう》だから。大げさな鎧を着けて、自分を守っているんすよ」

「そんなふうには考えられない」

──浮気相手も鎧の飾りにされてはのう──

電話の奥で和尚が嗤う。

「自己顕示欲が肥大したタイプだな。孤独な小心者なのさ」

男同士だからなのか、呆れるほど手島常務の分析に長けている。スマホのバッテリー残量を確認してから、「じゃあ、どうするの」と春菜は訊ねた。手島について何かしようと考えるたび、彼の激昂して攻撃的な態度が浮かんで、何をしても無駄だと思ってしまう。

「とにかく無事に戻ってこい。こっちも井之上さんに電話して、作戦を練っておく」

「民俗学者も除け者《のけもの》にはできんでな。ではの、娘子《むすめご》よ。こちらで会おう」

和尚はブツ！　と通話を終えた。

「あっ、勝手に切られた」

春菜はスマホの画面を睨む。もう少し仙龍と話したかったのに。

「やっぱ関わることになりそうっすか」

わかっているのにコーイチが訊く。スマホを膝に置いて、春菜は窓の外を見た。

「今回は、死霊よりも祟られている本人のほうが手強《てごわ》そう」

車は田園地帯を走っている。収穫を終えた田畑が広がって、その奥に緩やかな山がある。あの山の先に、神在月に神々が降り立つという稲佐の浜があるのだろうか。空には雲らしい雲もなく、野焼きの煙が上がっていく。

「昨夜、寝ながら考えたんすけど」

しばらくするとコーイチが言った。

「や、常務さんのことじゃなくって、飛龍って名前のことなんすけどね」

春菜は座席を少し起こした。

「オオヤビコが神様の名前だったとして、鬼がそれを名乗っても不遜じゃないと思うんす。ていうか、神は和魂と荒魂を持つわけで、大屋毘古神の荒魂が鬼に見えたということなのかも。で、大屋毘古神を家宅六神の一柱とすれば、やっぱり導師を思わせますよね」

春菜は黙って頷いた。コーイチは続ける。

「それで飛龍が号だとすれば、号を持つのは職人さんっす。幼名を持っていたことから、江戸期か、それより前に生存していた、もとは人間ってことになる」

「やっぱりそうよね」

と、春菜は言う。

「吉備冠者も、大国主命も、もとは人間だったと考えるなら、隠温羅流の導師に祟るあの鬼も、人間だったかもしれないっすよね」

昨晩は捕まえ損ねた閃きが、朝日のように腑《ふ》に落ちた。そして春菜はこう言った。

「だから私に訊ねたんだわ。その覚悟は本物なのかと……やってみるから名前を教えてと言ったとき、答えたのもそのせいね？　鬼でいるのも大変なのよ」

「ヒントをくれたってことっすね。もしかして、もしかすると、ですけど、隠温羅流の因縁は、浄化の時を迎えている、なんてことがあるのかも」

ならば手島常務に降り懸かっている災難も、某《なにがし》かの理由があって自分たちに舞い込んできたのではないか。縁が円になるように、因縁もまた。

「吉備津の釜と、常務の災厄……やっぱり関係あるのかしらね」

「春菜さんの会社にその人が来たのも、このためだったとか」

「このためって？」

「その人がアーキテクツさんに行かなかったら、偶然にも不幸が続いて怖いよねって、それで終わってたと思うんす。だから、たぶん、なんとかなるんじゃないのかな」

「常務を助けられると思う？」

コーイチは首を傾げた。

「うーん……流れが変われば……たぶん、助けられるっす」

「流れはどうやって変えたらいいの」

「祟っている死霊より、俺たちの助けたい気持ちが勝るかどうか、ですかねえ？」

春菜は思わずため息を吐く。人として尊敬できない手島常務を、どう大切に思えばいいのか。むしろ伽耶に同情しているくらいなのに。

そう考えるのと同時に、仙龍の呪いを解くヒントがそこに隠されているのではないかと感じた。仙龍たちと会ったのも、鎖を見たのも、鬼を見たのも、すべては流れの一環で、己の意思で選んだように思っていても、大きな流れに引き寄せられて、漂っているだけではないのか。その場合は、何をやっても結果は変わらないことになる。

「そうよね。流れは変えられるのよね」

春菜は自分にそう訊いた。声に出したのでコーイチが答える。

「隠温羅流はそういう仕事をしているんっすよ」

コーイチの顔に朝日が当たる。愛嬌があって、優しげで、誰といるより安心できる。

「そうよ。流れは変えられるんだわ」

春菜は自分自身に言った。

サニワの力はそのためにある。流れの向きを見るため。逆《さか》らうのではなく、正しく誘導するために。自分は上手に舵を切れるだろうか。責任を感じて怖くなる。何も知らず、ただ無鉄砲《むてっぽう》に、がむしゃらに、自我を貫いていたときのほうが怖くなかった。

「オレの大学に、建物の棟木に残った墨書きを専門に研究している先生がいるんすよ。んで、飛龍って名前が記録にないか、調べてもらおうと思ってるんす」

「棟木の墨書きって、建前のときに書くやつのこと？　棟梁や施主の名前や日付を書いたり、あと、定礎みたいに図面を残す場合もあるのよね」

「それっすよ。今はプレハブが主流になって、大工が一から建て上げる物件は少ないですけど、昔は家一軒を任されるなんてすごく名誉なことだったから、職人が棟木や棟札に記録を残したんす。それを調べると、いろんなことがわかるんで」

「その先生は、どれくらいのデータを持ってるの？」

「どうかなあ。棟木に墨書きを見つけた場合、自由に書き込んでもらえるサイトも運営してるんで……飛龍って人が大工なら、記録があるかもしれないっす。あと、宮大工の鶴竜建設さん。あの会社には神社仏閣に関する資料があるんで、棟梁が、事情を話して調べさせてもらうと言っていました。やっぱ龍を使うのは建築関係の職人だろうって。上棟式の棟札には水木を使うってくらい、徹底して火を忌むのが大工っすから」

しかも幼名を持っていた。おそらく明治や江戸よりさらに前、平安時代に至るほど遠い歴史があるのかもしれない。導師に絡む因縁を紐解くことは、砂漠に落ちた一本の針を探すのに等しい。

鬼よ……と春菜は心で思う。

おまえが救いを求めるのなら、どうか力を貸してほしい。震え上がるほどにおぞましいおまえの姿を、また見ることになってもいいから。怖がらずに対峙《たいじ》すると誓うから。

穏やかに広がる出雲の風景を眺めながら、春菜は自分に言い聞かせていく。

尊ばれるものが必ずしも清浄とは限らないことを出雲で学んだ。そうであるなら、おぞましいもののどこかにも清浄さが潜んでいると信じたい。そうでなければ恐ろしすぎて戦えない。闇雲に盲信するわけではなくて、サニワの信念としてこの胸に刻もうと。

其の五

吉備津の釜作戦

昨日よりこまめに運転を交代しながら、多賀サービスエリアまで来て食事を取った。長距離を走ると空の様子も目まぐるしく変わり、滋賀草津あたりでは、どんよりとした鈍色《にびいろ》の雲に覆われていた。

コーイチを同道させてもらったからには、鐘鋳建設にお土産を買って帰るのも忘れてはならない。コーイチがトイレへ行った隙に、春菜はきな粉をまぶした三井寺力餅《みいでらちからもち》を何箱も買い込んだ。それは出雲のお土産とはいえないけれど、気付けばとんでもない場所まで移動しているのが車旅だ。鐘鋳建設の職人たちに行き渡るよう菓子の数を計算し、あとは教授と和尚の分も買わないと、などと考えていると、箱の数はどんどん増えていく。

手島常務はどうしたろうか。長閑《のどか》にお土産を買っている場合ではないと考えていたとき、コーイチが戻ってきた。

「ややっ、三井寺力餅っすね。春菜さん、これが好きっすか?」

重くなったカゴを持ってくれる。

「食べたことないんだけど、棟梁が好きそうかなって」

「職人はこういうの大好きっすよ。え、棟梁に?」

「御社のみんなにも食べてもらおうと思って。大事なコーイチを貸してもらったわけだから」

コーイチは「にひひ」と笑った。

「つか、春菜さんはうちのサニワっすからね。むしろ感謝してるんだけど」

ごちになります、とコーイチは言って、カゴをレジ台に載せてくれた。

会計をすませてから自販機で眠気覚ましの飲み物を買い、車に戻って運転を交代した。今度は春菜がハンドルを握って走りはじめる。時刻は午後一時過ぎ。途中に休憩をはさむとすれば、長野へ着くのは五時過ぎだろう。

さらに二時間近く走って、中津川を過ぎたあたりでトイレ休憩を取り、コーイチに運転を交代した。シートベルトを締めているとき、井之上から電話があった。

「はい。高沢です」

日曜日なので会社は休みだ。

「井之上部局長、昨日はお疲れ様でした」

葬儀に出られなかったことを詫びると、

「どうだ。こっちへ戻るって?」

と、井之上は訊いた。仙龍から電話がいったのだろう。

「はい。夕方には戻れる予定です」

「有給は返上か？」

「戻ってみないとわからないです。それよりも……」

察しのいい井之上は、コーイチにも聞こえるほど大きなため息を吐いた。

「会社のほうは明日お祓いすることになってるだろ？　それでいま、ご供物を買いにきたんだけどさ、仙龍さんの話だと原因は手島常務にあるようで、本人は忌引きで休んでいるから、あまり効果はないだろうって。まあ、予定したからやるけどな」

「ということは、事情は聞いてくれたんですね？　斎場に白い服の女性が来たっていう話は？　柄沢さんたちから聞いてますよね」

「聞いてるよ。あの斎場はサイン関係やパンフレットをうちでやっているじゃないか。だから、事務所に事情を話して、防犯カメラの映像を……」

井之上は言葉を切って、

「柄沢たちが怖がるから、この話は内緒だぞ」

と念を押す。わかりましたと春菜は答えた。

「受付を映した映像を見せてもらったんだけどな」

「幽霊ですから映りませんよね。香典代わりの髪の毛はともかく」

「いや、映ってた。しかも葬儀会場を映したビデオでは、常務の後ろに女が立ってた。喪主の挨拶をしているときも、奥さんの遺影の脇に映っているんだ」

「まさか」

「斎場のスタッフも驚いていたよ。場所が場所だから、何か映り込むことはあるけれど、こんなにハッキリ映っているのは稀だって。ヤバいですよと忠告されたよ」

「それを手島常務には?」

「奥さんの告別式だぞ、言えるわけないだろ。しかも、そのあとお斎《とき》の席で、娘さんと常務が喧嘩《けんか》になってさ、いろいろと散々な式だったんだよ。あれじゃ奥さんも浮かばれないな」

「喧嘩の原因は常務の浮気ですか?」

「まあな、奥さんのほうは離婚するつもりだったらしいんだ。でも、常務が退職金を分けるの嫌がって、係争中だったみたいでさ。そしたら奥さんが急死しちゃったろ? あの日、奥さんは娘さんにも電話していたようで、娘さんが駆けつけたときには駐車場の隅で倒れていたって」

「家の中で亡くなったんじゃないんですか」

「違ったらしい。救急車を呼んだけどその場で死亡が確認されて、警察が入って、検視にひと晩かかったって話だ。折り返し電話をくれてたら、お母さんは死なずに済んだかもしれないと、娘さんが常務を責めてな」

そう思う気持ちもよくわかる。

春菜は、常務の愛人だったモデルの子も急死したのだと井之上に告げた。

「ココミちゃんだろ？　ニュースで見たよ。事故だと思っていたけど、常務と関係があったんだってな」

「雪女の正体は、ハイ・レゾリューションに出向していた伽耶という女性だと思うんです。その人は常務を怨んで自殺未遂を起こし、回復することなく亡くなったんです。同僚の話では、自分の髪を抜いて呪っていたと」

「仙龍さんが電話で常務の様子を聞いてきた。放っておけば命が危ないと、こんなにハッキリ言われたのは初めてだったぞ」

「私もマズいと思います。すでに二人も亡くなっているし」

「祟られていると思うんだな？」

「本人以外は、みんなそう思っているんじゃないですか」

ハッキリ言うと、コーイチが苦笑した。春菜は耳にスマホを押し当てた。

「私は常務が嫌いですけど、死ぬとわかって放っておくことはできません。井之上部局長、手島常務と話ができないでしょうか」

プライベートな問題だけに話の持っていき方が難しい。春菜の問いに井之上は唸った。

「いいけど、常務にどう言うつもりだ。捨てた女性が怨んでいますなんて話したところで、あの手の男は聞く耳を持たんぞ」

「一番のネックはそこです。何かいいアイデアはないですか？」

「俺に訊くなよ」

と、井之上は言った。高速道路の風景は、どんどん見慣れたものになる。昨日長野を出たばかりなのに、ずいぶん旅をしていた気がする。春菜にも、もちろんコーイチにも、上手いアイデアは浮かばなかった。

「それじゃ、せめて手島常務のご自宅を教えてもらえませんか？　私は告別式に出なかったので、お焼香させてもらいに行きます。初七日までは娘さんたちも実家にいるんじゃないかと思うし」

「いいけど、どう話すんだ？」

「行ってから考えます。常務の異常なピリピリ加減から、実は本人が一番怖がっているんじゃないかと思ったり。ああいう性格だから人に弱みを見せられないけど、実は悩んでいるんじゃないかと……だったらいいんですけどね。これ以上死人が出るのも避けたいし」

「怖いことを言うんじゃないよ」

井之上は常務の家を教えてくれた。電話を切ると、

「どうするつもりなんっすか？」

と、コーイチが訊く。春菜は大きなため息を吐いた。

「ノーアイデアよ。頼まれたわけでもないのに、あなたは呪われているから助けたいと

か、オカルトの押し売りもいいところだもの――」

両手を広げて首をすくめる。

「――お手上げよ」

そこから先は休むことなく走り続けた。三時を回ると日は傾いて、次第に山が多くなり、浅間山の稜線《りょうせん》が見えたとき、ついに長野へ帰ってきたと感じた。仙龍に電話して予定到着時刻を告げると、日曜ながら鐘鋳建設で待つと言う。

あれよという間に日が暮れて、午後五時を回ると真っ暗になった。長野インターチェンジで高速を下り、そのまま鐘鋳建設へ向かう。水害の後片付けで材木だらけだった駐車場はすっかり片付いて、シャッターを上げたままの工場から温かな明かりが漏れていた。コーイチは最後まで慎重にハンドルを握り、車は無事に停車した。

「春菜さん、お疲れ様っした」

エンジンを切ってコーイチが言い、

「コーイチこそお疲れ様でした」

春菜も笑顔で頭を下げた。二人揃って車を降りて、明かりが灯る工場へ向かう。洗浄を終えた木材が壁一面に立てかけられて、中央に置かれた作業台のまわりに人影があった。

「ただいま帰りました！」

コーイチが言うと、

「おうよ。お疲れさん」

棟梁の声がした。見れば作業台を囲んで棟梁と和尚と小林教授が一服している。

春菜はお土産を取りに車へ戻り、力餅が入った袋を出した。和尚と教授の分だけは、小分けの手提げ袋に入れ替える。薄闇の中で作業していると、「お帰り」と仙龍の声がした。成し遂げてすらいないのに、その声だけで春菜は報われた感じがする。黒の作業ズボンに黒いシャツ、頭に黒いタオルを巻いた仙龍は、闇に浮かんだ白い歯で笑顔がわかる。

「ただいま」

真っ直ぐに立って春菜は言う。

「吉備津神社までは、行けなかった」

「事情が事情だ。仕方がないさ」

「コーイチを一緒に行かせてくれてありがとう。ずっと助けてもらったわ」

「収穫はあったか」

「あったといえばあったような……すごい発見はなかったような……」

唇《くちびる》を歪めて言うと、仙龍は、「ははは」と笑った。

「棟梁でも手を焼く謎だ。すぐ発見があったとすれば、それは罠《わな》だな、たぶん、きっと」

「厭なことを言うのね」

鎖骨の下がツキンと痛んだ。因に似た痣のあたりだ。強く押されているような、むず痒《がゆ》いような、厭な痛みだ。春菜はグッと息を呑む。

「これ。美味しそうだったから、お土産に買ってきたの。みなさんでどうぞ」

三井寺力餅が八箱入った袋を出すと、仙龍は、「悪いな」と受け取って、春菜を工場へ誘った。

「これは娘子、無事帰ったか。どうである？　コーイチにちょっかいを出されなんだか？」

工場の中では、枕木をベンチにして小汚い僧衣の坊主が腰かけていた。剃《そ》り上げた頭はゴマ塩の髪がまばらに伸びて、達磨大師《だるまたいし》さながらの強面《こわもて》に無精ひげを生《は》やしている。歳の頃六十過ぎのこの男こそ、山奥の廃寺に身を隠して電話にも出ない、加藤《かとう》雷助という坊さんだ。金と女にだらしなく、無類の酒好き博打《ばくち》好き。どんな宗派のどんな教えを尊んでいるのか知らないが、因縁祓いを旨とする鐘鋳建設とは付き合いが長く、その実力は春菜も認めるところである。

「雷助和尚じゃあるまいし、コーイチがそんなことするはずないでしょ」

「コーイチ君は真面目ですからねえ。出雲大社はどうでした？　と言っても、昨日の今日ではゆっくりする間もなかったでしょうが」

和尚の隣に小林教授が座っている。いつもながら灰色の服に、紺色の作業用ジャンパーを羽織《はお》り、両膝を揃えて座る姿は、やはり学校の用務員さんのようである。斜め向かいに棟梁がいて、片膝《かたひざ》の上に足を載せ、ゆっくりお茶をすすっていた。

「棟梁。彼女に土産をもらったぞ」

仙龍は作業台の端に餅の入った袋を載せた。

「滋賀は三井寺の力餅っすよ。出雲に着いたのが夕方で、お土産屋さんは軒並み閉まっちゃっていたんで。今朝はお店が開く前に出発したし」

「これは和尚と小林教授に。同じものだけど」

二人にも餅を配った。

「もっと調べるつもりだったけど、こんなことになってごめんなさい」

「いやなに。姉さんのせいじゃありませんや」

棟梁はお礼代わりに手刀を切って土産を受け取り、コーイチに命じて二階の事務所へ運ばせた。コーイチは疲れも見せずに走って消えた。

「明日、お茶の時間に職人たちに振る舞いますよ。みんな喜ぶことでしょう」

それから禿げ頭に結んでいた鉢巻きを外して、

「ま、先ずは出雲へ挨拶に行けて、よござんしたね」

と、春菜を見た。

「順番ってぇのは大切で、『これからこのあたりを調べさせてもらいます』って、挨拶に行けたのはよかったよ。どうです？　どんな感じがしましたかい？」

「土地の気配はフレンドリーで……あ、そうそう。聞いて。出雲大社の注連縄そっくりの雲を見たのよ。ふくふくしていて渦巻き模様で、雲間に漏れる光がメ《しめ》の子にそっくりだったの。ちょうど雲の下が出雲大社で、書き割りに描いた絵のようで」

「ほーう」

と、棟梁は片方の眉を上げた。

「やはり呼ばれたのでしょうかねえ」

春菜の土産を膝に抱えて、小林教授はメガネを直した。

やっぱり、またこのメンバーが集まったのね、と思いながら、春菜は彼らを見回している。仙龍、コーイチ、和尚に教授、そして棟梁が力を合わせれば、手島常務に祟る怨霊も浄化できるはずだと思う。問題はむしろ手島常務本人だ。

「御本殿が閉まる寸前にお参りできたんだけど、拝殿に上る前に、凄まじい瘴気を背負った女性とすれ違ったの。瘴気の大きさも凄まじくって、思わず息を止めたくらい。見た瞬間、この人は、行ってはいけない場所へ行ったんだなって感じたの。神社の周辺に禁足地みたいな場所があるんだと思うわ」

「娘子はサニワを持つゆえ、おそらく見せられたのであろうよなぁ」

雷助和尚がそう言った。

「見せられたって、私がってこと？　化け物みたいな瘴気を見るのに意味なんかあるの」

「娘子よ。如何《いか》に儂《わし》が優秀な坊主であっても、なんでも知っておるとは思わぬことじゃ」

和尚は偉そうに鼻を鳴らした。

「意味があっても早急にはわかるまい。そのときがきて初めて、『ああ、これが』と知る。霊験とはそういうものである」

「結局は、なんだかわからないってことじゃない」

黙っていた棟梁が「ははは」と笑った。

「まあ、とにかく……」

コーイチが戻ってくると、棟梁は片膝あぐらを外し、

「若。コー公も揃ったよ」

と、仙龍を促した。

仙龍は作業台に近寄って、またも集合した仲間たちの顔を見渡すと、

「長旅で疲れているところをすまないが……」

春菜たちの帰りを待ちながらあれこれ打ち合わせていたことを話してくれた。

「和尚と教授の意見も一致した。放っておけば、先ず間違いなく本人は殺される。しかも本人の業が深いなら、死んだあと本人自体が怨霊になるかもしれない」

「女房と愛人がたった二日で殺されたのも気に食わぬ。急がねば次があるやもしれん」

と、和尚が言った。

「ほかに愛人がいたとしても、情報がないから守れないわ」

「いかにもさよう」

「常務さんに聞けばわかるんじゃないすか？」

横からコーイチがそう言った。春菜は「ふうっ」と、ため息をもらす。

「みんな、あの人を知らなすぎなのよ。このあと家へ行ってみるけど、行ってはみるけど、怒鳴られまくって追い返される自分の姿が見えるようだわ」

「粗を探られるってぇのは、誰だって厭なもんでさぁ。やるだけやってダメな場合は、致し方ねえってことでしょう。そこを曲げてまでやる必要はねえですよ」

棟梁は飄々としている。

「ただね、あっしらのためにはやらなきゃならねえ。知っているのに放っておくなら、職人の魂が穢れるからね、やるだけのことはやらねえと。それでダメならそれまでのこと。女幽霊に本懐を遂げさせてやればいいんでさ」

人が死ぬのは厭だけど、けれど、常務を好きにはなれない。大事な調査を途中で切り上げ長野へ戻って、当の本人が与り知らぬところで膝を突き合わせて算段をしている自分たちはなんなのか。見えないものを見るというのは、厄介なことだと春菜は思う。

「すごく基本的なことを訊いていい？」

誰にともなくそう言った。男たちは春菜を見る。

「手島常務を説得できるか、常務が助けてほしいと言ってきたとして、懸かった呪いを解く方法なんてあるの？」

「そこよ」

と、和尚が腕組みをする。答えを言ったのは教授であった。

「一応ね、計画は練っていたのですがね」

小林教授はメガネを外し、腰の手ぬぐいで丁寧に拭いた。

「ちょうど春菜ちゃんが出雲へ行く前に、『吉備津の釜』の話をしましたねえ？　今回の怨霊は、見た目から雪女などと呼ばれていますが、どちらかと言いますと磯良にそっくりです」

「自ら命を絶った日付から、その女には知識があったのではと教授は言うんだ」

「どういう理由で？」

「四十九日目が大晦日になるよう狙って死ぬ日を選んだとすれば、常務が死ぬのは大晦日の夜だ」

「大晦日は特別な夜ですからねえ。民俗学的に言いますと、この晩は年神様と同様に鬼も徘徊するのです。呪い殺された者の魂などはさしずめ鬼の大好物で、常務さんは未来永劫《えいごう》地獄の業火で焼かれ続けることになりましょう。もちろん、呪ったほうも同じ責め苦を負うのですけれども、それでもいいから憎い相手に最大限の苦しみを与えたいと思ったのでしょうね」

殺すだけでは飽き足らず、決して成仏させないなんて、想像も及ばないほど強い怨みだ。

「そういえば、会社の人たちがお見舞いに行ったとき、伽耶さんが怨《うら》み言《ごと》を呟いていたテーブルに写真が並べてあったって」

「形代《かたしろ》である」

和尚が大きく頷いた。

「呪う相手の心象がぶれないようにしたのであろう。姿形が鮮明なほど、怨念を飛ばすのが容易《たやす》くなるでな」

なぜだろう。暗い室内で、たった独りで髪を抜き続けていた彼女の姿を想像すると、おぞましさよりも哀《あわ》れを感じた。同僚たちに愛された優しくて美しい女性を怨霊に変えてしまったのは、手島常務の非道じゃないか。そんな相手を呪ったとしても、果たして罪と言えるのだろうか。

「女に同情しておるな？」

雷助和尚が鋭く訊いた。

「考えてみよ。人を呪わば穴二つ。男を死なせることは女を地獄に堕とすことぞ」

「その女性は大晦日の言い伝えを知っていたのでしょう。大晦日の鬼の伝承は、山間部の村に今も伝わっておりますからね。木曾《きそ》地方などでも、この夜には十三月と書いた札木を玄関に置き、供物を添えて、大晦日の夜にやってきた鬼を騙す風習が残っています。家々を十二月最後の夜に訪れたはずの鬼たちが十三月の札をみて、『やや、ひと月遅れであったか』と、去って行くための呪《まじな》いですね。肉体を失った魂がこの世にいられるのは四十九日だけ。最後の日を大晦日にしたことからも、決して相手を許すまじと考えていたことは明白です」

「なんつか、気迫を感じるっすねえ」

聞けば聞くほど恐ろしさよりも不憫《ふびん》さが募る。ああ。こんな女性を騙したなんて、なんて罪深いことだろう。そのせいで彼女は鬼になる。胸に押された痣がズキズキ痛む。痣が泣いているようだと春菜は思った。

「結局、どうしたら呪いを解けるの？」

「呪いは解けない。覚悟を知ればなおさらだ。彼女はもはや『吉備津の釜』の磯良と同じ。ただの死霊ではなく、荒ぶる怨霊と化しているんだ」仙龍が言う。

ならば常務を説得しても無駄ではないか。

「姉さん。だから『吉備津の釜作戦』でさぁ」

棟梁が春菜を見た。コーイチもキョトンとしている。

「吉備津の釜作戦って？」

冗談ではあるまいと、春菜は棟梁を見下ろした。それに答えたのは小林教授だ。

「怨霊が力を増すのは夜ですからね。常務さんを救うには、魂がこちらにいる四十九日のあいだ身を隠してもらうほかありません。怨みの凄まじさから察するに、八つ裂きにしたいことでしょうから、決行日は大晦日。それまでの間は毎晩のように彼を苦しめるでしょう。もしかしますと、もう始まっているのかもしれませんがね」

次いで和尚がこう話す。

「西洋では悪魔の時間は午前三時と決まっておるが、日本で悪霊が力を増すのは丑《うし》の刻《こく》である。丑の刻は深夜一時から三時のことじゃ。つまり、この時間帯を徹底的に守らねばならぬ。喉に髪を詰まらせる程度のことはできようが、八つ裂きにしようと思えばそれ相応の力がいるでな。本人の怨念だけではどうにもならぬ。同じような怨みを抱えて死んだ者らの力を借りて、生身の肉体を引き裂くほかない。それが可能になるのは丑の刻。この時間をやり過ごせれば、助かる日もあろうというもの。女がどれほど八つ裂きに執着するかが鍵となるが、諸般の事情に鑑《かんが》みて、一度決めたことはやり抜く質《たち》と思われるでな」

「常務さんの部屋にお札とか貼るんすか?」

「地獄に堕《お》ちて呪う覚悟の怨霊に、お札ごときが効くものか」

「さあ、そこで、小林先生に秘策があると言うんでね」

春菜とコーイチはメガネを拭き終えた教授を見た。

教授はいつになく真面目な顔で、両膝に握りこぶしを載せてこう言った。

「偶然にも、悪霊の話もしましたね？」

出雲大社に祀られているのが御霊ではないかという話である。

「覚えています」

「春菜ちゃんの会社で気味の悪いことが起きはじめたのは、おそらく女性が死霊になった頃でしょう。最初は髪の毛を落とす程度のことだったのが、恐れてほしい当人は、ことごとくそれを無視したのですよね？」

「無視……言われてみればたしかにそうです。怖がるよりも苛立《いらだ》って、事務員さんたちに当たり散らしてましたけど」

小林教授は頷いた。

「怪異が少しずつ本人に近づくことも、生前の彼女の性格を表しておりますね。おそらく長い黒髪が、それはそれは似合っていたのでしょう。常務さんとお付き合いしたときに髪を褒められたのかもしれません。だから会社に髪が残れば彼が自分を思い出し、悼んでくれると思ったのでしょう。ところがそうはなりませんでした」

「どこまでも薄情な男よのう。そりゃ、堪忍袋の緒も切れようというもの」

和尚が唸る。

「髪の毛に気付いた常務さんが、某かのリアクションを取ればよかったのですが、打てども響かぬ相手の態度に、ついには堪忍袋の緒も切れました。呪う相手が本人だけなら、そこに一片の義がありますが、無関係な相手に手を下すなら、もはや人ではありません。奥さんを取り殺してしまったことで、死霊は怨霊になったのです」

「怨毒に呑まれて荒ぶる霊となったからには、ただ相手を苦しめて無残《むざん》に引き裂くことだけが望みじゃ。怨毒は己を業火で焼《や》き焦《こ》がし、当然思考は衰える。だからこそ怨霊は直進することしかできぬと言われるのである」

「妻は自宅で死んだんだよな?」

仙龍が訊く。

「正確には駐車場だったみたい。奥さんは、『家のまわりを白い影がウロウロしている、雪女が来た』と常務に電話してきたんだけど、常務は居留守を使ったの。それで娘さんに電話して、娘さんが様子を見に行ったときには、外で倒れて亡くなっていたそうよ」

「逃げようとしたのでしょうかねえ。家を出なければ安全だったかもしれませんが」

「そうなの?」

訊くと、コーイチが言った。

「ちゃんとした家には神様がいて、災厄が侵入しにくいんすよ。災いは招かれないと入れないんで」

「知らなかったわ。でも、因縁物件っていうのもあるじゃない」

「それは因縁が家の中で生まれた場合だ。同じ理由で、内部の因縁は外に出られない」

春菜は大きく頷いた。

「だからこそ怨霊は、あの手この手で狙う相手をおびき出す。奥方は、まんまと術中にはまったのう」

「ところで、作戦についてですがね」

棟梁が身を乗り出した。

「幸いここにはお宮に使う清浄な材がありやす。鶴竜さんのところの貴重な材がね」

棟梁の言うとおり、鐘鋳建設の工場には樹齢何百年という立派な材がひしめいている。すべて水害に遭ったものだが、泥を洗い落とす作業が終わり、乾燥させている最中だ。

「加工されていないから、木だったときの精力がありありと生きている。それがたまたまここにある。今、うちの工場は、神社仏閣に負けないくらい清浄なんだ」

仙龍は春菜を見た。

「夜間、その男をここで守る」

「常務を連れてくるっていうの？　吉備津の釜では家の間口にお札を貼って、そこに籠もって悪霊をやり過ごしたじゃない」

「大昔と違って今の住宅は通気性がいいし、スペースも広い。換気口が随所にあるし、基礎部分ですら換気されている。完全に封印するのは難しいんだ。女が黒髪を用いて呪っているなら、髪の毛一本の隙間も脅威になる。蛇や蜘蛛や蟻に身を変えて本懐を遂げるかもしれない。隙間をすべて塞ぐなら、家の図面が必要だ」

「見落としすなわち命取りぞ。全霊で呪う女相手に賭《か》けなどできぬわ」

「ここに連れてくれば安全なの？」

いやいやと、棟梁が首を振る。

「だから安全ってわけにはいかねえよ。ご覧の通りに空間が広い。天井も高いし、死角も多い。これじゃ、どこから襲撃されるかわからねえ。先ずは工場の中に櫓《やぐら》を組んで、常務さんが入る箱を造ります。そこで丑の刻をやり過ごすんで」

「四十九日が過ぎるまで？」

「新年を迎えるまでだ」

「常務さんには、ここから会社へ通勤して頂くようになりますかねえ」

いかにも楽しそうに教授が言う。

「危険なので夜間は常務さん独りになりますけれど、工場のトイレを使って頂き、丑の刻には箱から出ないようにすればよいでしょう」

「あの人が了承するわけないわ」

「説破！」

と、和尚が春菜に怒鳴った。

「己の非道を棚に上げ、楽して助かろうなど片腹痛いわ。箱に入って寝るぐらいがなんじゃ。八つ裂きにされるよりはマシじゃろう。女の誠を踏みにじった罰である」

「それ、和尚が言うんすか」

コーイチは呆れ、そして和尚に睨まれた。雷助和尚は話を続ける。

「よいか？　因果応報は世の習い。どう転んでも男の末路は悲惨であろうが、此度《こたび》の大事は女のほうぞ。魂が中陰にある四十九日のうちに未練を断ち切り、彼岸へゆかねば鬼と化す。そんな男に、地獄まで付き合う価値などあろうか」

和尚が一刀両断してくれたので、春菜は溜飲《りゅういん》が下がる気がした。

「だから彼を助けるぞ」

と、仙龍が言う。

「わかった」

春菜は真っ直ぐ前を見た。

「娘子よ。女の魂を救うには、さらに調べねばならんことがあるのじゃ」

「なに？　なにを調べるの？」

弱点や苦手なものを調べるのかと思ったが、答えは意外なものだった。

「生前の名前と戒名《かいみょう》じゃ。それを知らねば、あの世と縁を結んでやれぬゆえ」

「……え」

一瞬、頭の中が真っ白になる。

「名前はすぐわかるけど、戒名なんて……」

「ご遺族に訊くしかないんじゃないすか？」

「どうやって？　私は本人とも面識がないのよ」

コーイチはこう言った。

「彼女の様子が変だったとき、同僚が実家に電話してお兄さんが来たって、電話で話してましたよね？」

「その通りよ」

「そんとき、お兄さんも部屋の様子を見たんっすよね？　髪の毛も、テーブルの写真も」

「見たと思うわ。本人は会話もできなかったみたいだし」

引っ越しも、その後の入院も、彼女ではなく家族が仕切ったはずなのだ。

「んじゃ、彼女が誰かを呪っていたって知ってますよね」

考えてみた。そのはずだ。大切な妹が酷い状態になったなら、原因を知りたいと普通は思う。誰が妹をこんな目に遭わせたのかと、兄は考えたはずなのだ。

「そうしたら、成仏できてないのもわかってるんじゃないすかね」

春菜はコーイチを振り向いた。

「そうか……私、山形の実家へ行ってくるわ。事情を話して彼女の戒名を訊いてくる」

「ついでに家族の名前も訊ねて参れ」

和尚が言った。

「それがこの世との因であり、縁じゃ。その女に毛一本ほどの人間らしさが残っているとするならば、それは家族との縁である。結び直してやらねばのう」

なんとなく、これからするべきことがわかった気がした。

「このあと常務の家へ行って、どんな様子か見てくるわ。そして、ダメ元でいいから説得してみる。もしも常務が聞く耳を持ったら、計画を話して連絡するわ」

「こっちも奴《やっこ》さんの入る箱を用意しておきやす」

「いやあ、やはりそうなりましたねぇ」

小林教授は両手をこすり合わせている。

「隠温羅流はなんでも曳きますが、如何《いかが》です？　箱という疑似建物を曳き回すのは、隠温羅流の歴史を遡《さかのぼ》っても、これが初めてではないですか？　箱の出入り口はひとつきり。怨霊はやってきて先ず入り口を調べます。最初の日には口上を述べ、そして次の日に入ります。けれど、すぐには相手を殺さない。気が済むまでいたぶって、大晦日、鬼が魂を喰らう日に、彼を八つ裂きにするでしょう。怖いですねぇ。恐ろしいですねぇ」

「ところが次の日は、同じ場所に入り口がねえんで」

得意げな声で棟梁が言う。春菜は怪訝《けげん》そうに仙龍を見た。

「教授が言うように曳き回すんだ。箱を回して入り口を変える」

「なるほど、いいっす！」

コーイチが膝を叩いた。

「悪霊は直進しかできないですから、入り口の場所を確認したら、次の夜はその直線上に現れます。対してこちらは箱を曳く。そのようにして中の人物を守るのですよ」

「鶴竜さんにも話を通して、材を貸してほしいと頼んだ。すぐには乾かないものだから、うちで預かってもらえば助かるそうだ」

春菜は頼もしい仲間たちの顔を順繰りに見て、自分もその一人であることを誇らしく思った。祈るように両手の指を組んだとき、不快な痣の痛みを感じなくなっていたことに気がついた。痣のことを打ち明けようかと一瞬だけ思ったが、今の主役は自分ではなく、伽耶の魂なので黙っていた。

「常務の家へ行ってくる。私も有給休暇中だから、明日は山形へ行くことにするわ」

そしてコーイチの顔を見た。

「山形へは新幹線で行くから大丈夫よ。行き先は彼女の実家だけだし、何かを探してウロウロするわけじゃないから」

コーイチは仙龍を見た。そして仙龍が頷くと、

「わかったっす。んじゃ、春菜さん、家まで送って行くっすよ」

と、ニッコリ笑った。

仙龍たちに別れを告げて、春菜とコーイチは鐘鋳建設を後にした。

其の六

燃えない遺骨

コンビニの駐車場でコーイチと別れると、家に戻ってシャワーを浴びて、喪服に着替えて香典と数珠を持ち、自分の車に乗り換えた。

スマホに届いた住所へ向かうと、忌中と書いた御霊燈《ごりょうとう》を灯す家があり、入り口の門が開いていた。春菜は表札を確認してから手島家のインターフォンを押した。

手島常務がいきなり現れることも覚悟していたが、出てきたのは三十代くらいの女性であった。白いセーターに黒いスカートを穿いて、エプロンを着けている。

「失礼します。こちらは株式会社アーキテクツの手島相談役のお宅でしょうか」

訊ねると、女性は上《あ》がり框《がまち》に膝をつき、

「はい。そうですが」

と、春菜を見上げた。

「大変お世話になっております。わたくしはアーキテクツ文化施設事業部の高沢という者です。このたびはご愁傷様でした。たまたま休暇を取っていまして、奥様のお葬式に参列できずに申し訳ありませんでした。あの……これを」

玄関に跪いて袱紗《ふくさ》を開こうとすると、女性は恐縮しながら、

「あ、いえ。どうぞ中へ、父もおりますので」

そう言ってスリッパを揃えてくれた。

春菜は会釈して家に上がった。この女性が、葬儀の後で喧嘩をしていたという常務の娘さんらしい。リビングのドアを開いて春菜を迎え入れる。

居間には家族らしき人たちが集まっていたが、手島常務の姿はない。一角に祭壇を設えてお骨を安置し、遺影の前で線香が焚《た》かれている。手島常務の奥さんは、飾り気のない、素朴で善良そうな女性に思えた。この人がなぜ死ななければならなかったのだろう。

「お父さんの会社の人だって」

常務の娘さんが夫らしき男性に言う。遺族らは立ち上がり、男性が春菜に頭を下げた。

「葬儀の折は会社の皆様にご尽力頂きありがとうございました。大変助かりました」

「いえ。私は休暇で参列できず申し訳ありませんでした。お香典をお持ちしたのですが、お供えさせて頂いてよろしいでしょうか」

それはご丁寧に、と言いながら、祭壇の座布団を裏返してくれたので、お焼香させてもらって香典を供えた。振り向くと、家族はいるが、やはり手島常務はいない。

「常務は体調を崩されたんですか？」

何の気なしにそう訊くと、みなが顔を見合わせる。常務を呼びに行ったらしき子供が戻って、娘婿《むすめむこ》にこう言った。

「お祖父《じい》ちゃん、出てこないよ」

その言葉と家族の様子で、春菜は察した。

「ぶしつけにお邪魔して申し訳ありませんでした」

丁寧にお辞儀をして立ち上がり、娘さんにこう言った。

「会社で気味の悪いことが続いていたこともあり、ご心労が祟ったのだと思います。どうぞお大事になさってください」

その瞬間、明らかに娘さんの顔色が変わった。

「それでは失礼いたします」

リビングを出ると、彼女は一緒についてきて、春菜より先に玄関へ下り、靴ベラを渡してくれながらドアを開け、香典返しの包みを持って、そのまま外までついてきた。

家の前の道路に出てから包みをくれて、こう訊いた。

「あの……高沢さん。少し伺ってもいいですか？」

「はい。なんでしょう」

立ち止まって答えると、彼女は一段と声を潜めた。

「会社で気味の悪いことがあったというのは？」

「髪の毛が……」

瞬間、腕をつかまれた。

「髪の毛が入ってきたんですか？」

と訊く。それからハッとして、腕を放した。

「すみません。失礼を」

「いえ、いいんです。もしかして、ご自宅でも何かあったんですか？　少し前から会社に
髪の毛が落ちているようになって……最近は、雪女を」

彼女は春菜の両腕をつかむと、風が通らない壁際へ誘導した。

「こんなことを言うと……あれですが……」

言っていいのか悪いのか、迷っているように言葉を濁《にご》す。春菜は先を促した。

「弊社では、明日、神主さんを呼んでお祓いをすることになっています」

小さな声で言うと、娘さんは顔を上げた。

「やっぱりお祓いが必要でしょうか。そういうのって、効くんですかね」

「もしかして、常務はお加減が悪いのですか？」

彼女は静かに首を振る。

「怯えているだけですよ」

「何に？　髪の毛ですか？　実は常務のデスクにも」

「やっぱり」

と、彼女は言って、家の二階を見上げた。そこがおそらく常務の部屋だ。

「弊社は歴史的建造物なども扱うために、けっこう迷信深いというか、お清めやお祓いを費用に計上できる社風なんです。でも、社内で妙なことが起きたのは初めてで、気味が悪いと思っていたら、常務に不幸があったというので、心配になって来てみたんです」

「高沢さんはそういう担当ですか？」

訊かれて春菜は複雑な心境になる。

「ええ。まあ……担当といえば……そうですね」

「あの、家でも妙なことが起きてるんです。本当は、上がってもらえばいいんですけど、父が異様にピリピリしていて……私たちも自宅に帰れずにいるわけは、父が怖がって泊まってほしいと言うからで」

春菜はコートを羽織っているが、彼女は薄着のままである。

「わかりました。では、私の車でお話を」

「家族に声をかけてきます」

再び家に駆け込むや、彼女は上着を羽織って飛び出してきた。

路肩に止めた車の運転席と助手席に座って話を聞いた。近所迷惑になるのでエンジンはかけられないが、吹きさらしの屋外よりは暖かい。

「実は、髪の毛のことなんですけど……」

前置きするのももどかしいというように話し出す。

「十月頃だったと思うんですけど、母から電話で、気味の悪い手紙が送られてきたと」

「気味の悪い手紙って？」

促すと、座りが悪そうに腰を浮かせて春菜を見た。

「父宛《あて》の書簡だったんですが、差出人の住所がなくて、手紙ではない何かが入っていたものので、母が開封したんです。もちろん、夫婦といえども書簡は勝手に開封できないことは知ってます。でも、そういうのを父に渡すと、激昂して……」

「暴力を振るう？」

頷いた。

「会社の人にこんなこと……黙っていてくださいね」

手島常務を知っていれば驚くようなことでもないが、せめて外面は取《と》り繕《つくろ》わせてやりたいと、家族は思っているようだ。

「だから母がチェックして、そういう手紙は本人に渡らないようにしているんです」

「けっこう何通も来るんですね」

「大手にいた頃は業者さんを泣かせることもあったので」

「それで？　その書簡には何が入っていたんですか？」

「髪の毛です。毛根に血が付いていたって」

「髪の毛だけですか？」

「たぶんそうだと思います。電話で母から話を聞いて、気持ち悪いなとは思ったけれど、父の反応のほうが気になって、捨てたら？　と言ったんですけど」

「差出人の名前は？　聞いていますか？」

「佐藤《さとう》伽耶という人でした」

「その人と面識は？　お母様も」

「ありません。父は家で一切仕事の話をしないんです。それでなくても離婚調停中で、お恥ずかしい話、家庭内別居の状態でした。あの……」

両手をギュッと握りしめ、告白するように彼女は言った。

「母はすぐ先に駐車場を借りているんですが、そこで倒れていたんです。その前に電話をもらって、風が強くて窓が壊れそうで怖いって」

風の強い日なんてあっただろうか。その夜は伽耶の話を聞くためハイ・レゾリューションに電話していた。電話相手は屋外の喫煙所にいて、強風ではなかった。

「見つけてすぐ救急車を呼んだんですけど、間に合わなくて、警察の検視になってしまって……ご近所の目があるのに恥ずかしいと、父はそっちのほうを怒っているので……」

「すみません」

彼女が洟をすったので、備え付けのティッシュを何枚か引き抜いて渡した。

「いえ。お気持ちはわかります」

グズッと洟をすすって彼女は続ける。

「自分の親ながら恥ずかしいです。母は、私より先に父に電話したらしいんですけど」

怒りの言葉を飲み下して、話を進めた。

「母の死因は心臓発作だったんですが、検視のとき、喉に何か詰まっているのが見つかって……それが」

彼女は唇を噛んでから、

「髪の毛だったんです」

と、一気に言った。春菜は冷水を浴びせられたようにゾッとした。

「もしかして、手紙に入っていた髪の毛を処分したから母が死んでしまったんじゃないかと。そういうことって、実際にあるんでしょうか」

「そのことを手島常務は?」

「話しました。告別式のとき不幸な夫を演じている父に腹が立って、さすがに式の間は堪えましたけど、お斎の席でしれしれと挨拶するのを見ていたら、我慢できなくなってしまって、言ってやりました。お父さんのせいでお母さんは死んだのじゃないかって」

「常務はなんて?」

「グラスを床に叩きつけて出て行きました。でも……」

「でも?」

「その後から様子が変なんです。業者さんが来て祭壇を準備していってくれたんですけど、部屋から出てこないんです。いえ、ちゃんと生きてはいるんですよ？　ノックすると怒鳴り返してくるし、二階のトイレから水の流れる音はするので。今も、会社の人が来てくださったと言えば顔を出すかと思ったんですが……ダメでした。ドアの前に盛り塩をしているんです。父はそういうタイプじゃないので家族も気味悪がって……それに、今日の夕方、奇妙なことがあったんです」

「奇妙なこと？」

「私ではなく息子が応対したんですけど、玄関で声がしたらしいです。ごめんください、ごめんくださいって、蚊の鳴くような声がずっと聞こえていたようで、うちは呼び鈴というかインターフォンがあるので、どこかの家のお客さんだろうと思っていたのに、あまりにも長く聞こえているので覗き穴から見てみたら、白い服で髪の長い女の人が門の向こうに立っていたそうで——」

車を止めた道は住宅街を貫いている。カーテンを閉めた家々から漏れる明かりは屋外灯だけで、人影もなければ車も通らない。街のシルエットは黒々として、夜空のほうがいっそ明るい。その暗がりに、伽耶が潜んでいるような気がした。

「——息子が覗いているなんて、外からは見えないはずなのに、『こちらは手島純一《じゅんいち》さんのお宅でしょうか』と、門の向こうから聞いてきたと言うんです」

「まさか、ドアを開けたんですか」

「いえ。怖くなって鍵をかけ、居間へ家族を呼びに来ました。とても人間とは思えなかったそうで、私と主人が見ましたが、外には誰もいませんでした」

春菜は、浄化へ向かう流れの細い道筋を得たと思った。おそらく常務も気がついている。だから盛り塩をして部屋に籠もっているのだろう。

バッグから名刺を出して自分の携帯番号を丸で囲むと、それを彼女に手渡した。

「荒唐無稽《こうとうむけい》と思われるかもしれないですが、真実だけをお話しするので聞いてください」

真剣な態度でそう言うと、彼女は力強く頷いた。

「佐藤伽耶さんは手島常務とお付き合いがあった女性です。お付き合いを解消したあと」

「あっ、まさか」と、彼女は言った。

「父の会社で首を切った人ですか？」

「ご存じだったんですか」

「警察が来たから、その話は知っています。未遂だったけど、傷跡は一生残るだろうと。父がすぐに弁護士を呼んで相談していたことも知ってます。そのことがあって母は離婚を決めたんです。そういえば……髪の毛が届いたのはその後でした」

なんと言ってあげたらいいのか、春菜は彼女に同情した。肉親への愛は細胞の中に埋め込まれているものだ。人は家族を愛したいのに、愛せないから憎んでしまう。その葛藤《かっとう》は心を蝕《むしば》むほど辛い。

「伽耶さんは心を病んで、自分の髪を毟るようになってしまったんです。その後、実家へ戻ったんですが、先月中旬に亡くなりました。自殺だったそうです」

「え……まさか……？」

「彼女の不幸と、弊社に髪の毛が落ちはじめた頃は重なるように思います。通用口から始まって、徐々に役員室へ近づく感じで」

「父もそのことを？」

「ご存じでした。掃除がなっていないとお叱りを……」

「呆れるわ。いつも誰かのせいなのよ」

「亡くなった人の魂がこちらにいられるのは四十九日という話をご存じですか？　それでいうと常務の奥様も、今はみなさんのそばにいるということになるんですけど」

「母が父を助けるとは思えません。むしろ清々として、好きなところを飛び回っていることでしょう。それじゃ、今日来た白い人がその人だったんですか？」

「色白の美人で、雪女に譬《たと》える人もいたようですけど」

「やっぱり、その人が祟っているんですね。本当は母じゃなくって父のことを」

「個人的にはそれを心配しているんです」

彼女は突然眉をひそめた。

「失礼ですけど、まさかあなたも」

「とんでもない！」

常務との仲を疑われ、春菜は即座に否定した。彼女にとっては父親なのに、我ながらその素早さは、あんまりだったと反省する。

「あ。すごい否定の仕方で、失礼しました」

「いいの。いっそスカッとします」

苦笑している。

「父も取り殺されるなら本望でしょ。母よりその人を選んだわけだから」

「本当に心配してるんですよ？」

「高沢さんのお気持ちを疑ってるわけじゃありません。だって、母だけじゃなく、翌日は別の女性も死んでいるんです。父の様子が変だったので調べてみて知ったんですが、私より十以上も若い子で、母が死んだことよりショックを受けているみたい……もう、呆《あき》れ果《は》てちゃって、頭にくる気力もないです」

連れて行くなら行けばいい、と彼女は言った。春菜は常務が哀れになってきた。

「放っておけば、常務の命は大晦日までかもしれないんですよ」

「御社ではお祓いも？」

「さっきも言ったように、古い建物なんかを扱っていると、そういう事象で障りを祓わなきゃならないことがあって……常務は弊社に来てまだ日が浅いのでご存じないと思うんですけど、仕事で職人を使うので、手順をしっかり踏まないと、職人さんが動いてくれないんです。まあ、眉唾《まゆつば》と思われることも多いんですが……」

どう言えば信用してもらえるのだろうと、春菜は懸命に考える。大切なのは相手の信頼を得ることで、それがなければ浄化はできない。

「私もちょっと気になって、息子とネットで調べたんですけど、呪いというのは、一度かけたら解くことはできないそうですね。強引に解くと呪った人に返るそうですけど、呪った女性が死んでいるなら、もう、どうすることもできないんじゃないですか？」

「調べてくださったんですね」

つまり心配はしていたのである。春菜は身体を回して正面から彼女を見た。

「怖がらせるつもりはないですが、怨みを抱いて亡くなった霊は、夜中の一時から三時の間に最も力を持つそうです。今日は招き入れなくて幸いでした。外から来る災厄は、家人が招き入れない限り、勝手に入ってこられないそうなので」

彼女は初めて、怖そうに眉をひそめた。

「入れたらどうなったんですか？」

「わかりませんけど、いいことはないはずです。あと、送られてきた髪の毛と手紙は処分したんですよね？」

「神社へ持って行って供養してもらったはずですが」

それだ。と、春菜は心で思った。

手島常務の奥さんは、それとは知らず伽耶に呪い返しを仕掛けていたのだ。呪いは伽耶に跳ね返り、怨みに囚《とら》われ命を絶った。奥さんが祟られた理由はそれだ。

「よかった。家の中に呪具残すと、招かれなくても入ってくるから」

「じゃあ、あれはもう来ないんですか？」

春菜は首を振る。

「来ると思います。風や振動や声などで怖がらせて、外へおびき出そうとするでしょう。でも、迂闊《うかつ》に外へは出ないでください。特に常務は、その時間に飲みに行ったり、その時間に屋外にいると危険です」

「今夜も来ますか？」

「たぶん」

「盛り塩をしていれば安全ですよね」

「できれば常務と話したいです」

「それはムリです」

彼女は即答した。

「娘の私にさえあの態度なのよ？　常日頃から他人に高圧的な態度を取っているので、自分の弱みは見せられないんです。もっと恐い目に遭えばわからないけど」

そのとおりだろうと思う。自分の非道が怪異を呼んだと認めることは、彼にとっては信念をドブに捨てるに等しいのだろう。

「では、こうしましょう」

と、春菜は言い、バッグからメモ用紙を出して、『手島常務へ』と、したためた。

――手島常務へ　あなたを救えます。電話をください。高沢春菜――

そして携帯番号が書かれた名刺をつけて渡した。

「これを常務に渡してください。そしてあなた方は家を出て、安全なところにいてください。私は明日、山形へ飛んで佐藤伽耶さんの実家を訪ねます。ご家族と話して、彼女が成仏できるようにしたいんです」

「父のために、どうしてそこまでしてくれるんですか？」

「常務は我が社の相談役で……」

春菜はそこで言葉を切ると、

「言葉を飾るのが得意じゃなくてすみません」と、頭を下げた。

「ハッキリ言うと、奥さんがいるのに複数の女に手を出すとか、そんな常務には腹が立つけど、私は直接被害に遭ったわけじゃないので、そこは置いておくことにして、このうえ常務まで呪い殺されてしまうと伽耶さん自身が救われないんです。わかっています、変な話をするヤツですよね？　でも、彼女は大晦日に四十九日を迎えるように計算して命を絶った可能性があって、大晦日は鬼が徘徊する夜なので、もしも伽耶さんが大晦日に常務の命を奪えば二人とも輪廻《りんね》転生の輪から外れて、奥様ともほかの女とも別の道を行くことになる。二人一緒に未来永劫、地獄の業火で焼かれる覚悟で相手を呪う、伽耶さんはそれほどに思い詰めていたんです。愛と憎しみは背中合わせで、だから伽耶さんの魂を救いたい。それにはつまり、常務を救うことが大切なんです。すみません」

謝ると、彼女は初めて微笑んだ。

「ようやく納得できました。母が亡くなって……父はすぐにでも別の女性を引きこむだろうと思っていました。財産分与とか、遺産とか、そういうドロドロした話に疲れてしまって、もう、私たちは二次相続でいいやって。あの人が誰と結婚して、誰に遺産を相続させても関係ない気持ちです。でも、だからといって、母に続いて父まで失いたいと思っているわけじゃありません」

複雑な心境なのだろう。彼女は春菜からメモを受け取り、「父に渡します」と言った。

「来てくださってありがとう。何が起きているのか、本当のことを知りたかったので」

お父さんを恨んでいるのか聞きたかったが、口をつぐんで頭を下げた。

ガチャリと車のドアを開け、彼女は外へ出て行った。

家に入っていく彼女の姿をバックミラーで確認しつつエンジンをかけ、車を発進させたとき、細長くて白い人影が手島家の門のあたりに佇んでいるのがぼんやり見えた。

長野から山形の目的地へ向かうには、大宮で新幹線を乗り継いで仙台まで行ったあと、バスを待つよりないらしい。

佐藤伽耶の実家の住所と電話番号を調べて仙台駅に降り立った春菜は、レンタカーを借りることにした。伽耶の実家は長谷堂《はせどう》という地区にあり、仙台駅から山形自動車道を使えば一時間ちょっとで行けるとわかったからだ。山陰から東北へ、連日移動する羽目になるとは思わなかったが、仙龍の呪いについてモヤモヤと考えているよりずっといい。

北へ行く分寒いのではと心配したが、東北の空は爽《さわ》やかに澄み、仙台駅の周辺は都会の活気に満ちていた。観光に来たわけではないので即座にレンタカーの店舗に飛び込み、最新のカーナビを積んだ車を借りた。実際に行き先を打ち込むと、一時間半の距離だとわかった。車を発進させて高速に乗り、山形を目指す。

早朝に長野を出たというのに、間もなく昼になろうとしていた。

訪問時間が昼と重ならないよう、高速のサービスエリアで時間を調整しながら昼食を取った。もともと食が細いタイプではないが、独りで食べるランチは味気ない。メニューの写真を眺めつつ、いい歳をした女が一人、サービスエリアで食べても絵になるメニューは何だろうと考えて、自分のバカさ加減に苦笑した。

「誰も私のことなんか気にしてないのに」

そしてラーメンとチェリーコークをチョイスした。

ほぼ均一設計のサービスエリアは、土産物コーナーの品揃えと周囲の景観に特色が出る。ガソリンスタンドの奥で雪を被っているのは蔵王《ざおう》連山で、北アルプスとはまったく違う、なだらかで優しげな稜線だ。

食後の時間つぶしにネットサーフィンをしていたら、佐藤伽耶に関するとんでもない情報を拾った。仙龍に電話しようと考えたとき、当の本人から電話が掛かった。

「高沢です。もしもし、仙龍？」

「いま大丈夫か」

と、仙龍は訊いた。告白前より少しだけ距離が縮んだような気がする。

「大丈夫どころか、電話しようとしていたところ。今はサービスエリアで休憩中」

「サービスエリア？　バスじゃないのか」

「交通の便が悪くてレンタカーを借りたのよ。そのほうが効率いいから」

「そうか。気をつけて行けよ。あとどれくらいだ」

「三十分というところかな。お昼時を避けたくて休憩してたの。話したいことがたくさんあるけど、先ずは昨夜の話から。常務の家で娘さんと話したわ。自宅に白い女性が訪ねてきたり、あと、奥さんの喉にも黒髪が詰まっていたんだって」

「やっぱりか」

「さすがに家族は祟られているんじゃないかと思っていたみたい」

「本人は?」

「会えなかった。盛り塩をして自分の部屋に籠もっているの。それで娘さんといろいろ話して、なんとなく介入することを承諾してもらった感じにはなったんだけど、当の本人が家族とも交渉を持たないみたいで、それでね、常務にもっと怖がってもらおうと」

「はっ」

仙龍は妙な声を出した。

「どうやって」

「自宅を訪ねた白い女性は伽耶さんだと思うのね。インターフォンも押さずに門の外から呼んでいるのに常務のお孫さんが気付いたんだけど、怖くてドアを開けなかったんだって。正解だと話したわ。夜中にまた来ると思って、常務だけ家に残したの」

「血も涙もない作戦だな」

仙龍は笑う。

「恐い目に遭ったとしても、常務だけなら大晦日までは死なないんだから」

「それで、どうなった」

「今のところは連絡もないわ。どうなったのか、私のほうが知りたいくらい」

「そうか」

「本人が怯えているのは間違いないから、時間の問題だと思う。うちの会社に髪の毛が落ちはじめたときから、伽耶さんのことはわかっていたのよ」

「となると、早ければ今夜の丑三《うしみ》つ時《どき》か、遅くとも明日には連絡があるかもな」

「私も、伽耶さんの実家で話を聞いたら仙台へ戻って、今日中に帰れない場合はホテルを取るわ。それでね」

春菜は身体を起こしてスマホを握った。

「伽耶さんは名字を佐藤といって、自殺未遂のあと、封書で常務の自宅へ髪の毛を送りつけていたらしいのよ。でも常務の奥さんがそれに気付いて神社へ持ち込んだって」

「呪い返しか」

「結果的にそうなってしまったみたい……ちょうどいま、住所と佐藤の名字でネット検索していたら、佐藤家は地元の名士とわかったわ。小林教授なら知っているのかどうか、ご先祖は精神科医で心霊研究家の佐藤稙一郎《きいちろう》という人で、華族の令嬢と結婚して、東京に、当時まだ珍しかった西洋病院を建てたんだけど、この病院は幽霊屋敷と呼ばれていて、数年前に火災で焼失しているの……伽耶さんの実家自体は今も長谷堂にあるんだけどね」

「先祖が心霊研究家……だから呪いの知識があったのか」

小林教授は因習を知っていたのではと分析したが、よもや先祖が心霊研究家だったとは。

「とにかく、何かわかったら連絡するわ。そっちの用事は?」

「特にない。無事でいるかと思っただけだ」

仙龍はしごくあっさり通話を終えた。

食器返却口に器を返し、トイレの洗面所で歯を磨いてから、春菜は再び車に乗った。しばらく走って高速を下りると、そこは見渡す限りの平野に山が浮く不思議な景観の土地だった。田んぼでは積み上げられた藁《わら》が燃え、几帳面な四角に区切られた水田が、山の麓まで規則正しく並んでいる。山は丘ほどの高さしかなく、水田の中に浮かんでいるように見えるのだ。走れども、走れども、畑と田んぼが続いている、牧歌的で美しい土地だ。カーナビの声に従ってハンドルを切り、やがて一つの集落に着いた。

佐藤伽耶の生まれた家は、集落の最奥に堂々と佇んでいた。長屋門の両側に土蔵や漬物小屋や小作人住居を連ねた屋敷構えという形式で、敷地を建物でぐるりと囲み、屋根奥に屋敷森が覗く壮大な造りである。周囲は畑と田んぼばかりで、真冬の今は農作物もなく閑散としている。春菜は道端《みちばた》に車を止めた。

なんて立派な屋敷だろう。手入れして保存したいくらいだが、さすがに山形は管轄外だ。用意してきた花と線香を持ち、傷みの目立つ白壁に沿って門まで歩いた。

長屋門の天井に立派な御駕籠《おかご》が吊《つ》ってある。漆塗りに家紋の入った仕様からして、佐藤家は由緒正しき家柄《いえがら》なのだと偲《しの》ばれる。門にインターフォンはなく、大きくひらかれて内部が見えた。

母屋まで真っ直ぐに石畳が敷かれて、両側に果樹園がある。立派な梅の木が隆々と枝を伸ばして、奥には池もあるようだ。

母屋の扉は閉ざされている。呼び鈴を探そうにも門から母屋までが遠すぎた。勝手に敷地へ入っていくわけにもいかず、春菜はその場に立って呼ばわった。

「ごめんください」

端《はな》から無頼な訪問である。普通なら、見も知らぬ人の家をこんなふうに訪ねたりしない。訪ねようとも思わないはずなのに、隠温羅流と仕事をし、サニワと呼ばれるようになってから、自分はどんどん、とんでもない人になっている。

「ごめんください。こんにちはー。あのーっ……ごめんくださーい！」

やけくそ気味に叫んでいると、

「はーい」

と、どこかで声がした。

「こちらは佐藤伽耶さんのご実家でしょうか」

ハッキリと聞こえるように、なるべくゆっくり訊いてみた。

待っていると、植え込みの奥から作業着姿の男性が現れた。歳の頃は四十前後。吊り目だが涼しげな顔立ちだ。日に焼けて目尻《めじり》の皺が深く、髪の毛に白いものが混じっていた。

「そうですけども、どちら様？」

作業用の軍手を外してジャンパーのポケットに入れ、帽子を脱いで門のほうへとやってくる。春菜は御駕籠の下まで進んだ。

「突然お伺いして申し訳ありません。私は高沢春菜といいまして、伽耶さんがいたハイ・レゾリューションの関連会社に勤めています」

名刺を出すと、不思議そうな顔をした。

「長野の人かい」

「はい。そうです」

「なんで家《うち》に」

見ず知らずの人間がこんな場所まで訪ねてくるにはそれ相応の理由があると、誰でも思う。身内の不幸に身をよじる想いをした遺族相手に今さら何を隠そうか。春菜はただ真っ直ぐに、目の前にいる男の瞳を覗いた。

「伽耶さんが、手島純一という人に祟っています」

もっと言いようがあったと思う。けれど、ぶつかることしか春菜にはできない。

相手はギョッとして春菜の視線を受け止め、しばらくの間、無言になった。

「手島純一は現在弊社の相談役ですが、彼が就任して以来、社内に長い黒髪が落ちるようになったんです。弊社には髪の長い社員がおらず、調べて伽耶さんのことを知りました」

「こったらとこまで文句を言いに来たってか」

「違います。伽耶さんは相談役共々地獄へ墜《お》ちるつもりで……」

「はあ?」

と男は首を傾げた。

「魂は死後四十九日の間は中陰にいると言われますけど、伽耶さんは成仏するより、相談役を苦しめる道を選んだようです。先週奥さんを取り殺し、愛人だった女の子も」

「頭おかしいんじゃねえか? 言いがかりはよしてくれ」

「伽耶さんを貶《おとし》めようとしているわけじゃないんです。伽耶さんの四十九日目が大晦日で、大晦日に取り殺された人の魂は、鬼が……」

「呆《あき》れ返《かえ》って言葉も出ねぇ」

「ご存じのはずです。普通の亡くなり方じゃなかったと」

そう言ったとき、男の瞳が春菜から逸れた。

「成仏できていないと知っているはずです。彼女が祟っていることも、怒りと怨みに囚われて、人ではなくなってしまったことも、本当はわかっているはずです」

「啓一《けいいち》」

と、そのときどこかで声がした。

男が振り返った先の母屋に、老齢の男性が立っている。

「中さ入ってもらってけろ。婆《ばあ》さんも話を聞きてえそうだから」

春菜は佐藤啓一に誘われて母屋に入った。


昔ながらの立派な家は、居間や座敷とは別に仏間があって、鴨居《かもい》にずらりとご先祖の遺影が飾られていた。一番新しいのが伽耶の写真で、それは鴨居ではなく仏壇の前の祭壇に、遺骨と一緒に祀られていた。想像したとおりの美しい人だ。細面の瓜実顔《うりざねがお》で、ストレートの黒髪は光沢があり、控えめな微笑みが内気な性格を表している。

お線香を上げさせてもらって花束《はなたば》を渡し、座布団を下りると、中年の女性が、

「どうぞこちらへ」

と、春菜を座敷へ招いてくれた。啓一が伽耶の長兄で、この家の跡取りという。中年の女性はその妻で、この家には伽耶の両親と、啓一夫婦と、その子供たちが暮らしており、伽耶のほかの兄たちは近くに土地を分けてもらってそちらにいると父親が言った。

座敷では春菜の向かいに伽耶の両親が、その脇に啓一と妻がいた。両親は雷助和尚くらいの歳に見え、二人ともまだ若々しかった。

「突然お伺いして申し訳ありません。でも、時間がないもので」

改めて詫びを入れると、伽耶の母親が口火を切った。

「あの子がどんな目に遭ったのか、あなたはご存じなんですか?」

「はい」

「かわいそうに……わらいものになってるんだね……」

「そうではありません。伽耶さんを悪く言う人は一人もいません」

「でも、奥さんのいる男となんて……しかも、私らと歳の違わん男だなんて……あれは真っ直ぐすぎたから……疑うことを知らない子だから」

母親は涙を拭った。おずおずと長男の嫁が聞く。

「なんで伽耶ちゃんが成仏してないとわかったんですか」

「会社の通用口に黒髪が落ちているようになったのが始まりでした。おそらく伽耶さんが亡くなった頃から次第に相談役がいる役員室に近づいて、そんなとき、伽耶さんへの仕打ちに怒った同業者が、電話で教えてくれたんです。相談役がしたことを」

「ハイ・レゾリューションの人ですか」

「はい。伽耶さんの同僚たちは、彼女に何かあったんじゃないかと心配してました」

母親は泣き出した。

「手島はクビになったと聞いたけど、お宅の会社へ行ったんですか。相談役で」

啓一が怒りを露《あら》わにしている。

「そうです。でも、そうこうするうち、相談役の奥様が亡くなって……」

「伽耶がやったと言うんかい」

　春菜は父親の目を見て答えた。

「奥様のご遺体は、喉に黒髪が詰まっていたんです。事件性はなく、心臓麻痺《まひ》で決着したようですが、私個人は伽耶さんが祟ったと思っています。生前のご本人がどんなに優しい気質でも、肉体を離れてしまうと怒りをコントロールできなくなる。本人にはどうにもならなくて、悪いモノに引っ張られてしまうから。伽耶さんは、会社に髪の毛を落として相談役が自分の仕打ちを省みる機会を与えていたのに、彼が無視し続けたから」

「惨いぞ……惨い」

　と、父親は言った。

「あんたは土地の者でないから知らんでしょうが、うちを『心霊の家』なんぞと悪く言う者もおりまして……なーんもなんも、ご先祖がたくさん勉強して、資格を取って、懸命に働いて財を成したのを、悪いことみたいに囃《はや》す輩《やから》がおるんです。なのに、伽耶があんな死に方をして……盛大な葬式を出してやることもできずにいたのに……本人が祟っているのが不憫でな」

「このままでは、大晦日に伽耶さんは常務を殺すでしょう」

「いいですよ。殺せば成仏できるでしょ。あんな男……私だって呪いたいですよ」

もう涙も拭わずに母親が言う。春菜は母親に身体を向けた。

「人を呪わば穴二つ。相談役が地獄へ墜ちれば、伽耶さんも一緒に墜ちます。未来永劫、業火に焼かれて鬼になる。そんな惨いことはありません。私はそれを止めたいんです」

「骨がな」

と、父親が春菜に言う。

「あれの最後を手島に見せてやりたいと、家族はみんな思ってますよ。あんた……伽耶はきれいな髪でしたがな、頭が赤剝けて血まみれになって……最後は髪の毛一本残っとりゃしませんでしたがな。あんな優しい子が、あんな姿になるほど……痩せて、骨と皮ばっかりになって、目だけがギラギラ光ってな、体中から黒い煙が出るようでした。鬼になるというのなら、もう、生きながら鬼になってましたよ。それが……」

「でもお義父《とう》さん、伽耶ちゃんがもしも関係ない人を呪ったんなら、それは申し訳ないことよ。そのせいで仏様にもなれないなんて、伽耶ちゃんがかわいそうすぎるよ」

兄嫁も泣き出した。

「伽耶の骨がね……どうしても焼けなかったですよ」

と、母親が言った。

「火葬場の人がどんなにやっても、きれいなお骨にならんのです。それで、このホトケさんはよっぽどに、この世に心残りがあるんだろうと言っていました。お坊さんもね、同じことを言いよりました。成仏できんようだって。祟り殺すなら祟り殺せばよかろうと、私たちは思ってたんです。それで伽耶が浮かばれるなら」

「でも、ダメなんです」

春菜は前のめりになって、家族ひとりひとりの顔を見た。

「相談役が死ねば伽耶さんも……だから私がここへ来ました。伽耶さんを大切に思う人たちの代表です。伽耶さんの戒名を教えて頂きたくて」

「戒名を?」

と、啓一が言った。

「はい。名前はつまり魂で、名前を知ることはその人を知ること。伽耶さんに人の心が残っているなら、それはご家族への愛だろうと、ある人に言われて来たんです。戒名は彼岸で使う名前なので、現世の名前と彼岸の名前、その両方を知らないと伽耶さんの心に語りかけることができないそうです」

母親は席を立ち、仏間から伽耶の位牌《いはい》を持ってきた。

「これが伽耶の戒名です」

——真宗院筆伽耶芳大姉——

位牌にはそう書かれていた。

『筆』は伽耶の人生を表す文字だ。大手企業でカラーバランスの専門家をしていたくらいだから、芸術や文芸にも造詣が深かったのだろう。『芳』の一文字には生前の容姿が偲ばれる。春菜は彼女の戒名を、手帳に書き写させてもらった。

「あの子は成仏できますかいな？」

父親が聞いてくる。

「長野へ戻ったら、神社仏閣を建てる材を置いた倉庫に手島相談役を匿《かくま》います。伽耶さんが訪れる夜の間はそこに隠れて、四十九日をやり過ごすんです。問題の大晦日は、その道の職人たちが彼を守って伽耶さんと話します」

「伽耶ーぁ……伽耶ぁあぁあ……」

母親は嗚咽《おえつ》を漏らした。

「おまえはなんでそんなこと……死んでも楽にならないんかね？　かわいそう……かわいそうにな……私も伽耶に会いたいよ、会って抱きしめてやりたいよ……私も、長野に……行って……」

母親が泣いている。どう答えたらいいのか、春菜は窮した。

「それは危険だと思います……生前の伽耶さんとは違う怖いものを見てしまう可能性があるので、お勧めできません。すみません」

「あの子に危害は加えませんよね？」

母親の想いが胸に迫って、春菜は泣きそうな気分になった。

「伽耶さんのためにやるんです。みんなが彼女に同情して、手島さんを憎んだからこそ、伽耶さんは力を持ってしまったとも言える。憎しみは怖い感情です。誰も幸せになりません。私たちは伽耶さんのために全力を尽くします」

「アーキテクツというのは、そんなことをやる会社なんですか」

啓一が訊いた。

「弊社というより、弊社と付き合いのある鐘鋳建設が仕切ります。曳き屋さんで、隠温羅流という特殊な流派を継承している会社です。建物に憑いた因縁祓いが生業ですが、伽耶さんの話を聞いて放っておけなくなったんです。みんな彼女に同情してます」

仏間に供えた線香の香りが、静かに座敷を流れていった。

伽耶の家族に頭を下げて、春菜は佐藤家を後にした。

其の七

畏修羅

東京駅発最終の新幹線になんとか間に合い、春菜は真夜中に長野駅まで帰ってきた。ホームに吹く風は冷たくて、階段を上がって改札を出ると、屋根のない連絡通路の外灯の光で、チラチラと舞っている雪が見えた。コートの襟を立てて駐車場へ向かい、仙龍に電話するのは明日にしようと考えていると、突然、けたたましい音を立ててスマホが鳴った。画面には、見知らぬ番号が表示されている。

「はい。もしもし？　高沢ですが」

「おい、うちの社員か」

その一言で、相手が誰か春菜にはわかった。

有給休暇中である春菜は、いつもよりゆっくり起きて朝風呂を楽しみ、ニュース番組を見ながらシリアルとインスタントコーヒーで朝食にした。テレビではコメンテーターが時事ネタを披露しているが、春菜の思考は昨晩かかってきた手島常務の電話を反芻していた。風呂で気分を変えたつもりが、思い出すたび腹が立つ。

今となっては、なぜ伽耶のような女性があれに惚れたかが、最大の謎だった。

――どうやるつもりだ。できるのか？――

手島はそう訊いてきた。現在こんな状況だとか、こういう理由で困っているとか、なぜ春菜が手島を救えるとメモに残したかとか、そういう話は一切なくて、成果と結果のみを確約させようとした。仕事で厭なヤツとも付き合ってきたが、よもや上司にこれほどの強者《つわもの》を迎える日が来るとは思わなかった。あれこれと考えを巡らせた結果、春菜は、

「できます」

と、一言答えて口をつぐんだ。その後は、

――手数料を要求するつもりじゃないだろうな？　おまえは何を知っているんだ。私の経歴を知っているのか、平社員ごときが偉そうに場を仕切ろうとは……――

耳が腐るといけないので熱心に聞くことはせず、スマホをポケットに落とし込み、気が済むまで喋らせておいた。駐車場まで歩いて車に乗っても、相手はまだ吠え続けていたので、ブルートゥースにつないで駐車場を出た。

あまりに電話を切らないので、もしや頭がどうかしたのだろうかと考えはじめたとき、常務の声の背後に騒音があると気がついた。時刻は午前一時を過ぎて、丑の刻が始まっている。常務は恐怖に耐えかねて、自分に電話をしてきたのだろう。春菜と話したいというよりは、誰かとつながっていたいのだ。こんなときにも怒りでしか自分を鼓舞できないな

んて、胸のあたりがムカついた。念のために常務の怒号を聞き続け、アパートに帰ってエンジンを切った。通話はまだつながっていて、向こうは泣き声になっていた。

——おい、いるのか？　おい、そこにいるのか？　こっちへ来てくれ——

情けない声で呼んでいる。

春菜はバックミラーの自分を睨み、眉間に縦皺を刻んでスマホに言った。

「助けに行けば私が死にます。そうなったらどうします？　常務を助けられる者はいなくなりますよ」

——おまえは、おれを脅すのか！——

「明日、お電話いたします。常務が冷静にお話しできるようでしたら、私の計画を聞いてください。このままだと大晦日までの命ですよ」

手島が息を呑んで沈黙したので、ほかの音が聞こえた。凄まじい風の音、誰かが窓を叩く音、そのまた奥に、女が呼ぶ声がする。ごめんください、ごめんくださいと。

——俺はいつでも冷静だっ！——

叫び声が返ってきたとき、春菜は無言で電話を切った。こんな男を助けなければならないのかと一瞬思い、他人の寿命に判断を下す自分の傲慢さを即座に恐れた。そうは言ってもムラムラと怒りが沸いて、かといって手島のことも心配で、春菜は頭をかきむしってから、ズカズカと車を降りて部屋に戻ってきたのであった。

窓の外は薄曇り。昨夜の初雪は積もることなく消えてしまって、鈍色の空は、まだたっぷりと雪を溜めているようだ。シリアルには冷たいミルクを入れるのが好きだが、こんな冬の朝には冷えすぎて、コーヒーを飲みながらそのままつまむ。娘にひと目会いたいと泣く伽耶の母親を思い出し、その愛情の深さを想ってようやく少しだけ気分が戻った。

手島常務の家へ行き、彼と話をするべきか。

それとも鐘鋳建設へ行き、首尾を報告するのが先か。

考えた結果、手島とは電話で話すことにして身支度を調えた。急に心配になってきたのは、手島の性格が災《わざわ》いし、仲間たちが浄霊から手を引くと言い出さないかということだ。伽耶の家族に約束した手前、なんとしてもそれは避けたい。

「傲慢な自己中って、怨霊よりたちが悪いんじゃないの?」

コートを着ながら鏡の自分に問いかけて、春菜は自宅を後にした。

午前十時少し前。休憩時間を狙って鐘鋳建設に到着すると、職人たちが工場に揃っていた。広い工場の中央に、白木で作った箱がある。高さはおおよそ三メートル。奥行きも間口も同じくらいの六面体で、神輿《みこし》のように柱が突き出し、底には八角形の枠をつけ、太い丸柱を枠内に挿し、ほんのわずかに傾いたものが枕木の上に載せられている。まるで、巨大で四角い独楽《こま》のようだ。神輿のような四本柱と、真下に挿した丸柱は、箱を回転させる工夫のようだ。

「おはようございます」

声をかけると、手前にいた職人が振り向いてニコリと笑った。

「おはようございます。おう、コー公！　お嬢さんが来たぞ、早く社長を呼んでこい」

奥からコーイチが顔を出し、「はい」と答えてどこかへ消えた。

「力餅をごちそうさまでした」

誰かが言うと、職人たちが次々に、「ごちそうさまっした！」と頭を下げる。

春菜のほうが恐縮する。コーイチでない法被前職人が裏からお茶を運んできて、午前十時の休憩となった。消えたコーイチは建物の正面から戻ってくると、

「春菜さん、事務所のほうへ来てくださいって」

入り口脇から春菜を呼んだ。


いつもどおりの事務所には、棟梁のほかに仙龍と教授と和尚という、因縁祓いの面子《メンツ》が揃っていた。なぜか和尚も作業着姿で、コーイチが淹《い》れたお茶のお盆がテーブルの上に載せられている。

「お疲れさんでしたねえ」

棟梁が春菜に湯飲《ゆの》み茶碗《ぢゃわん》をくれる。

春菜はそれを受け取って、手近な椅子に腰を下ろした。

「昨夜、常務が電話してきたわ」

「そうか。なんだって？」

と、仙龍が訊く。

「頭にくるから詳細は割愛するけど、助けてもらいたい気持ちはあるみたい。どうすればいいのか教えてもらって、あとで電話してみるわ。ここへ一緒に来ようかとも思ったんだけど、いきなり常務に会わせると、絶対喧嘩になりそうだから」

「業の深い男よのう」

雷助和尚は笑っている。

「それで娘子、戒名はわかったか？」

春菜は手帳を出すと、戒名を書いた頁を切り取って和尚に渡した。

「ご遺族は伽耶さんの現状を薄々感じていたみたい。遺骨が燃えなかったんだって」

「然《さ》もありなん」

と、和尚は言った。小林教授は棟梁と向かい合ってお茶を飲みながら、

「怨みは恐ろしいものですねえ」

他人事《ひとごと》のように呟いている。

「それで、これからどうすればいい？」

和尚と教授と棟梁と春菜を応接セットに座らせて、コーイチと仙龍は立っている。

「工場に造った箱を見たか？」

と、仙龍が春菜に訊ねた。

「巨大な白木のキューブは見たわ。あれが常務の部屋なのね」

「左様である。木の香りがして快適じゃ」

「けっこうな広さがありますからねえ。布団を敷いても余裕ですよ」

「窓も開いてないんでしょ？」

「生きるか死ぬかというときっすからね。安全第一で、電気も引いてないっすよ。ずっといるわけでもないから」

「窒息したりしないでしょうね」

「製作は鶴竜建設さんですからね、抜かりはねえですよ」

棟梁はすましている。

「常務が納得するかしら」

「ダメならダメということで、その場合は仕方がありませんねえ。祟る者と祟られた者、共に破滅を望むのならば、我々がお節介《せっかい》ということですから」

「でも……私はご遺族に話しちゃったわ。全力を尽くしますって」

「全力は尽くすさ。嘘じゃない」

仙龍が言った。

春菜はスマホを取り出して、昨晩手島がよこした番号に電話をかけた。

交渉決裂ならば仕方ない。もう一度山形へ佐藤家を訪ね、真摯に詫びを入れるまでのこと。気が重くなるのをグッと堪えて、呼び出し音を聞く。なぜか天敵長坂の顔が脳裏を過ぎり、あれが恋しいと思う自分に驚いた。長坂が新規事務所を構えてからは、彼と仕事をする機会がない。抜け目なく強欲で調子のいい男だが、女の敵ではなかったなと思う。

──……手島です──

病人のような声がした。

「常務、文化施設事業部の高沢です」

しばらくの間応答がなかった。

「常務、大丈夫ですか？　お加減は……」

──今夜も来るのか──

と、手島は訊いた。

──あれは今夜も来るのかと訊いているんだ──

相変わらず横柄な物言いに、
一応は元気みたいよ。と、春菜は仙龍を見て言った。

「毎晩、真夜中に行くことでしょう」

また沈黙があってから、

――助けてくれ。金は払う。ただし、効果がなければ交渉しないぞ――

と、手島は言った。春菜は自分の堪忍袋の緒が切れる音を聞いた。

「手島常務は欲得ずくでしか物事を考えられないんですか？　人が人を助けるときに、幾らになるか計算してから行動してると思うんですか。溺《おぼ》れているから手を伸ばす、それを人情と言うんです。そのときお金の計算なんて！　誰がしますかっ！」

まあまあ、とコーイチが苦笑している。

「効果なんか常務次第よ。確認しますが、私の話を聞いてくれる気になったんですか」

春菜の剣幕に気圧《けお》されて、助けてくれと常務は答えた。

――門のあたりに伽耶がいるんだ。家を出られないし、夜も眠れない。死んでしまう……助けてくれ――

「わかりました」

と春菜は言い、鼻から強く息を吐く。いつの間にか、窓の向こうをヒラヒラと雪が舞い出した。仙龍、棟梁、和尚に教授、そしてコーイチの顔を順繰りに見て、春菜は気持ちを落ち着けた。上司だと思うから腹が立つ。難しいクライアントと話すつもりでやればいいのだ。春菜は頷き、自分の頬をパチンと叩いた。

「では、ご説明させて頂きます。ご意見やご質問があれば後で伺いますので、先ずは説明を聞いてください。よろしいですか？」

返事はない。

「常務に取り付いて奥様やココミちゃんを殺したのは佐藤伽耶さんの怨霊です。彼女は常務との関係に悩み、自殺未遂を起こした後に、自分の髪を引き抜くことで常務に怨念を飛ばしたんです。奥様は彼女が送った呪具に気がついて常務を守ったことで怨みを買い、ココミちゃんは、常務ご自身が知っておられる理由で祟られました。ご存じないと思うのですが、伽耶さんは自殺未遂後、常務が彼女を追い出したので郷里へ帰っていましたが、先月十三日に病院の非常階段から身を投げて亡くなっています」

――嘘だ。じゃあ、外にいるのはなんなんだ――

常務が呟く声がした。この期に及んで生身の彼女が自宅を見張っているなどと、鈍感すぎる思考に呆れてしまう。

「社内で黒髪を見るようになったのは伽耶さんのせいです。伽耶さんの死霊は常務を追って会社を訪れ、常務が悼んでくれるのを待っていたんです」

でも無駄でした。と、間髪を入れずに春菜は断じた。

「常務は無視し続けた。奥様が亡くなり、ココミちゃんも同じように死んで、ようやく、伽耶さんの祟りを疑った。遅すぎました」

――助けられると言ったじゃないか!――

「ご意見ご質問は後ほど承ります」

春菜はぴしりと彼をいなした。

「ご存じのように、伽耶さんが呪い殺したい相手は常務です。しかも奥様やココミちゃんのように簡単に手にかけるつもりはない。彼女の魂が現世にいられるのは四十九日だけですから、最終日に当たる大晦日には、常務を呪い殺すつもりです」

手島はもう喋らなかった。

「逆に言えば、大晦日を過ぎれば安全なんです。そこで」

と、春菜は言葉を切った。プレゼンテーションの間の取り方が自然に出てしまう。

「今日から大晦日まで、ある場所に常務を匿います。怨霊が入れないよう結界を張り、午前一時から三時までの丑三つ時は一歩も出ずに隠れて頂く。昼間はいつもどおりに出社し、出社して頂いてかまいません。奥様の初七日も、どうぞ外出なさってください。ご自宅でお風呂に入るとか、お食事を済ませてからこちらへ来て頂くとか、そのあたりはかまいませんが、ただひとつ。丑三つ時は隠れていてください」

手島は「ううむ」と低く唸った。

――どこに匿ってくれると言うんだ――

「常務が場所を訊いてます」

春菜は棟梁の顔を見た。

「布団を持ってこいと言ってやってくださいよ。あと、作業場ですからね、夜の七時前に来てもらっちゃ、邪魔になるんで」

頷いて、春菜は言う。

「場所はメールでも送りますけど、我が社とお付き合いがある鐘鋳建設さんの工場です。アーキテクツまでは車で四十分程度というところでしょうか。駐車場もありますし、常務が隠れる箱も造っていますので、寝具一式をお持ちください」

──工場で箱に入れと言うのか！──

手島の怒号が轟《とどろ》いたが、春菜は不思議と冷静だった。

「八つ裂きになって死ぬか、生き残れるかの瀬戸際ですよ。生身の人間を相手にするのとは違うんです。伽耶さんは命がけで常務を呪った。懺悔《ざんげ》もなしに、その呪いを躱《かわ》そうというのに、楽ができると思ってるわけじゃないですよね？　箱に入って寝るぐらい、なんだって言うんです」

ブツッ！　と通話を切ったとき、

「やるっすねえ」

と、コーイチが笑った。

午後からは雪になり、春菜が工場で見守るうちに、ようやく曳き回せる箱が完成した。三メートル四方の四角い箱は一面のみに出入り口があり、磨《す》りガラス状のポリカーボネイト板でドアが作られている。入り口には塩を敷き詰めたパネルが置かれ、九頭龍《くずりゅう》神社の宮司が呼ばれて工場と箱を祓い清めたその後は、シャッターの内側に注連縄を張り、悪霊が出入りできないようにした。

最初の夜は、常務がどこへ消えたか探すだけで終わるだろうというのが雷助和尚の考えだった。悪霊は先ず場所を知り、次の夜は周囲を調べ、やがて工場の弱点を探って箱に辿り着くだろうと。そこから先は知恵比べとなり、四十九日をやり過ごせれば常務は救われる。最後は和尚が伽耶と話して、彼女を彼岸へ渡すと言うのだ。

問題は手島本人であったが、日が暮れはじめた午後五時過ぎに、降りしきる雪の中、彼は高級外車で鐘鋳建設の駐車場へ乗り付けてきた。

作業中の職人たちより先に、春菜が車へ駆けつける。手島常務はパリッとしたスーツに身を包み、髪をきれいになで付けて、革靴で車を降りてきた。

「高沢です。奥様のこと、このたびは誠にご愁傷様でした」

頭を下げると、手島は「ふん」と鼻を鳴らした。

「この会社のことは調べたぞ」

だからどうだと言うのだろう。手島はその先を言おうとせずに、シャッターを開け放した工場を見た。

奥から仙龍が歩み出てくる。頭にも肩にも雪を載せ、手島は颯爽《さっそう》と名刺を出した。

「株式会社アーキテクツの手島です。このたびはどうも、お手数をおかけしまして。事前に下見に来させて頂きました。あれが工場ですか」

仙龍は名刺を受け取って、自分の名刺も手島に渡した。

「恐ろしい目に遭いましたね。僭越《せんえつ》ながら、ちょうど弊社に神社仏閣に使う材が入っていたもので、結界を作ることができそうなんです」

二人があまりにもビジネスライクに会話をするので、春菜は呆れた。

仙龍が手島を工場へ案内していくのを見ていると、

「なるほど。タヌキ親父の最たるものよ」

作業着姿で雪かきをしていた和尚が、いつの間にか後ろに来て言った。そっとお尻《しり》に手を伸ばすのを、ペチンと叩いて春菜は言う。

「あの変わり身の早さ、なんなの？　開いた口が塞がらないわ。部下にまともな口を利くと損するとでも思ってるのかしら」

「仙龍に任せておけばよい。身を守るも損なうも、結局は自分次第ということよ。時に娘子、今夜は泊まって様子を見るのか？」

春菜は眉間に縦皺を寄せた。

「厭よ。寒いし、怖いから」

「ま。今宵《こよい》は大したこともあるまい。悪霊が怒り狂うのは最後の十日というところ。何週間も向こうゆえ、彼奴《きやつ》の油断のほうが心配よのう」

仙龍と手島の近くへ棟梁が寄っていく。三人で箱を確認するのを、春菜は遠くから見守っていた。手島の近くに居すぎることは伽耶に申し訳ない気がしたし、かといって手島を仙龍たちに押しつけるわけにもいかないと思う。

有給休暇は今日までなのだ。

年末の広告代理店は忙しい。クリスマスや年末年始の飾り付けに加えて、イベントやバーゲンなどが目白押しになるからだ。その後は、手島が真面目に箱に入っているのかいないのか、わからないまま仕事に忙殺される日々が過ぎ、事態が大きく動いたのはクリスマスイブの夜だった。

駅前のデパートで、夕方から開催されるクリスマスイベントを春菜が手伝っているときだった。急ごしらえのステージに地元テレビ局のアナウンサーが立ち、会場に集まった人々にクリスマスプレゼントを配るビンゴゲームを展開していた。

春菜の仕事は裏方で、同僚の轟に頼まれてアナウンサーが握るマイクのコードさばきをやっている。コードさばきとは、アナウンサーの動きに合わせてマイクのコードが絡まないよう補助する役のことである。大晦日まではあと七日。ここまでのところ手島は無事に会社へ来ている。ポケットでスマホのバイブが震えたために、春菜は轟にコードを預け、舞台裏に回って電話を取った。

「俺だ」

と、仙龍の声がした。クリスマスイブなのでデートに誘ってくれるのだろうかと一瞬だけ期待をしたが、そうではなかった。

「手島さんが懇意にしていた店のママが亡くなったぞ」

仙龍の声は緊迫していた。

「え」

「夕方のニュースでやっていた。死体はホテルで見つかって、手島さんが長野中央署へ連れて行かれた」

「どういうこと? 常務が一緒にホテルに居たの?」

「そういうことだ。ひと月近くも箱に入って、何事もなければ恐怖も薄れる。手島さんは昨夜こっちへ来なかったんだよ」

――次の数字は十二です。十二のマドを空けてください。ビンゴ? おめでとうございます。メリークリスマス――

アナウンサーの甲高《かんだか》い声が衝立《ついたて》の向こうで響く。春菜はスマホを耳に押し当てた。

「まさか殺人事件？　手島常務が疑われているの？」

「聴取に応じているだけだ。けれど聴取が長くかかって、そのままこっちへ戻らなければ……」

恐れていたことが起きている。怪異に遭遇している間は恐怖で心も凍り付くが、普通の生活に戻ってしまえば、あれは本当に起きたことだったのかと疑いたくもなる。そしてバカな考えに取り付かれていたと嗤うのだ。三メートル四方の箱に入って、たった独りで夜を明かす。常務の性格に鑑みて、よくもったほうなのかもしれない。けれど相手は狡猾だ。命がけでしたことだもの。どんな手でも使うつもりで彼を外に足止めしたのだ。

「どうするの」

「一応おまえに連絡しようと思っただけだ。念のため、手島さんにはお札を渡してあるし、コーイチが様子を見に行ってくれている」

「中央署は近いけど、今は仕事で手が離せない」

「時間的にはまだ大丈夫だろう。丑三つ時までに戻れればいい」

「イベントは八時半までよ。片付けをすると九時を過ぎるわ」

「わかった。また連絡する」

「あ、待って」

春菜は仙龍を呼び止めた。

「そのママさん、死因はなんなの？」

「心臓発作だ。喉に黒髪が詰まっていたこともあって手島さんを調べているんだろう。関係者が三人も同じ死に方をしてるんだから、すぐ帰されるとは思えない。留置場に泊められるかもな」

やっぱり伽耶さんは本気なんだ。春菜の頭上にはイルミネーションが瞬いて、ケーキを抱えた人たちが行き交い、恋人たちが身を寄せ合って、クリスマスソングが流れてくるけど、そうした全てを捨て去って人を呪った伽耶にとっては、手島常務の恐怖と無残な死に様が何より欲しいものだろう。ビンゴ！　おめでとうございます。アナウンサーの声と観衆の歓声を聞きながら、春菜の心は沈んでいった。

手島が連れて行かれた長野中央警察署は、店舗や企業が並ぶ市街地にある。建物の脇に駐車場があり、敷地は線路と道路にはさまれていて、道路の向かい側がアーキテクツの工場だ。

駅前のクリスマスイベントを終えた後、春菜はすぐさま工場へ向かい、会社に車を止めて中央署へ走った。思った通り、駐車場の隅にコーイチの車が止まっている。助手席に回って窓を叩くと、ウインドウを下げてコーイチが言った。

「春菜さん、どうしたんすか」

春菜は助手席に乗り込んだ。

「仙龍から電話をもらって……手島常務はまだ中に？」

「ちっとも出てこないっす。疑われているのかな」

「このまま丑の刻を迎えたらどうなるの？」

「様子がわからないからあれっすけど、けっこうヤバいんじゃないっすかね」

「留置場でも襲ってくるかしら」

「どうかなあ。でも、聞きました？　うちの工場に髪の毛が落ちているんすよ」

「まさか……聞いてない」

そっすよね、とコーイチは首をすくめた。

「手島さんも知ってるはずなんすけど。工場を開けると、シャッターに黒髪が絡みついているんすよ。最初の頃は幽霊もいろいろ騒いだようなんすけど、作戦を変えたみたいで、ここ数日はパタリと音沙汰がなくなっていたんです。そうしたらこれでしょ？　年末で飲み会が多いのはわかるけど、奥さんを亡くしたばかりの人がママさんとお泊まりとか……ベッドに戻ったら死んでたそうで、フロントに電話だけして、本人はトンズラしようとしたらしいっすよ。ま、後ろめたいっすもんねぇ」

「どうしてそれを知ってるの？」

「本人から電話がきたから」

しれしれと言う。

「俺たちのこと、ボディガードか使いっ走りとでも思ってんすかね。ホテルに車を置いてきたから取りに行けとか……そんで俺が待ってるんすよ。ここで、ずっと」

「うわー……ごめんね。そんな迷惑かけて」

「や。いいんっすよ。春菜さんが悪いわけじゃないし」

「私が待つから帰っていいわ。娘さんにも見放されて、ほかに電話できる人がいないのよ。出てきたら私がギャフンと言わせてやるから」

コーイチは目を細めて苦笑した。

「いいんすって。タクシーを呼べば済む話なのに、うちへ電話してきたってことは、オッサンも相当ビビってんだと思うんす。そりゃそうですよ。今度は人が死ぬのを目の当たりにしたんだから……あ……」

コーイチは、一点を見つめて言葉を切った。

「春菜さん、あれ」

そう言って彼が指すのは中央署の入り口だ。ロビーから漏れる明かりに立番の警察官のシルエットが浮かんでいる。中央署の建物は地面より高く、エントランスまでには何段かの階段がある。警察官はその上に立ち、明かりは彼の許までしか届いていない。その手前、階段下の暗がりに、白い服の女性が立っている。雪が舞う寒さの中、薄いワンピース一枚という出で立《いた》ちだ。春菜はようやく気がついた。ずっとワンピースだと思っていたけど、よく見れば、あれは病衣だ。おそらくは、死んだときに着ていた服がそのままなのだ。手も足も剝き出しで、腕に患者用のリストバンドを巻いている。薄い病衣が風を孕んで、長い黒髪がユサユサと舞い上がる。

「伽耶さん……」

「そっすよね」

伽耶は建物を見上げている。明かりが灯る窓が並んでいるが、ブラインドが閉まって内部は見えない。けれどもたぶん、手島がそこにいるのだろうと春菜は思った。立番の警察官は少しも彼女に気がつかない。長い髪が風に揺れ、そして、ハラハラと舞い出した。頭皮から抜けて、中空へ舞い上がる。黒髪は渦を巻き、明かりが点いた窓のあたりで消えていく。いつの間にか、伽耶の姿も見えなくなった。

「死んでからも、ああやって、毎晩髪を抜いていたのね」

「よっぽど悔しかったんっすねえ」

そのまま二人は黙り込み、いつしか車で眠ってしまった。

騒音と明かりで目が覚めたのは真夜中過ぎのことだった。中央署に救急車が到着したのだ。ほぼ同時に目を覚まし、身を乗り出して様子を窺う。ストレッチャーが内部に入り、騒然とするなか患者が搬送されていく。春菜とコーイチは車を飛び出し、蒼白になって自分の首をかきむしっている手島がストレッチャーに乗っているのを見た。

「何があったんですか」

問いかけると、救急隊の一人が春菜を見た。

「あなたは？」

手島は車に乗せられて、血圧などを測っている。容態を確認してから搬送先の病院を決めるので、救急車はすぐには発進しないのだ。

「関係者です。連絡もらって駐車場で待ってたんですけど」

刑事らしき男が春菜に言う。

「彼に持病は？」

「喉、喉を調べてもらえませんか？　なにか詰まっていませんか」

血圧を測っていた隊員が立ち上がって手島の口を開け、「あっ」と叫んだ。

救急セットの箱から鉗子《かんし》をとって喉に突っ込むと、嗚咽を漏らす手島の口から、ゾロゾロと髪の毛が抜けてきた。その場にいた者たちは驚きに声を失った。

「長野赤十字病院で受け入れ可能」

運転席で隊員が言い、赤色灯が回りはじめた。サイレンが鳴り、救急車の扉が閉まる。

手島を乗せた車は日赤へ向かって走り出し、その隙に、春菜とコーイチも現場を離れた。

十二月二十五日、クリスマスの夜。仙龍から、手島が再び工場に戻ったと電話があった。まるで何事もなかったかのように工場へ来て箱に入ったというのである。悪霊との駆け引きはあと六日。恐ろしさが身に染《し》みて、猫の子のように大人しくなったと仙龍は言う。

「コーイチは中立だったが、さすがに呆れて態度が少し冷たくなった」

このまま様子を見るが、最後の二日間は戦いになるだろうと仙龍は付け足した。

「その頃はうちも正月休みだ。こっちも本気で結界を張るぞ」

春菜は仙龍に呼ばれたのだと理解した。

十二月三十日。午後六時すぎ。春菜は仙龍から電話をもらい、小林教授を拾ってから鐘鋳建設へ駆けつけた。鐘鋳建設は新年を迎える準備がすっかり整い、社用車にも社屋にも注連飾《しめかざ》りが着けられていた。職人たちが休みに入って駐車場はガラガラで、なぜか工場のシャッターが全開になっていた。中央に櫓のように枕木を積み、身の丈《みたけ》ほどの高さの位置に手島が入る白木の箱が据えられている。ひと晩経つとこれを回して入り口を別の方向へ向け、その都度塩を敷き詰めた踏み板も移動させるというわけだ。中に手島がいようといまいと、大した手間がかかっている。

「いやあ……今回は、とても勉強になりましたねえ」

駐車場に車を止めると、工場を見ながら教授が言った。

「悪霊は直進しかできないと、言い伝えは知っていましたが、実際にそうなのかどうかは誰も見たことがありませんから。怖いというよりワクワクしますね」

さてさて。と、車を降りながら、教授は春菜が降りるのを待つ。

「ここまでのところ悪霊は注連縄をくぐって工場内に入ることができませんでした。でもタイムリミットが近づきまして、昨日は奥まで入ったようですねえ。いよいよ今夜か、明日が勝負でしょうか。なんとなく、天も彼女に味方しているようなお天気ですが」

見上げる空は灰色で、今にも雪が降り出しそうだ。風はなく、すべてが死んだような夜である。後部座席に置いたコートを着込み、春菜は教授と工場へ向かった。

工場内には、割ったドラム缶に鉄の足をつけた焚《た》き火《び》台と、膨大な薪が置かれていた。テーブルと椅子、毛布に鍋《なべ》に割り箸《わばし》に紙の器、日本酒に塩、筆に墨、そして紙とハサミがあって、待っていたのは雷助和尚、棟梁とコーイチ、仙龍と、珠青の亭主の青鯉だった。

「箱を回すのに人手がいるから、青鯉にも手伝ってもらうことにしたんだ」

「お嬢さん、お久しぶりです。教授もよろしくお願いします」

長身で涼しげな面立ちの青鯉は、春菜と教授に微笑んだ。仙龍と青鯉、イケメンが二人並ぶと絵のようだ。今はそんなことに感心している場合ではないが。

「今日明日は工場のシャッターを閉めない。ここで火を焚くからな」

「鶴竜さんから神社仏閣の古材をな、薪にしたものを用意してもらったのだ。水害で使えなくなった分である。これを焚きしめて悪霊が入ってこられぬようにするのじゃ」

ドラム缶の焚き火台に陣取って、雷助和尚が宣った。

「紙とハサミは何に使うの?」

「戒名がわかっておるからの、怨霊の形代を作って供養するのだ。まあ見ておるがよい」

戦う面子は揃ったが、肝心の手島は姿が見えない。

「手島常務はどこへ行ったの? 今夜も夜中に戻ってくるの?」

枕木を積み上げた天辺に立ち、箱の座りを確認していた棟梁が、高いところから、

「いやいや」と言う。

「ゆんべ、ついに悪霊がねえ、注連縄の結界を越えたんでさあ」

見れば工場の入り口に張り巡らされた注連縄が真新しいものに交換されている。

「朝来てみたら酷かったんすよ。台風が来たあとみたいに、シャッターは折れ曲がっているし、注連縄は引きちぎられて、どっかへ飛んでっちゃったみたいで。あの人は怖くなって逃げようとして、一瞬戸を開けたみたいっす。俺たちが来るまで箱の中で震えてて、唇

まで真っ青で、よっぽど恐い目に遭ったんじゃないっすかねえ」

「ケガをしたので病院へ行っている。間もなく戻ってくるだろう」

と、仙龍が言う。

「酷いの？」

青鯉が教えてくれた。

「何針かは縫ったでしょうね。手の甲がズタズタになっていましたから。あれは指の痕《あと》ですよ。医者も驚いているでしょう」

「戸を開けようとしたからじゃ。そのまま引きずり出されなくてよかったがの」

「誰か病院へついていったの？」

「なんの、散々悪態《あくたい》を吐《つ》きながら自分でタクシーを呼んでいたわい。大枚を叩《はた》くと言うのでな、拙僧が足代わりをしてもよかったが、あいにく儂のスーパーカブは、ここへ乗ってきておらんゆえ」

雷助和尚がクックと笑った。

「自分本位にばらまくお金は穢れてるんすよ。そういうのを受け取っちゃうと、隠温羅流の力が薄くなるんで、誰も送っていかなかったんっすよ。普通にお願いされてたら、送っていってあげたのに」

コーイチが苦笑いして、春菜はまた少しだけ、手島常務を哀れに思った。

三十日。午後十時過ぎ。

八時頃に戻った手島は、右手を包帯でグルグル巻きにされていた。春菜たちの顔を見てもなにひとつ喋ろうとせず、逃げるように枕木を上って白木の箱に入ると、中から扉を閉めてしまった。内部には電池式のLEDランプが置いてあり、あとは飲み物と寝具だけがあるらしい。ホテルで愛人が死ぬのを目撃してから、手島は人が変わったように無口になって、斑に白髪があった髪が数日で真っ白になっていた。頰は痩《こ》け、目が落ちくぼみ、無精ひげを剃ることもなく、ともすれば誰が死霊かわからないくらいの変わり様だ。

九時過ぎに雷助和尚は火を焚きはじめ、熾《お》きの上に網を渡して身体を温めるための鍋が置かれた。薪の香りがあたりに立ちこめ、もうもうと白い湯気が立ち、工場の天井に張り巡らされた注連縄が、ゆらゆらと風に揺れている。

春菜はコートの上に毛布を巻いて用意された椅子に掛け、注連縄を揺らして空へゆく湯気のかたちを見守っていた。静かな年の暮れである。年々災禍に襲われるようになったこの国を、神々はどんな思いでご覧になっているのだろう。来る年は平安か。見えないけれど働いている力を知ると、世界がこれほど荒ぶるのは人が間違いを犯しているからではないかと怖くなる。たとえば手島常務のように。

「間違いって、なんだろう……」

呼吸のように光る熾きを眺めて、春菜は小さく呟いた。

「ほら」

頭の上から声がして、目の前に湯気の立つ飲み物が下りてきた。仙龍が立っていて、炭火で温めたなにかをくれた。受け取ると甘い麴《こうじ》の香りがした。

「甘酒ですよ。アルコールは入っておりませんがね」

小林教授が火のそばに立ってニコニコしている。工場の隅に塩で囲んだ結界を張って、真夜中になったらそこに入って写真を撮ると張り切っている。甘酒は棟梁の奥さんが、今夜のために仕込んでくれたものらしい。

「甘酒を作れるなんてすごいのね」

熱いので、ふうふう吹いて上澄みを飲む。

コクがあって甘い飲み物は、身体を芯から温めてくれる。

「なんの。昔は余り飯に麴を入れて、炬燵で作ったもんですよ」

棟梁は甘酒が好きらしい。陰の流派と言われる隠温羅流の男たちを陰で支えているのは女たちだと、春菜は静かに考えていた。自分もいつかその一人になれるのだろうかと。

焚き火の匂いと暖かさにウトウトしているうちに時間が過ぎて、春菜はふと、不穏な気配に目が覚めた。風のこない場所でそれぞれ仮眠を取っていたはずの男たちは姿がなくて、火の番をしていたはずのコーイチもいない。和尚も鐘鋳建設のジャンパーを着込んだ棟梁と場所を変わったところであった。仙龍はどこかと見回すと、隠温羅流の因が入った鉢巻きを額に結びながらやってきた。地下足袋を履き、作業用のズボンを穿いて、腰に太いベルトを巻き付け、棟梁と揃いのジャンパーを着ている。寒い場所で重量物の作業をするときの出で立ちだ。違うのは、額に結び、後ろにたなびく隠温羅流の白い鉢巻きだけである。その場の空気が一気に変わり、和尚が、

「来るぞ」

と小さく言った。

法衣《ほうえ》に重ねていたジャンパーを脱ぎ、懐《ふところ》から数珠を取り出している。

工場の前は駐車場だが、粘《ねば》り付くほどの闇に包まれている。止めている車も、積み上がった枕木も、奥に続いているはずの街の光も、何も見えない。

ひゅううと静かに風が吹き、そのとき、白木の箱からうめき声が上がった。

「いやだ～……いやだ～……怖いよ……こわい……」

手島が怯える声である。布団を被り、歯の根も合わぬほど震える姿が想像できた。約ひと月ものあいだ、手島は夜を独りで過ごした。それがどれほどの恐怖であったか、春菜はようやく思《おも》い遣《や》る。見ず、聞かず、想像することもしないまま、命を取られるよりはマシでしょと彼を切り捨てた自分の冷たさ。心の内には、あんな男はそれほどの目に遭って当然だという気持ちがあった。かわいそうに……春菜は初めて、手島純一という男が置かれ

た状況に同情した。

びゅう！　ときた風に注連縄が揺れる。はたはたはた……はたはたはた……微かな音が足下を這う。いつの間に降ったのか、工場の前には二十センチほど雪が積もっていた。真綿のような雪は仄白《ほのじろ》く、その上の闇がことさら黒い。

「いやだ〜……いやだ〜……」

手島の声は蚊が鳴くようだ。

命を取られる前に正気を失ってしまうのではと心配になる。

「お主も男ならしっかりせんか！　今宵は儂らがここにおるゆえ」

野太い声で和尚が怒鳴った。そのときだった。ふっと焚き火の火が陰り、どこかで細い声がした。春菜は思わず身体を起こす。けれど椅子から立ち上がることはできなかった。身体を縮めていなければ。表面積が増えると危険に思えた。

……さ……い……ごめ……さ……い……ごめん……ください……

植物の茎を裂いたとき、一瞬見える繊維のような、儚くか細い声だった。それなのに、背骨に氷を押し当てられたかのような冷たさがある。

仙龍と青鯉が静かに立った。

コーイチも立ち上がり、凍ったように外を見ている。

和尚は箱の前に立ち、棟梁だけが飄々と薪をくべていた。

教授はどこへ行ったか見渡すと、ちゃっかり工場の隅へ移動して、結界の中にしゃがんでいた。

……い……ごめんください……

これから何が起こるのか、みんなは何をしようというのか、わからない春菜は息を潜めて成り行きを見守る。棟梁が顔を上げ、雷助和尚が頷くと、仙龍がこう訊いた。

「何用か」

雪が渦巻いて舞い上がり、張り巡らせた注連縄が千切れそうに揺れ、そして春菜は、漆黒の闇に白い女が浮かぶのを見た。髪は長く、濡《ぬ》れたように肩に乱れて、寒々しい病衣ではなく真っ白な死装束に身を包んでいる。ついに本気なのだと春菜は思った。

女は顔を伏せたまま、礼儀正しくこう訊いた。

……こちらに……手島純一さんが……お邪魔しておりませんでしょうか……

雷助和尚が数珠を構えた。

「たしかに」

と、仙龍が答える。

「わかっているから来たのであろう」と。

……ごめんください……ごめんください……

女は同じ言葉を繰り返す。

「其《そ》は何者か」

仙龍が訊くと、女の顔が微かに動いた。いや、動いたように見えただけかもしれない。女の周囲は空間が歪み、雲霞の塊が蠢くかのようだ。春菜は心臓をわしづかみにされたように思った。同じだ。あれは、仙龍に絡みついている黒い鎖とまったく同じだ。

……彼を怨んでいる者です……

「名を名乗れ」

女はふーっと近づいてきた。歩く素振りはまったくなかった。積もった雪を蹴散《けち》らすことなく、ただふっと暗闇から抜けて近くへ来たのだ。そのとき、工場内を照らしていた照明が明滅しはじめた。注連縄が揺れている。あまりに揺れて、間もなく千切れる。

……悲しくも……今は名を持たぬのです……それもこれも……

サク、サク、サク……と音を立て、女の身体から何かが降った。長い髪と、血のしずく。雪に触れるや、それらは黒くて赤い眼の蛇になり、結界の際まで這ってきた。髪が抜け、女の顔が見えてくる。春菜は思わず口を覆った。頭蓋骨《ずがいこつ》に皮膚が張り付いただけの青白い顔。眼下は窪《くぼ》み、生前の面影《おもかげ》はどこにもない。干からびて皮が剝けた唇は嚙みしめた歯から血が滴《したた》って、白濁した眼球が呪いを込めて睨んでいる。どれほどに怨んだか、どれほど手島を憎んだか、想いの強さが撞《つ》き鐘のように春菜の身体を貫いていく。サニワの力に翻弄《ほんろう》されて、春菜はゲフッと空気を吐いた。内臓が千切れるようだ。皮膚が炎で焼かれるようだ。こんな苦しみを背負っていては、生きることも、死ぬこともできるはずがない。だから鬼になるしかないのだ。

……後生ですから……手島さんに会わせてください……

怨みの亡者そのものの姿を現して、女は言った。足下に黒々と蛇がのたうって、赤い瞳がチカチカ光る。

「それはできない」

仙龍が言ったとき、女の身体は内側から弾け、血と骨と肉が飛び散った。

怨めしや。男をよこせ！

その声は、もはや工場の外からではなく、天から降り注いだかのようだった。バチン！と音を立てて照明がスパークし、粉々になった部品が降り注ぐ。ひいーっと手島の叫び声がし、千切れた注連縄が降ってきた。暗闇の中、熾きの赤さがひときわ映えて、薪をくべる棟梁の顔が闇に浮かんだ。春菜はその場を動けない。足下を、黒い蛇がのたうちながら進んで行く。その先にあるのは手島がいる白木の箱だ。

ドーン！　と大きな音がして、中で「ぎゃーっ」と手島が叫ぶ。どこからか和尚の読経が聞こえてきた。風が渦巻き、建物が軋《きし》む。自分たちを取り巻いている巨大な材が、遊ばれるかのように揺れている。一本が何トンもある材だ。下敷きになったらひとたまりもない。春菜は歯を食い縛り、キャンプ用の椅子にすがった。

怨めしや、またも入り口を動かしたな！

怨霊は荒ぶっている。ドーン！　白木の箱に体当たりをし、手島を中から追い出そうとする。ぺた。ぺた。ぺた。と、白木に血の手形がついていく。

純一さん……純一さん……ここを開けて……入れてください……

たおやかで優しげな女の声は、その裏に凍るような怨みを感じる。

ああ、悔しい……あなたはどうして、私を騙して捨てたのでしょう……純一さん……

手島常務は答えない。布団を被って念仏でも唱えているのだろう。

仙龍たちはどうしているかと様子を見れば、彼らは箱の下から突き出した柱にそれぞれ取り付いているようだ。照明が切れてしまったために、薪の火でしか周囲が見えない。そのとき、誰かが春菜の腕をつかんだ。

「姉さん、あっしと替わってください。このままだと怨霊が箱を壊す。ぐるっと入り口を回さねえと」

棟梁の声だった。春菜は無言で立ち上がり、棟梁が火を焚いていた場所へ移動した。

「燃えていればそれでいいんで、焦って薪を放り込み、火を絶やさねえように気をつけて」

「わかりました」

軍手と火かき棒と団扇《うちわ》を渡され、春菜は分厚いコートの袖《そで》をめくった。火のそばは暖かいが、微かな明かりでうじゃうじゃと足下を這う蛇が見える。それは薪にも絡みつき、燃えるような舌を出して威嚇してくる。神様、仏様、隠温羅流様……口の中で呟いて、春菜は蛇ごと薪をつかんだ。火にくべると、髪の毛が燃える臭いがした。風はますます強くなり、地震のように全てが揺れる。千切れた御幣が飛んできて、炎を連れて舞い上がる。

怨めしや……無念晴らさでおくものか……おのれ純一、外へ出よ！

怨霊が吠え続けている。

「いくよ」

と棟梁の声がして、男たちが箱を回す気配がしたが、読経の声と伽耶の叫びと蛇がのたうち回る音、振動と風の激しさで何も見えないし、わからない。春菜はただ一心に、蛇ごと薪を火に入れ続けた。


たとえば霧が晴れていく感じに似ていた。

空気を覆っていた禍々しい気配が次第に薄れ、あれ、あれ、あれ？　と思っているうちに、揺れていた材が静かになって、焚き火台の薪が炎を上げて燃えだした。駐車場の車はシルエットが見えはじめ、髪や爪の燃える臭いも薄れ、工場の奥で何かが光った。それは小林教授の懐中電灯で、丸い光が動くたび、疲れ切った男たちの顔を闇に照らした。教授の光は壁を走って、壁掛け時計の文字盤を探す。時刻は午前三時を回っていた。

コーイチが携帯用ランプを持ってきて、それでようやく、何がどうなっていたかが見えた。仙龍と青鯉と棟梁は箱から突き出た四本の柱に取り付いていて、コーイチも一本を任されていたらしい。手島ごと巨大な箱を回す作業は、曳き屋でなければできないだろう。和尚は箱の入り口と共に移動しながら読経を続けていたようだ。大事な数珠をようやく懐にしまっている。小林教授はと言えば、カメラではなく懐中電灯を握りしめ、塩で囲った結界の中に呆然《ぼうぜん》と立ち尽くしているのだった。

「今晩の山は越えたと思っていいの？」

春菜が最初に声を発した。続く教授は震える声だ。

「いやはや……想像以上の恐ろしさでしたねえ……正直にいいますと、写真どころではありませんで……怖がっているのが精一杯といいますか……」

「こりゃ、明日はどうなることやら、だねえ」

棟梁はため息をつき、焚き火台のそばへ来てヤカンの水をがぶ飲みした。

白木の箱には怨みの痕跡が残されている。血の手形は怪異が去っても消えず、爪でひっかいたような傷まであった。黒髪が随所に散らばって、床に人が這った跡があり、点々と血が垂れていた。注連縄は千切れてぶら下がり、駐車場に降った新雪の上には、うつ伏せになったまま引きずられて行ったかのような、十本の指の跡が残されていた。

「手島常務はどうなった？」

春菜が聞くと青鯉が、

「生きていますから大丈夫ですよ」と笑う。

確かめるためにコーイチが枕木を上り、敷き詰めた塩を踏んで扉を開ける。中から明かりが漏れ出したので、内部の様子も見えるのだろう。コーイチはその場から、

「失神しているみたいっすけど、息はしてるんで」

と、苦笑した。

「まだ夜っすから、出ないほうがいいですもんね」

そしてそうっと戸を閉めた。

あとひと晩を残すのみ。丑の刻は、こうして終わった。


普段なら大晦日の晩は仕事仲間とそばで夕食を済ませ、二年参りや年越しイベントで人々が盛りあがっているときに、深夜のデパートや商業施設を順繰りに回り、新年の飾り付けに模様替えする。下請け業者も慣れていて、年末年始を家で過ごそうとは考えていないが、彼らには色をつけてする支払いも、会社員である春菜の収入には影響がない。人が楽しむときに忙しいのがこの職業で、やりがいがあって好きだけど、だからデートする相手もいなかったんじゃないかと思うことがある。

今年の暮れは事情を知る轟と井之上が協力してくれたおかげで春菜は現場に出ないのだ

が、仙龍がそばにいるとはいえ、手島常務と怨霊と、四《よ》つ巴《どもえ》の夜であるのが怨めしい。未明に降った雪はかなりの量で、鐘鋳建設の工場で夜を明かしたあとは、先ず雪かきから始まった。春菜の車も雪に埋まってしまったために、雪かきをしないと帰ることもできないからだ。アーキテクツ自体は冬休みに入っているので、アパートで風呂に浸かって仮眠を取ってから、またここへ集合することにしたのである。

空が明るくなってきた午前七時。雪を掻く音で手島が箱を抜け出してきた。わずか数日で痩《や》せ衰《おとろ》えて、人相も雰囲気も別人のようだ。病人さながらによろよろとして、枕木を下りるときには思わず青鯉が手を差し伸べたくらいであった。

それにしても朝は清々しい。

透明で冷えた空気は、昨晩の澱《おり》を一気に浄化していくようだ。

「おはようございます」

雪かきの手を止めて春菜が言うと、手島は微かな声で、

「おはよう」

と、返した。甘酒の残りを温めて、棟梁が手島に手渡すと、彼は素直にそれを取り、焚き火台の周りにあった椅子のひとつに腰かけた。両手を甘酒で温めながら、手島は呟く。

「今夜で終わりか？」

棟梁は座って煙草《たばこ》をくゆらせていた。

「そういうことになりますね」

手島の右手は包帯でグルグル巻きで、右腕にしていたロレックスを今は左に着けている。あの箱の中で、独りぼっちで、丑の刻が過ぎ去っていくのを確認している時計は冷や汗と脂汗にまみれて、心なしか輝きを失って見えた。手島は左手で顔を拭き、無精ひげが生えた口を押さえた。

「なんで俺が……ふざけんな……」

誰に向かって言ったのか、そのままじっとうなだれている。

これじゃ伽耶さんも許してくれそうにないと思ったとき、春菜は隠温羅流が言う『流れ』についてわかった気がした。どれほど因縁を祓いたくても、手島が因を認めず、伽耶が手島を許さなければ、流れは浄化に向かわない。手島が悔《く》やみ、伽耶が彼を許した時を上手くつかんで、隠温羅流は因縁を流すのだ。そのタイミングを見極めるのがサニワであり、因縁を流す方向を見定めるのが導師なのだろう。では、今回は？

罪を認めないどころか、自分に非があるとすら思っていない手島と、許す気のない伽耶の因縁を、どうやって祓えばいいのだろう。流れはむしろ、手島と伽耶が奈落《ならく》へ落ちていくほうへ、轟々《ごうごう》と渦巻きながら下っているのではなかろうか。

「あっ」

胸に激しい痛みを感じて雪かきを取り落とし、春菜は膝を折ってうずくまった。

「どうした」「春菜さん?」

仙龍とコーイチが駆け寄ってきたとき、それでも春菜は顔を上げて微笑んだ。

「なんでもない。ちょっと……」

胸から手をはなせずに、誤魔化した。

「男性には聞かれたくないトラブルよ」

苦《くる》し紛《まぎ》れにそう言うと、仙龍は眉をひそめた。

「社長。んじゃ、レディーに失礼なんで」

コーイチは仙龍を誘って、また雪かきに戻っていった。

痣から血が噴き出したのではないかと思うほどの痛みだったのに、ものの数秒で消え失せた。立ち上がって朝日を見上げ、春菜は深く呼吸した。この痣はなに?

オオヤビコよ。おまえには、私に語りかける力があるのか。

「言いたいことはわかったわ。敢《あ》えて流れに逆らえと? 雑念を払い、ただ伽耶さんの魂を救うことを考えろ……そういうことね?」

答えなど求めていなかった。

春菜は自分でそう決めて、車が出せる状態になった時点で鐘鋳建設を後にした。

大晦日。午後六時過ぎ。

春菜は鐘鋳建設の駐車場に車を止めて、佐藤伽耶の遺族と話していた。昼にも何度か電話をしたが、今頃になって、ようやく兄の啓一が電話に出たのだ。

「先日お伺いしましたアーキテクツの高沢です。あの……長野の」

長野と聞いて、ようやく啓一は「ああ」と言った。

春菜は先日の礼を言い、皆様お変わりございませんか、と定型どおりの挨拶をした。

「今夜だいねえ」

と、啓一は言う。覚えていてくれたのだ。

「お袋はそっちへ行きたいと言ってたけども、やめさせた。あんたが怖いものを見るなんて言うもんだから、万が一妙な目に遭って、これ以上悲しませるのも忍びないしね」

「はい」

と、春菜は素直に頷く。

「それでどうした? 伽耶はまだあの男に祟っているな。線香上げりゃあわかるんだ。煙がよ、床へ床へと下がっていくんで」

「はい。どう転ぶにしても、今夜が最後と思います。昨夜、伽耶さんの姿を見ました」

相手は無言のままである。

「おそらくは、お棺に入ったときの死装束で、亡くなったときのお姿で」

息を呑む音がした。

「ごめんくださいと、とても丁寧な対応でしたけど、名前を訊いたら答えませんでした」

「伽耶じゃねえのか」

「そうじゃなく、生きてもいないし死んでもいない、だからどちらの名前も名乗れなかったんだと思います。最後の夜ですから、伽耶さんは今夜も来るでしょう。それで、お願いがあるのですけど」

「なんだい」

啓一は静かに訊いた。

「丑の刻、午前一時から三時の間、伽耶さんのために祈って頂くわけにいかないでしょうか。彼女には現在名前がなくて、和尚……」

春菜は「僧侶《そうりょ》」と言い直す。

「僧侶が徳を説こうにも、語りかけることができないんです。昨晩は読経するのが精一杯で、今夜は教えて頂いた戒名を形代に記して、魂が彼岸へ行くのを助けるつもりでいるんですけど、伽耶さんが手島さんに執着するあまり、戒名が自分の名前であることを認識できない気がするんです。そうであるなら伽耶さんはまだ現世の自分に囚われているということで、ご遺族の気持ちは響くのだろうと思うんです」

「丑の刻にか」

「そうです。その時間、彼女は血を流しながら手島さんを匿った箱を襲撃しています。この晩で最後ですから、どんなことでもするでしょう。大晦日なので魔性のものも寄ってくる。大晦日は神と鬼とが徘徊する夜なんです」

駐車場の明かりに羽毛のような雪が舞う。夜を切り抜く光の筋は、そこだけが雪を照り返す。今夜もずいぶん積もるのだろう。山形のあの屋敷では、寂しい正月を迎えようとしている。伽耶の遺骨に死者に手向《たむ》けるお膳を供えて、背中を丸め、手を合わせて祈りを捧《ささ》げる親たちの姿が目に浮かぶ。

「手島純一のためじゃねえ。伽耶のためだぞ」

ややあってから啓一は言った。あれこれ説明する必要はない。あれは『心霊の家』だから、死んだ伽耶に何があり、これから何が起きるのか、遺族は知っているはずだから。

「ありがとうございます」

春菜は深々と頭を下げた。

車を降りて工場へ向かうと、昨晩とは様子が違い、男たちが火のそばで裸になっていた。無駄のない筋肉は鋼のようで、恥じらいを感じる間もないほどの芸術的な肢体に、思わず目が釘付《くぎづ》けになり、寸の間遅れて頭の中が混乱し、ようやく春菜は彼らにクルリと背中を向けた。うら若いとは言えないが、未婚の女性としてはガン見しているわけにもいかない。

「なんなのよ！」

こんばんはより前にそう言うと、和尚が下卑《げび》た声で笑った。

「これは為《し》たり。もはやそんな時間であったか」

「六時を回ったわ。昨日も今頃来たんだけど」

背中を向けて言うと、

「パンツは穿いてるから大丈夫っすよ」

コーイチが呑気《のんき》に答えた。

「パ、パンツだけあればいいってもんじゃないの。プールや銭湯以外で裸を見るってシチュエーションが異常なの」

「言われてみればそうですが、男の裸もいいものですよ？　いえ、趣味の話をしているのではなく、鍛《きた》えた肉体は芸術品です」

どこにいるのか教授の声だ。探そうと振り向くこともできない。

「何をしているのかって訊いたのよ。教えてください。みなさんは、ここで何をしているんですかっ」

降る雪を見上げて訊いたとき、新しい注連縄が張られているのに気がついた。

「よくある手じゃ。昨日のようにはいくまいからな。体中に経文を書いて、此奴《こやつ》らの姿を隠すのじゃ」

「耳なし芳一みたいなこと？　あれって実際に効果があるの？」

「ランボーだって、泥で透明人間になったじゃないすか。ですよね？　和尚」

コーイチの声がして、「耳も忘れちゃダメっすよ」と、付け足した。

「任せておけ。口の中には書けぬゆえ、丑の刻には口を開くな」

なんとなく事情が飲み込めた。箱を回す彼らが襲われないよう、経文で体を埋めているのだ。生臭のエロ坊主は、やるときはやる男である。

「私、終わる頃に出直してくるわ」

「是非には及ばず。もう終わる」

雷助和尚はそう言って、

「ご苦労であった。服を着るがよい」

と、重々しく宣った。ズボンのベルトが鳴る音を聞いてから、春菜はようやく振り向いた。顔中に墨を塗られた仙龍たちは、コーイチが言うランボーみたいだ。ツルツル頭の棟梁だけは、経文がやけに似合っている。

「なんか、思ったよりカッコいいわね」

春菜が言うと、男たちは微笑んだ。小林教授はどこかというと、昨晩は塩で結界を巡らせていた場所にせっせとテントを立てていた。一人用のティピー型だ。

「やーれやれ」

和尚は筆と硯《すずり》を持って、教授のテントへ向かって行く。

「坊主使いの荒い連中だのう……正月の餅代と酒代を稼ぐのも難儀じゃわい」

「どうするの？」春菜が訊くと、

「昨夜は怖くて閉口したらしい。今晩はあの中で、写真を撮ることにするそうだ」

仙龍が言うとおり、テントには切り込みが入れてあり、カメラのレンズが突き出す細工がされている。今朝も雪に残った指の跡や、白木についた手形をくまなく写していたというので、教授の学者魂には呆れてしまう。

「昨夜は比較的楽だったが、今夜はそうも行かないだろう。丑の刻になったら教授と一緒にテントに入れ。あれが去るまで出てくるなよ」

「私がいなかったら誰が火を焚くのよ」

「和尚がやる。悪霊は俺たちの姿を見ることができない。箱に近づいても入り口を探せない。二時間耐えられれば手島さんは助かる。彼女が無念を抱いたまま鬼になることがないように、その後和尚は魂を送る。上手くいくといいんだが」

「和尚に危険はないのかしら」

仙龍は答えない。その眼差《まなざ》しの静けさが、春菜の心をざわつかせる。

「待ってよ。和尚は大丈夫なの？」

教授のテントに経文をしたためながら、雷助和尚がこう言った。

「儂好みの女子であった。独り寝が寂しいというのなら、願ったり叶《かな》ったりである」

「冗談言ってる場合なの？　私は厭よ。和尚がいないと」

「娘子よ。さては相思相愛であったか」

そのわりに尻も触らせてくれん、と、和尚はブツブツ言っている。

和尚を失うなら手島を差し出すと言いそうになったとき、いつもの高級外車ではなく、黒塗りのハイヤーが駐車場へ滑り込んできた。雪の中、後部座席に乗っているのは手島である。今宵限りの命かもしれないと、車を置いて身辺整理をしてきたのかと思ったが、ドアが開くや運転手と押し問答になり、

「馬鹿にしやがって」

車内に万札を投げつけて車を降りてきた。どうやら、使おうとしたタクシーチケットが使えなかったようなのだ。支社長時代のチケットで、手島の名前が無効になっていたらしい。よろよろとした足取りは泥酔者のそれで、きついアルコール臭がした。

「飲んでるんですか」春菜が訊くと、

「なにいっ！」と怒鳴った。

目の下には隈《くま》ができ、両目は充血してギラギラしている。息が臭くてそばに寄れない。垢《あか》じみた和尚の臭いのほうがずっとマシだ。

「俺が自分の金でなにを飲もうと○×△……」

ろれつが乱れて言っていることがわからない。手島はその場に佇む面子を睨み、プイッと箱へ向かおうとしたが、棟梁に腕をつかまれた。

「常務さん。臆病が過ぎて、酔っ払って眠っちまうのもかまいませんがね、今夜ばかりは、その格好で箱にいてもらっちゃマズいんで」

「なにをうっ」

振り上げた拳を青鯉がつかむ。仙龍が手島の正面に立った。

「白装束に着替えてもらう。死人の姿を借りるんです。万が一のことを考えてね」

「シロしょうぞくうぅぅぅっ？」

喚《わめ》いた途端、よろめいた。

「あーもうっ、全然ダメっすね、このオッサンは」

コーイチも呆れている。

「不本意ながら着ているものを毟りましょうか。伽耶さんの痛みには遠く及ばないっすけど、俺が着替えさせますよ」

「なーにを偉そうに、俺を誰だと思っているんだ！」

手島はツバを飛ばして喚いたが、

「はいはい。春菜さんの会社の偉い人でしょ。もー、大人しくしないと殴っちゃいますよ」

　コーイチと青鯉に引きずられ、手島の姿は見えなくなった。春菜は恥ずかしさと怒りで身の置き場がない。

「本当にごめんなさい。あんなのを神聖な鐘鋳建設へ連れてきちゃって」

　情けなさに泣きそうだ。

「いやなに。いっそ清々しいですよ」

　棟梁は煙草に火を点けて、ガリガリと頭を掻いた。

「棟梁もおまえには優しいな。さっきまでは、たこ入道のように怒っていたが」

　仙龍は笑っている。

「若も、減らず口はいらねえよ。それより今夜はふんどしを締めねえと。助かろうって本人があれじゃあねえ、身内に敵がいるようなもんだ」

　手島を連れて行ったまま、コーイチたちは戻ってこない。春菜が心配していると、爆睡する手島を青鯉が担いできた。いつだったか、仙龍が枕木の天辺から春菜を抱え下ろしたとき同様に、横様に肩に乗せている。スーツを脱がされ、死装束となった手島は、細長くて白い袋のようだ。左腕にはめたロレックスだけが、異様に光り輝いている。

　コーイチがあとをついてきて、手島の額に三角の布を結んだ。

「コー公、それはいらねえよ」

コーイチは無邪気に笑った。

「俺のファッションセンスっす」

そして手島を白木の箱まで運んでいく。

「水とライトも入れといてやんな。あと、バケツもだよ。起きても外へは出れねえからな、迂闊に吐かれても、小便漏らされても困るから」

生々しい話になってきた。これ以降、会社で権威を振るう手島を見ても、春菜は二度とすごいと思わないだろう。わずか十数年しか着られない笠《かさ》を大手の名声に求めるよりは、生身の自分を磨いたほうがどれだけいいか。手島を見れば権威は虚しい。

八時近くに珠青がやってきて、おせち料理を詰めた幕の内弁当を差し入れてくれた。生まれたばかりの長男を連れて青鯉を激励に来たようだ。大人たちに囲まれて怯えもせずに、赤ん坊は笑顔と幸福を振りまいていった。

胸が一杯になって一言も発することができない春菜に、珠青はニッと笑みを見せ、優しく腕を叩いていった。彼女が仙龍の姉であることは、自分が引き寄せた最高の幸運だと春菜は思う。同時に、もしも珠青が伽耶の災難を知ったなら、伽耶の数倍の勢いで、手島をやり込めたであろうとも思う。伽耶が生きているうちに、珠青と会えればよかったのに。

真夜中。

テレビが『ゆく年くる年』を放映しはじめ、遠く除夜の鐘が鳴り出した頃、昨晩よりもずいぶん早く、あたりの気配が急に変わった。風の音がすすり泣くようで、工場の周囲を雪が舞い、引っ張るかのように注連縄が歪んだ。

「早々にお出《い》でなすったよ。野郎ども、気を抜くな」

棟梁が闇を見つめて席を立ち、仙龍は春菜と教授に言った。

「テントに入れ。出てくるなよ？」

「春菜ちゃん、行きましょうかねえ」

教授に腕を引かれてテントへ向かう。

和尚が経文を書き付けたため、真新しいテントはサイケデリックなデザインに変わった。テント周りの地面を囲った塩を跨《また》いで中に立ち、仙龍たちの様子を見ると、昨晩は額に縛っていた鉢巻きでそれぞれ口を覆っている。口中に経文を書くことはできないから、迂闊に口を開かないようにしたのだ。経文は瞼にも書かれ、目を閉じることで悪霊から姿を隠そうというのである。仙龍が枕木に上り、箱の扉にお札を貼った。これで悪霊は入れない。手島が恐怖に耐えかねて、扉を開けないことを願うばかりだ。

春菜はそれを見届けてから、教授が隠れるテントに入った。内部は狭く、大人二人が膝を抱えて座るのがやっとだ。教授は隙間に張り付いて、三脚にカメラをセットした。デジタルなので外の様子はモニターに映る。コード付きのシャッターボタンを握りしめ、

「いよいよですねえ」

と、教授は言った。彼が一緒だと、どんな怪異もワクワクするから不思議なものだ。

工場の照明は昨晩破損してしまったので、今夜は足下に間接照明を置いている。電池式で、照らす範囲はとても狭いが、仙龍たちが箱を曳き回す足下と、それぞれの手元はほんのり明るい。和尚は焚き火台の前に陣取って、片手に薪、片手に数珠を握っている。懐に伽耶の戒名をしたためたヒトガタを忍ばせ、魂をあの世へ送る時を待つ。

……ごめんください……

どこかであの声がした。昨晩より力強い。春菜はテントの外に全霊を傾けた。

……ごめんください……どなたもおられないですか？

体中に読経を書いた仙龍たちは、怨霊の目には見えないらしい。

……もし……もし……ごめんください……

風が強まり、カランカランと何かが転がる音がした。

春菜と教授は身を寄せ合って、モニターに浮かぶ映像を見る。間口正面に護摩壇よろしく焚き火台があり、和尚が轟々と火を燃やしている。薪の煙はさっきまで、白い雲のように工場内を覆っていた。ひゅうっと風が唸りを上げて、和尚の薪が燃え上がる。それが急激に鎮火したとき、和尚の眼前に変わり果てた姿の伽耶が立つ。

「ひっ」

と、春菜はのけぞって、小林教授はメガネを外した。見えすぎると声を出しそうだからだ。春菜はポケットからハンカチを出し、それで自分の口を覆った。

……もし、お坊さま……こちらに手島純一さんがおられないでしょうか……

白濁した目で、血だらけの口で、怨霊が和尚に訊ねている。髪の毛がハラハラ抜けて、落ちたと思えば蛇になる。蛇は和尚の体を這って、首のまわりに巻き付いている。

「喝！」

数珠を振り上げて叫ぶと怨霊は砕《くだ》け散《ち》り、すぐまた背後でかたちを成した。

……手島純一を隠しているな？……

伽耶の口調がわずかに変わる。雷助和尚はさらに薪を燃やした。

「其は何者ぞ。名を名乗れ」

……手島純一に怨みを抱く者……後生ですから、ひと目彼に会わせてください……

「会ってどうする」

ふうっと全ての明かりが落ちる。真っ暗というのではなく、何かの影が差したかのようだ。怨霊は口をつぐみ、外から雪が、細かくて白い虫のように地面を這って迫ってきた。

風が鳴り、注連縄が揺れる。

「行くぞ！」

と、和尚が叫んだとき、仙龍たちは箱を回した。

ドーン！　凄まじい音がして地面が揺れる。……おのれ！　入り口はどこだ！……破《わ》れ鐘《がね》のような声はもはや伽耶のものではなかった。びいようおう！　と風が鳴り、火の粉が高く舞い上がる。床一面に蛇がのたうち、和尚の首を締め上げる。和尚はそれを数珠で解き、薪を持つ手でつかんでは投げ、つかんでは投げ、古材の炎で焼いていく。……怨めしや、手島はどこだ。怨めしや……怨霊の手が箱を撫で、再びドーン！　と地面を揺らす。巨大な材木が壁から離れ、鉄のワイヤーを引きちぎり、仙龍たちの頭上に倒れかかる。

と、思うや、幻だったと知れる。

「うわあーっ！　助けてくれえっ！　殺される、助けてくれえっ」

箱の中から叫び声がする。酔っ払いの手島が目を覚ましたのだ。

「たすけてくれえー！　殺されるー！」

声と同時に箱が動いた。中にいれば無事なのに、内部から箱を叩いている。

……怨めしや。そこにいたのか手島純一……この怨み、如何《いか》に晴らしてくれようか。

怨霊の声はますます高くなり、壁も地面も激しく揺れた。

読経の声も高くなり、薪の煙があたりを漂う。

……箱を燃やすぞ。外に出てこい。

と、怨霊は言った。

「開けるでないぞ、今は踏ん張れ！」

和尚が強く怒鳴ったが、手島は泣き喚くばかりで聞く耳を持たない。

……ならば焼け死ね。そこで死ね！

怨霊が叫ぶと箱が傾く。外からではない。中で手島が暴《あば》れているのだ。

「熱いっ！　煙だ！　火だ！　誰か来い、早く火を消せ」

「幻覚じゃ！　扉を開ければ八つ裂きになるぞ」

和尚が叫び、仙龍たちは箱を回した。

「蛇だっ！　今度は蛇が入ってきたぞ、くそぅ！　何をしている、役立たずめがっ」

今度は酷く罵《ののし》りはじめた。

（春菜ちゃん、これはマズいです）と、蚊の鳴くような声で教授が囁く。

そんなはずはない。和尚が負けるはずはない。

春菜はそう思ったが、別の考えも持っていた。手島だ。如何に流れをつけようと、救われる本人が戦わなくて何ができるか。谷底に落ちていく者に手を伸ばしても、それをつかんでもらえなければ、どうして彼を救えるだろうか。しかも今夜は昨晩の比ではない。怨霊は猛《たけ》り狂《くる》って、呪いの強さは痛いほどだ。一瞬の隙、一瞬の油断が生死を分ける。

「いけませんよ、春菜ちゃん。サニワが迷っちゃいけません」

教授が思わず声に出す。そのときだった。

……見つけたぞ……

底冷えのする声がして、ふわりとテントが浮き上がった。底のないティピー型のテントである。上物が宙に舞ってしまえば、春菜と教授は剝き出しになる。

「動くでないぞ！　塩があるゆえ」

和尚の怒号は聞こえたが、鬼に変じかけた伽耶がすでに目の前だ。爪は教授を狙っている。ものすごい速さで考えが回り、瞬間、春菜は立ち上がって洋服の襟に手をかけた。

「伽耶さんっ！」

鋭く名前を呼んだとき、伽耶は一瞬動きを止めたが、春菜を睨んでニタリと笑った。

……もう違う。その名は捨てた……

「じゃあこれを！」

春菜は洋服の前をはだけた。確信があったわけじゃない。けれどもそこに隠温羅の因があるなら、何らかの力を発揮できるのではと思ったのだ。

怨霊はこぼれるほどに目を見開いて、頭上に上げた手を止めた。

「教授、テントへ走って、中に隠れて」

小林教授が結界を飛び出して、読経が書かれたテントの布を身に巻いたとき、怨霊の爪が春菜のコートを引き裂いて、春菜は地面に叩きつけられた。伽耶は鬼に変じて牙《きば》を剝き、眉間とこめかみから隆々と角が生え出している。指は奇怪に折れ曲がり、その長さほどに爪が伸び、口は裂けて瘴気を噴き出し、……どこだ、出せ、手島を出せ……と、春菜に迫った。駆け寄る仙龍が目の端に見えたが、間に合わない。

「出せえーっ！」

と鬼が叫んだとき、春菜は死を覚悟した。ところが、

――南無妙法蓮華経《なむみょうほうれんげきょう》……伽耶……伽耶……お母さんだよ……南無妙法……――

どこからか、厳かに経を読む声がした。

濁って白い鬼の目に、そのとき、人の気配が兆《きざ》す。

――南無妙法蓮華経……伽耶……伽耶ちゃん……伽耶ちゃん、私よ……南無妙法……蓮華経……伽耶……俺だ……啓一だ……伽耶ちゃん、私よ、節子《せつこ》よ……南無……――

鬼は中空を仰いでいる。その隙に仙龍は春菜を抱えて、和尚の近くへ連れ出した。和尚は素早く春菜を抱き寄せ、自分の陰にしゃがめと言った。懐からヒトガタに切った紙を出し、佐藤伽耶と書き付けて、戒名を書いたヒトガタと重ねて手に握る。中空で九字《くじ》を切り、伽耶の成仏を願って一枚目を火にくべた。ボウッと鬼から火が上がり、眉間の角が抜け落ちる。鬼は振り向き、和尚に叫んだ。

「おのれ、このままでは済まさぬぞ」

和尚は数珠を振り上げた。瞬間、鬼は消え失せて、そこに死装束の佐藤伽耶が立っていた。死に顔の伽耶ではなく、生きていた頃そのままの、若く美しい姿である。春菜も和尚も息を呑み、仙龍もその場に立ち尽くす。

……わかりました……父や母や兄たちや、兄嫁までも悲しませ、どうして地獄へ逝かれましょうか……不本意ですが、家族に免じて……あの男を許しましょう……

体が白く光り輝いている。伽耶は深くお辞儀をし、砂のようにほどけて消えた。

「消えた……」

春菜が呟き、教授がテントから顔を出す。

枕木の上の白木の箱で、そのとき手島の声がした。

「三時だ！　丑の刻を過ぎた」

工場の壁に掛かった時計を見上げると、時刻は午前二時五十八分。丑の刻が終わるまでには二分を残す。和尚が怒鳴った。

「まだじゃ！　戒名を書いたヒトガタが燃えぬ！」

手島は人の話を聞かない。ビリッとお札が剥《は》がれる音がして、白木の箱の扉が開く。瞬時に空気が重く濁って、おぞましい笑い声があたりに響いた。

……手島純一、仕留めたり！

「鬼め！」

和尚は吐き捨て、脱兎のごとく枕木を上る。箱を回すのが間に合わない。仙龍は春菜のそばにいて、柱を曳き回すのは三人だ。鬼は黒雲のようになり、隆々と膨《ふく》れ上《あ》がって箱を目指した。手島が死ぬ。伽耶を救うこともできない。そう思ったとき、春菜は叫んだ。

「オオヤビコーっ！」

ガラガラと雷のような音がする。

「彼女を止めて！　お願いだから！」

黒雲が白木の箱に飛び込む間合いが、髪の毛一本ほど遅れた気がした。

その間に和尚が上りきり、雲から突き出た鬼の手を、扉の隙間に挟み込む。

「おのれの憎い相手は死んだ。見るがよい、死装束を纏っておろうがっ！」

ギャアアーッと声が響いたのは、鬼なのか、手島だったのか、鬼の手は手島の頭をつかみ出し、引きちぎろうとして、ずっぽりと髪が抜けた。

「急げ、追わねば彼奴が逃れるぞ、丑の刻は寸の間じゃ！」

黒雲はかき消えて、手島の髪ごとどこかへ消えた。

焚き火台にくべたヒトガタが、ブスブスと音を立てて燃えている。真の字が燃え、宗と院の文字が燃え、筆、伽耶、芳、大姉、と、順を追って燃えるなか、伽耶に語りかける遺族らの声と読経が、春菜にはまだ聞こえているような気がした。

工場内に明かりが戻り、箱から首を突き出して、手島がおいおい泣いている。一体何が起きたのか、手島の頭は僧侶のように、つるんつるんになっていた。

エピローグ

這々《ほうほう》の体《てい》で白木の箱を出てきた手島は、自慢のロレックスが五分も進んだと文句を言ったが、その顔は蒼白で皺が増え、一気に十歳も年老いて見えた。しかも自慢の髪がまるっと消えて、坊さんのようになっている。春菜たちはそれを見て驚いたが、誰も手島に髪がなくなったことを教えようとはしなかった。

彼は二日酔いの臭いをさせながら仏頂面で死装束を脱ぎ、額に三角の布を着けられたことをネチネチと怒っていたが、もはや威厳は地に落ちて、誰も言葉を聞いていなかった。スーツに着替えて洗面所へ行ったとき、春菜とコーイチと仙龍と青鯉は、そっと扉の外にいた。用を済ませて鏡を見たときの叫び声を聞くためだ。手島の悲鳴は空気をつんざき、聞いたことがないほど長く響いた。

「この声だけでも、報《むく》われたな」

いつもはクールな仙龍が言い、

「珠青にも聞かせてやりたかった」

と、青鯉が笑った。コーイチは春菜を見て、

「コート、ダメになっちゃったっすね」

と、眉尻を下げた。

「いいのよ。コートで済んでよかったくらい。初売りで新しいのを買うことにする」

四人で工場へ戻っていくと、和尚と教授と棟梁が、揃ってお茶を飲んでいた。

「新年あけましておめでとうございます」

春菜はみんなに頭を下げた。

二〇二〇年最初の朝は爽やかに晴れ、駐車場の奥の空が朝焼けで金に染まっている。

「春菜さん、太陽が昇ってくるっすよ」

新雪を踏んでコーイチが、駐車場へとみんなを招く。そこに黒髪が残されていても、ショックで手島がトイレを出てこられなくても、いい新年を迎えたと春菜は思った。朝日は菅平《すがだいら》の向こうから紅色の雲を連れてくる。伽耶の魂はあれの彼方《かなた》へ行けたのだろうか。伽耶は鬼になろうとしていた。そうであるなら、鬼も、神も、元は人間だったのだろうか。黎明《れいめい》の空に雲が行く。新雪が街を覆《おお》い隠《かく》して、世界が生まれ変わったようだ。

「神に助けを求めたな」

隣に立って仙龍が言う。あの瞬間、オオヤビコと叫んだことを言っているのだ。

春菜は顔をしかめて首をひねった。

「神の名前を呼んだつもりはなかった」

仙龍が見下ろしてくる。

「大屋毘古神は屋根の神だぞ」

「そうだけど……私は鬼を呼んだのよ。会ったときは鬼だったから」

痣の上に手を置いた。

「神、鬼、人……かみ……おに……ひと……」

雲の切れ間に朝日が覗く。それは空気を切り裂いて、光線のように世界を照らす。

「鬼を隠すと書いて隠温羅流……陰の流派というけれど、裏を探すから見つからない？」

仙龍が眉をひそめた。

「なんの話だ」

「裏ではなくて、表なら？　人と鬼、神と御霊が表裏一体なら、隠温羅流のルーツには、光があったのかもしれない。裏を探すから見つからないのよ。隠温羅流は表舞台で活躍していた時代があったんじゃないかしら。それがどこかで陰に転じて呪いを受けて、以降は地下に潜ったとしたら」

「それが導師の呪いの理由か」

春菜と仙龍は顔を見合わせた。

そばで棟梁が聞いている。教授も、和尚もそこにいる。

「いい年になりそうですねえ」

と、教授が言った。

「それより儂は御神酒《おみき》が欲しいの」

「よござんす。新年会をやりやしょう」

棟梁が言い、「ただし工場を片付けてから」と、付け足した。

みんながワッと笑ったとき、洗面所を出てきた手島が、コソコソと隠れるように去って行くのが見えた。

新たな年も彼にとっては受難だろうと思ったが、春菜はもうどうでもよくなっていた。


年始休暇が明けたとき、手島はアーキテクツを去っていた。辞表を送ってきただけで、挨拶もなく会社を去ったと井之上から聞いたとき、春菜は、カツラを作るのが間に合わなかったのだろうと思った。手島については年始朝礼で社長が発表するまで黙っていろと、井之上は春菜に口止めをした。現在、隣町に大型ショッピングモールが建設される計画があり、手島はそことの顔つなぎに必要な人材だったが、すでに先方とも面識ができ、社長は上手くやったと井之上は言う。肩書きなんか何の役に立つのだろうと思っていた春菜は、それを聞いて考えを一部改めた。

同じ頃、鐘鋳建設の棟梁が電話をよこして、山形の佐藤俊彦《としひこ》さんという人が、会社に二百万円もの金を振り込んできたと話した。寄付金という名目らしいが、佐藤伽耶さんの供養料であろうと言う。金はクソ坊主に少々渡し、あとは水害に遭った鶴竜建設に寄付させて頂きたいと棟梁は言った。ついに手島と手はつなげなかったが、少なくとも伽耶の家族とは心が通じた。春菜は胸が一杯になった。

「もちろんです。私に異存はありません」

「その代わり」と、棟梁は言う。

「先方に改めて報告に行くときは、領収証をもらえれば、弊社で旅費を出しますよ」

それは、もう一度山形へ行ってこいということか。

「わかりました」

と、春菜は答えた。そして初めて自分を誇らしく思った。

サニワとは何なのか、少しだけわかった気がしたからだ。遠くても、一泊できれば出雲へ行ける。岡山の吉備津神社はそれより近い。一歩踏み出すつもりになれば、いつだって道は開けるものだ。

スケジュール帳を開いて予定を立てる。次に行くのは岡山だ。鬼の伝承を追いかける。

胸の痣はまだ消えない。たぶん消えないだろうと思う。

これはオオヤビコと自分の契約の証だ。誰であれ、鬼になるのを救えるのなら……仙龍に絡みつく黒い鎖の正体も、きっと解明できるはず。

真新しい卓上カレンダーをデスクにセットし、朝礼のために立ち上がる。この年初めての一大ニュースは、就任したばかりの相談役が辞任したことだ。アーキテクツの未来は明るい。

【出雲大社】

島根県出雲市にあり、大国主大神を祭神とする。御本殿は大社造り。古来の呼び名は杵築《きづき》大社。広大な境内に御本殿、拝殿、神祜殿、神楽殿、千家國造館、祖霊社、摂末社のほか結婚式場など様々な施設を持つ。創建は日本神話などに記載があるが判明していない。本殿は国宝。

ほかに国指定の重要文化財、国認定の重要美術品、選択無形民俗文化財、島根県指定文化財、出雲市指定文化財、国の登録有形文化財など、数多くの文化財を有している。

参考文献

『新版 雨月物語 全訳注』上田秋成・青木正次（講談社学術文庫）
『金属と人間の歴史』桶谷繁雄（講談社ブルーバックス）
『宗教の日本地図』武光誠（文春新書）
『知っておきたい日本の神様』武光誠（角川ソフィア文庫）
『修那羅の石神仏　庶民信仰の奇跡』金子万平（銀河書房）
『須坂・小布施・高山の手づくり職人さん』須高聞き書きの会編（銀河書房）
『家が動く！　曳家の仕事』一般社団法人日本曳家協会編（水曜社）
『戒名のはなし』藤井正雄（吉川弘文館）
『吉備津神社　吉備津彦神社　桃太郎伝説の地をめぐる（週刊神社紀行）』（学研）
『吉備の国　寺社巡り』（山陽新聞社）
『岡山県の歴史散歩（岡山県高等学校教育研究会社会科部会歴史分科会）』岡山県の歴史散歩委員会編（山川出版社）
『吉備路周遊マップ』（岡山市発行）

水土の礎（一社）農業農村整備情報総合センター
https://suido-ishizue.jp/

本書は書き下ろしです。
この物語はフィクションです。実在の人物・団体とは一切関係ありません。

講談社タイガ

〈著者紹介〉

内藤 了（ないとう・りょう）

長野市出身。長野県立長野西高等学校卒。デザイン事務所経営。2014年に『ON』で日本ホラー小説大賞読者賞を受賞しデビュー。同作からはじまる「猟奇犯罪捜査班・藤堂比奈子」シリーズは、猟奇的な殺人事件に挑む親しみやすい女刑事の造形が、ホラー小説ファン以外にも広く支持を集めヒット作となり、2016年にテレビドラマ化。

畏修羅《イソラ》 よろず建物因縁帳《たてものいんねんちょう》

2020年11月13日 第1刷発行 定価はカバーに表示してあります

著者……………………………内藤 了《ないとう りょう》

発行者…………………………渡瀬昌彦

発行所…………………………株式会社 講談社

〒112-8001 東京都文京区音羽2-12-21

編集03-5395-3510

販売03-5395-5817

業務03-5395-3615

本文データ制作……………講談社デジタル製作

印刷……………………………豊国印刷株式会社

製本……………………………株式会社国宝社

カバー印刷……………………株式会社新藤慶昌堂

装丁フォーマット…………ムシカゴグラフィクス

本文フォーマット…………next door design

ISBN978-4-06-521691-0 N.D.C.913 326p 15cm

呪《のろ》いのかくれんぼ、死の子守歌、祟《たた》られた婚礼の儀、トンネルの凶事、
桜の丘の人柱、悪魔憑《つ》く廃教会、生き血の無残絵、そして、雪女の恋——

これは、〝サニワ〟春菜と、建物に憑く霊を鎮魂する男——仙龍の物語。

よろず建物因縁帳

内藤了

講談社
タイガ

かの富豪の邸宅に棲まうは、
人肉を喰い散らかす蟲

蠱《や》峯《ね》神《がみ》

よろず建物因縁帳

内藤了

祓《はら》いは人の業《わざ》。矩《のり》をこえし業《ごう》を祟《たた》るは——鬼神なり。
春菜と仙龍、過去最大の曳家に臨む。

シリーズ第9弾　2021年初夏 発売予定！

講談社タイガ

Wシリーズ

森 博嗣

彼女は一人で歩くのか？

Does She Walk Alone?

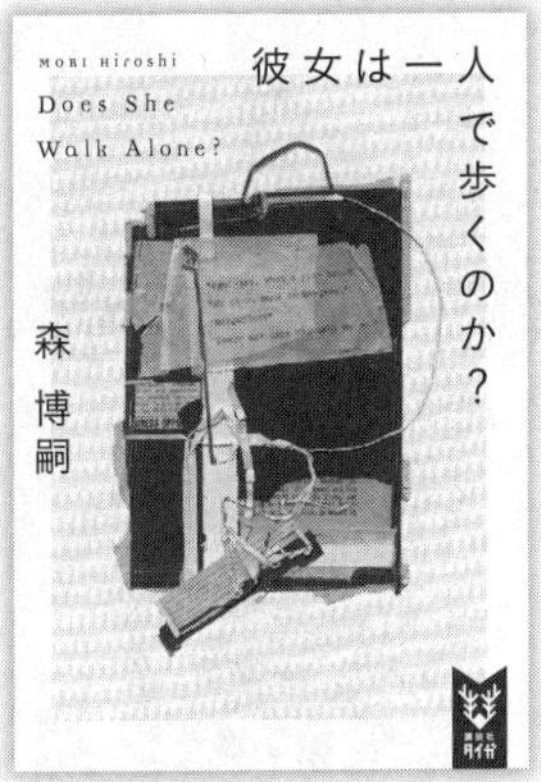

イラスト
引地 渉

ウォーカロン《walk-alone》。「単独歩行者」と呼ばれる、人工細胞で作られた生命体。人間との差はほとんどなく、容易に違いは識別できない。

研究者のハギリは、何者かに命を狙われた。心当たりはなかった。彼を保護しに来たウグイによると、ウォーカロンと人間を識別するためのハギリの研究成果が襲撃理由ではないかとのことだが。

人間性とは命とは何か問いかける、知性が予見する未来の物語。

講談社タイガ

荻原規子

エチュード春一番
第一曲　小犬のプレリュード

イラスト
勝田 文

「あなたの本当の目的というのは、もう一度人間になること？」大学生になる春、美綾《みあや》の家に迷い込んできたパピヨンが「わしは八百万《やおよろず》の神だ」と名乗る。はじめてのひとり暮らし、再会した旧友の過去の謎、事故死した同級生の幽霊騒動、ロッカーでの盗難事件。波乱続きの新生活、美綾は「人間の感覚を勉強中」の超現実主義の神様と嚙み合わない会話をしながら自立していく──！

講談社タイガ

荻原規子

エチュード春一番

第二曲　三日月のボレロ

イラスト
勝田 文

パピヨンの姿をした八百万《やおよろず》の神・モノクロと暮らして四ヵ月。祖母の家に帰省した美綾《みあや》は、自身の才能や適性を見出せず、焦燥感を抱いていた。東京へ戻る直前、美綾は神官の娘・門宮弓月《かどみやゆづき》の誘いで夜の氷川《ひかわ》神社を訪れ、境内で光る蛇のビジョンを見る。それは神気だとモノクロは言う。美綾を「能力者」と認識した「視える」男、飛葉周《ひばしゅう》は彼女につきまとい、仲間になるよう迫る。

講談社
タイガ

瀬川貴次

百鬼一歌
月下の死美女

イラスト
Minoru

歌人の家に生まれ、和歌のことにしか興味が持てない貴公子・希家《まれいえ》は、武士が台頭してきた動乱の世でもお構いなし。詩作のためなら、と物騒な平安京《へいあんきょう》でも怯《ひる》まず吟行していた夜、花に囲まれた月下の死美女を発見する。そして連続する不可解な事件――御所での変死、都《みやこ》を揺るがす鵺《ぬえ》の呪い。怪異譚《かいいたん》を探し集める宮仕えの少女・陽羽《ひわ》と出会った希家は、凸凹《でこぼこ》コンビで幽玄な謎を解く。

講談社タイガ

瀬川貴次

百鬼一歌
都大路の首なし武者

イラスト
Minoru

ある夏の夜、天才の誉れ高い歌人の希家《まれいえ》は、都大路《みやこおおじ》で馬に乗った首なし武者と遭遇し震え上がる。その話を聞いた怪異譚《かいいたん》好きの少女・陽羽《ひわ》は、目を輝かせて死霊《しりょう》の正体を探ろうと密《ひそ》かに調査に動き出す。亡霊に怖気《おじけ》づく希家は、謎めいた鎌倉からの客人の警護に陽羽を同行させるが、その夜道でまたもや首なし武者と鉢合わせし、奇襲を受ける。亡魂の真相と、そこに隠された切ない秘密とは!?